好吧，再见

姜东霞/著

贵州出版集团
贵州人民出版社

图书在版编目（CIP）数据

好吧，再见 / 姜东霞著. -- 贵阳：贵州人民出版社，2023.3
ISBN 978-7-221-17598-4

Ⅰ.①好… Ⅱ.①姜… Ⅲ.①短篇小说－小说集－中国－当代 Ⅳ.①I247.7

中国版本图书馆CIP数据核字(2022)第249436号

书　　名	好吧，再见	
著　　者	姜东霞	

出 版 人	朱文迅
策划编辑	黄　冰
责任编辑	任蕴文
装帧设计	王丹丽
责任印制	蔡继磊
封面作品	耿　翊
出版发行	贵州出版集团　贵州人民出版社
社　　址	贵州省贵阳市观山湖区中天会展城会展东路SOHO办公区
印　　刷	深圳市新联美术印刷有限公司
开　　本	889mm×1194mm　1/32
字　　数	230千字
印　　张	9.5
版　　次	2023年3月第1版
印　　次	2023年3月第1次印刷
书　　号	ISBN 978-7-221-17598-4
定　　价	48.00元

生命的叠加和错位

—— 姜东霞小说集《好吧，再见》

钟 硕

　　对于小说，隐藏的那部分才是意义所在。它们在不可言说的言说中无限延伸，含藏着与茫茫天地在某个时刻不谋而合的神谕。如同冬天过后另外的季节，既不是冬天也不是春天。我想这应该是姜东霞的小说观或者文学观的一种"投射"吧。这样的创作态势与品质，含具心灵的力量，来自于作家的内在精神追求，它们是自带光芒的，能令阅读跟创作犹如一次长足后的找寻与邂逅。

　　语言总是先于语义抵达人心。姜东霞对经验的腾挪、审美元素的敏锐、表现力与修辞均达到一个新高度。读罢她的这本小说集《好吧，再见》，就写作者的执拗和心路轨迹，一定是禅门里的"妙高顶上绝商量"。

　　一般而言，女性作家的作品特质大多有源可循，除语言特征外，题材和视角往往多以男女纠葛及家庭纷争，以单一情感线性结构和个体生命体验作为切入点。《好吧，再见》除了具备以上特质，更有着某种溢出性别边界的东西，其思维或写作整体印象，更像是一个"雌雄同体"的作家。其间包含着作家关于自我存在问题的思索，检视自我肉身幽冥吟唱的分裂之痛，以及寻找存在的生命本源的深度体现。这些作品，既有女性写作中独有的对微观世界的凝视和观照，又不乏男性作家对宏观世界的把握与思考。其笔力细腻，见微知著，以梦呓般的叙述，以及女性小说中独有的热情、怀疑、疏离、孤独、寻找、突破挣扎与不断的自我救赎等。《蝴蝶不再飞舞》《风和破碎的阳光》《一九九九年的秋天和另一个冬天》以及《月光下的口子》，皆有着万劫不复的涅槃重生。而《好吧，再见》《女赌徒》和《通缉》，则是以男性作家固有的睿智深沉、雄浑与复杂，讲述对于迷途中的"人"，寻找一种新的超越的可能。是"既不是冬天也不是春天"的另一种深刻的时空探索。体现了一个"雌雄同体"作家特有的创作诉求，那种以道御术的禀赋与曼妙，以及借此对真相与本心的践悟，完成一次次从世俗到文本的艰难跋涉。

近年来姜东霞的创作多有实验性，这个践悟过程的本身，足以让她的创作不落俗套，规避了许多俗世染污和纷扰，令质朴与慧心并行，一路向前。她能够在文本里祭献自己的本怀，坦然交由时间的引领，不断地以一种灵魂层面的同体异构，分派着不同的"我"以及不固定的、叠加过的"他"者，去附着生命的原罪、俗世恶疾、还有人性的局限。她的作品探讨着从乡村到城市的身份焦虑、逃亡式的伦理及价值的惶惑、复杂交错的经验及命运的无常，以及宇宙万物同呼共吸及瞬息万变向生而死的"重生"，从而使小说中的生死，一次次抵达了"文学性"的生死。

姜东霞的小说中充斥着一个最为传统的书写指向——死亡。她把死亡内化为一种隐喻或者精神象征，从而具有了审美意义上的生的距离，以及苏格拉底所指对"死亡的准备"。她在小说中一次次与死亡相拥相弃，在关于死亡的审美观照中完成了肉身"先行到死"的彻悟，从而使死亡界定了文学性的生命意义。

"小英，快跑！……"这是《女赌徒》故事中，将主人翁杀死的丈夫看到警察来抓捕她时，从象征"冥界"的镜子里喊出来的，两个活着时相互摧残的人，在死亡后的另一个世界交集中，发出了人类最为温暖可信的声音。在活着的意念中，她产生过无数次要杀了丈夫的想法，死后的她（佛经里的中阴身状态）背负着这个杀人的"念头"开始逃亡。与《通缉》中的逃亡不同，一个是在世间法里逃亡，另一个却在类似佛法的意念里逃亡，最后都回复到万宗归一的"无"中来，这是姜东霞小说高蹈绝妙之处。

《女赌徒》中活着时以赌为生的她，在死去的逃亡中为了替丈夫还清所有赌债，开始在漫漫长夜中跟"活着"与"死去"的人进行着一场又一场"生离死别"的豪赌。开始是一个人，最后是一群人，企图了断层层叠叠涌来的前世今生的"债"："这个时候，她感到身体很多处都出现了漏洞，像是小时候用泥巴堵水决堤的那种感觉，所以她就想到了用麻将去堵，每摸一张牌，她就用它来堵住那个漏洞。""还清了债就可以轻松了，哪怕被枪决"，在世界无声无息地静止的几秒钟里，最后留在她脑子里的是火焰，扑扑的火焰照亮了天空，"随着升腾的火光飘然而上的是'龙背自抠'时的幺鸡。它变成了一只火鸡扑闪着一直升，一直升，升上了空中化成云烟"。人生所有的"债"终在其中，并戛然而止。

小说中的死亡"迷失"在颠倒了的时间、颜色、秩序里，"迷失"在了有毒的桉树遍布的村庄里，无根之树无水之源成为寻找着"某个时代"的"一面镜子"。《通缉》中主人公马巴儿把夜晚当成白天，月亮当成太阳，昼伏夜行亡命天涯，形成"我活着，还是已经死亡"的崭新审美视角的构造，让"黑暗"的死亡获得哲学意义上的审美表达，从而使"通缉"按照超越的存在尺度，从"生存"的世俗中凸显出来。

从这个角度看，在人类的自我破坏损毁中，人人都在被宇宙法则"通缉"，成为亡命天涯无根可依的对象。我们来自尘土终归于尘土，都将在"生"与"死""因"与"果"的对照中并行。由此，小说重塑了超越死亡边界的荒野。

可以说《通缉》是一篇声色味俱全、时间跨度较长、寓意也更繁复并具有多重性解读的小说。马巴儿返回村庄时，通过声音来辨识记忆。马巴儿从来就不相信自己的眼睛，他更相信耳朵，所以村长说他被通缉了，他就跑了。这是他耳朵听见的。凡经由他眼睛看到，他都更不会相信了，曾经患过红视症、黄视症的马巴儿，眼睛里一点一点地呈现出红色、橙色、黄色的那些村舍——都褪去了颜色，他的眼睛里只剩下了黑白，像是时间也旧了。

这是一种奇妙的混响，展现了生命在困顿后的奇特动姿，喷薄出一种唤醒与矫正、抚慰和剧痛同在的势能。小说中真正的时间，是在马巴儿的味觉里得到复原的。他"把狗尾草含进嘴里嚼碎又吐出来"，于是村庄开始复苏，让他感到身体里面有了一股子特别的力量。眼前的土地、树木、石头、远处的河流、地上长出的每一根草都是那样熟悉，像是从他身体里长出来的一样："不过它们以他的衰老为代价长出了更多的枝丫和高度，还有枯朽。风吹过它们，每吹动一次，就会让他感觉到疼痛来自他的骨头和记忆。"

马巴儿眼睛里的事物颜色与其父母眼里的完全不同，与大众的也正好相反，从物理意义上，月亮或太阳是物体通过反射照在它们上面的光，它们是光的反射，而马巴儿眼睛里的世界，即是他内心世界的反射。他的眼疾也越来越严重了，他就要看不见了，哪怕颠倒了黑白，哪怕曾经混乱过颜色："看不见了是不是就是死了？"他发出"如果村子死了，我是不是真的还活着？"的叩问。

优秀的作家，一定会在作品中找到内在存在与外在真实之间的关系，从而抵达另一高维度存在的价值与意义。姜东霞用葱茏诗意的描写，有如手绘一般地写出马巴儿重回村庄后的自我确认以及自我找寻，抵达了那个更高一级的维度意义。他与月光、太阳、闪光的房子、树木、花草、石头、道路，建立了一个新的视域里的哲学关系："祖人们的坟头早晚会长满桉树，开白花开红花的桉树会把天都染上颜色，把所有的人染上颜色谁也辨不出谁是谁。"

失明，不仅仅存在于萨拉马戈的人类存在的寓言里。在姜东霞的笔下，失明是放逐与抵达同构的全新尝试。马巴儿就要看不见了，那些在他眼睛里黑白相间的花草，让他感觉到自己对这个世界的了解和念想越来越少，也越来越小，也正在被疾病被失明被占领。在马巴儿的心路历程中，一切终将被桉树、丧失以及失明所占领。不得不说马巴儿在通向逃离和死亡的道路上，用文学所拥有的内在力量看到了闪烁着生命火花的世界，从而获得了包罗万象的通感与意趣。

在《风和破碎的阳光》里，作为女性作家，姜东霞精准传递了女性的自我张扬、自我救赎与分裂，以及"世界整个就在我里面，而我整个就在我的外面"，以超越"皮肤之下"、反观和体认"存在的深处"的表达，激发出的奇特场能："我"在自我缠绕疏离的情感纠结中被放逐，坠入万劫不复的深渊。在千疮百孔的挣扎中，通过一双站在窗前的"盲人"男子的眼睛这一隐喻，释放和抵达另一个"盲区"，即梦幻泡影一般的"突围表演"，以此获取了文学的生长性的开放答案。

放逐与抵达同构，豁口就是悲悯与前行。我死了，该死的村长活了下来，他跳上另一道田坎继续他的人生去了。《好吧，再见》这样的收官简直如有神助："我们停了下来。就在那一瞬间，一声巨响，像是发自我的体内。老飞弟弟的手，在空中划了一下。我应声倒下去。老怪的枪突然炸了，弹药嵌入我的脑髓。"

在文学的观照下，村长和一干人物都是没有出路的，我才是唯一的复活者。因为"我"抽离的那部分，正是对灵魂的唤醒。而荒谬与悖论中，我们实则又生生不息——这种奇特的建制，呈现出一个生命可以有多种视角去打量另一个生命，包括他自己。

在姜东霞这里，生命之间注定要充斥错位与消耗，甚至彼此覆盖。是非善恶均含有强大的、错综复杂的反噬力量。正如普鲁斯特所说："死亡治愈我们对不朽的渴望。"

总的说来，姜东霞的小说藏纳着许多生命本具的盲区和缝隙，以及无尽的疑难和困境，它们在等待辨识，等待被命名和赋形。

好吧，再见

一

电话响了，是她打的。

我忘了告诉她，或者这个时候，是我故意不想告诉她我在哪里。她一点缝隙也不给我，我都快喘不过气来了。

我走在去老怪家的路上。老怪才从牢里出来，我没有在她面前提起过老怪。更不会提老怪坐过牢，而且不止一次。

我不是怕她知道我有这样的朋友而瞧不起我。我从小生长的地方就是这样，封闭狭隘孤陋，我们似乎只能这样，没有什么好羞耻的，只要活着就好。

可是我的朋友，一个一个地都要死完了。老三才死，老飞也死了。就在昨天。

我怕老怪也会死。老怪从牢里回来就病了，他的病需要手术，而他整天躺在床上，吃喝都成问题。他说他没有钱做手术，活一天是一天，无所谓了。

他的病死不了人，这我知道。我想他的病，主要还在心上。

他的老婆在他回来的第三天，带着孩子来看他，正式提出离婚。老怪虽不情愿，却也不含糊。他知道自己无法让老婆孩子过上一种好的生活，离婚是给她们一条生路。

老怪是准备好破罐破摔了。

我在电话里告诉他，老飞死了，他不说话，然后他挂断了电话。

老飞的死是一个谜。

他好好的怎么就死了。他的弟弟在电话里哭着说："你要为他申冤！"

我无语。

我知道我们在这个世界上微不足道。前两天，我还在为单位集资买房的事焦头烂额、束手无策。房地产开发商跟单位领导勾结，明目张胆要生吞活剥我们的血汗钱。而我们几千住户，明明遭受了价格欺诈，却陷入维权的艰难之中。

老飞弟弟的哭声，让我深深地感到自己的无能和渺小。

我突然就想起了老飞的女儿。心里有个奇怪的想法，老飞的死，会不会与他的女儿有关呢？我知道这样想很荒唐，所以也仅是一念而过。

老飞时常对我说起的女儿，我宁肯相信她是存在的，这对于老飞很重要。每当他说起他有个女儿的时候，我总是会认真地听，为此老飞很尊重我。当然我也会在脑子里想，给他生下女儿的女人是个什么样子？那个女人现在也许有着自己的家庭，住在邻村，或更远的什么地方吧。

二

我问老飞的弟弟："老飞得罪了谁？"

老飞的弟弟说："村长，我哥活着时扬言要杀村长。"

我没有问为什么。这让我无比地伤痛，而她是不会懂得和明白的。

电话不停地响。我摁掉了电话。我知道她会问我在哪里，还会很生气。

她有时候生了气，还会冲我没完没了地咆哮。

平时我都会心平气和、不厌其烦地解释，在她怒气冲天的缝隙里，见缝插针地乞求息事宁人。我怕她生气，怕她会因为生气而得病。她真的挤满了我的生活，挤满了我所有的空间。我每走一步，她说她都要知道，这是她爱我的知情权，我觉得这似乎也无可厚非。我的一生没有人这样爱过我在乎过我，所以我是乐意接受的。有了这份爱，我的生命好像比以前多了些厚度。

可是今天，我却偏不想做任何解释，甚至不想听到她的声音。

三

老飞的死让我难以接受。两个月前我才见过他。他还好好的，每天在小镇的桥头卖甘蔗。有一次他还在电话里对我提起他的女儿，说他的女儿已经上中学了，周末女儿会从桥上走过。我倒是觉得挺好的，这样他卖甘蔗就又多了一点新的盼头。

他说他卖甘蔗，每周就可以见到女儿一次。女儿有一回朝着他走过去，他的心都快跳出来了。他举起一根甘蔗，他以为女儿会过来买一根甘蔗。他会把那根最大最甜的甘蔗递给她。

我不说话，听他在电话里高兴地叹着气。他说可惜女儿转过身走掉了。即使他沉默，我也不打断他，一直等他自己缓过那口气来，我才挂断电话。

四

老飞早在两个月前就预设了自己的死亡，或者发出了死亡信号。

我给她说过老飞卖甘蔗，她沉默不语；我说有机会让你见见我所有的难兄难弟，她还是沉默。我问，你会不会接受我有这些朋友？这话一出口，我就后悔了。人与人之间的一些距离是不需要拉近的，也没法拉近。

那天，我和她坐在沙发上说话。我打开微信看见老飞的头像跳出来，他面容憔悴，神情恍惚。他在照片下面附言说：如果我做了什么，请看在我老母亲的份上，原谅我。

一个人注定要死吗？本来这条微信与他后来的死毫无关系，却像是一个挡不住的预示。像一场演习，事情还没有开始前的演习。

我们都以为他会去抢人或者杀人，做出让人难以接受和想象的事来，先广而告之一下，如果有一天听到他犯罪的消息，不要感到意外，他事先已经告知过我们了。

这条微信，让我突然发现很久没有跟他联系了。我当着她的面，打了老飞的电话。她侧着头，听我说些什么。

跟过去一样，老飞在电话里叫我老师。她说电话漏话，并问我他为什么叫你老师。我说过去我们一起在歌厅唱歌的时候，我教他弹过吉他，他一直叫我老师。我省去了和老飞最初在街头唱歌那一段，省去了我知道老飞尊重我的真正原因是我相信他有个女儿，并在他每次提起他的女儿的时候，我都会认真地听他说。

五

老飞的脸映在雪光里，雪花飘落在我们的头上。他高兴地在雪地里跑几步后跳起来，对着黑暗高声地叫着。我不可能不相信他没有女儿。尽管我知道他并没有结过婚，一次也没有。

这一切说来话长，所以我隐去了。

她只知道我在歌厅唱歌那一段生活，却不知我在街头卖艺那段经历。她调侃我是个卖唱的，是对我现在在一家公司主管身份的另一番肯定。我知道，但我还是会脸红。

我告诉她，老飞在电话里听到我的声音，他非常高兴。她问我老飞出了什么事，我说他支支吾吾，可能是他母亲病了。

她拿过我的手机，认真地看老飞发在微信里的照片。

我说我该去看看老飞了。她说是的，你该去看看他了。

六

老怪从别的城市打工回来的时候，老飞已经成为我们的一员。

我约了过去一起搞乐队的老东、老西、老乐去看老飞。

很多年前，我们从各自的乡镇来到城市。在城市的街头相遇，然后又一起到歌厅唱歌，他们是我的乐队成员。还有老三，他半年前死了，死因不明。老三比我小一岁，和我是一个乡镇上的，从小光着屁股长大，跟着我进城闯荡多年，一起露宿街头，一起居无定所。

老飞是后来加入我们的。他有一副好嗓子，我们就带着他一起唱。他的声音有一种黑人灵歌歌手天生的伤感，特别适合在街头唱，像是老天有意安排的一样。

可是老飞对老三的死无动于衷，像是听到了一个陌生人的死亡一样平淡不惊。这让我非常不解。艰难的生活，难道会慢慢将一个人的感情磨损磨旧了，最后让他变成一个坚硬而脆弱的，如同一只坏死或是被丢弃的牡蛎的壳。

很长一段时间，他们都跟我挤住在一起，直到有一天，我说我要结婚了，他们才搬出我租住的屋子。

我真的就结婚了。没有想太多，有人愿意跟我结婚我就结了。和我结婚最后成为我老婆的女人，是歌厅里专门推销啤酒的，她那时喜欢在空闲的时候，目不转睛地看着我在闪烁的灯光下，扭动着身体声嘶力竭地唱歌。

那个时候，我是多么地虚空寂寞，所有的热闹都是别人的，无论我怎么唱，也驱不散内心的漂泊和孤独。

我就是在那些不经意的时间里看见我老婆的。我看见她看我，就动了念。我就知道，我告诉她我喜欢她，她会答应的。我谈不上有多爱她，我想有个女人来爱，在那些寒冷的街头走过，回到不属于我的小屋子里时，有一个属于我的女人在等着我。

结婚后，我有了养家糊口的责任。老婆的姐夫给我们另外找了一家公司上班，我白天去公司，晚上还去歌厅唱歌。

老飞和老三搬到别的地方去之后，两个人都沾上了那个东西。过不久他们因为没有钱，就又都回来了。他们缩头缩脑地坐在我的屋外，我让他们进屋，他们还假装客气。

就两间屋子，我睡里屋，他们睡客厅。我的老婆受不了，半夜我从歌厅下班回家，她就跟我吵架，把我的衣服从房间里扔出去。开始她还关着门，后来她就故意要让他们听见。我抱住她用我的胸膛去堵塞她的嘴，用我的亲热去软化她。可是我常常被弄得筋疲力尽，无法从心。

不久，我的老婆就搬到她姐姐那去住了。我去她姐姐家看她，请求她回来，她说你先把他们处理了。

我就又回去告诉他们。他们说找地方，走了几天就又回来了。

他们一来，我的老婆就又走了。

我被我的朋友粘上了。不是他们不懂事，他们也希望我过得好，可他们总是找不到合适的地方，只得来我这里借住。他们想着只是借住一两个晚上，事实上有更多的晚上等着他们。

我的天！

也许他们觉得住在我那里无碍于事，我们关上房门就可以过我们的生活。我不能告诉他们，我老婆受不了这个，我会觉得自己很没有面子。

我总以为他们找到住处，情况就会好起来的。再忍一忍就会好起来的，没料到，还没等到这一天，我们可以去唱歌的歌厅，一个一个地垮掉了。

我老婆跟另外一个穷光蛋走了，跑得无影无踪。

七

老飞见到我们很高兴。他把我们带到小镇的饭店吃饭，老飞喝了很多酒。

老飞指着街对面的学校说，他女儿在那里面上学。

这一次，我没有朝着他手指的方向看，也没有认真听他说他女儿，我在想着我房子维权的事。他是在别人相互劝酒的时候，附在我耳朵上说的。我的耳朵被他口里的热气冲得很痒。而且他对我的亲热里面有一种过分的暧昧，也许是他喝多了的原因，让我非常不舒服。

喝完酒，老飞还要求去唱歌。那几个人不去，招呼也不打，从饭店出来，对着我挥了手，开着车就走了。

他们一向看不起老飞。老飞心里很清楚。老飞本该在家里种地，却偏要跑出来过一种失败的生活。他本来也可以靠打工干体力活挣钱，可他偏要选择唱歌。老飞虽然有一副天生忧伤的好嗓子，可是他的声音里也有地道的地方口音，吐出来的每一个字每一个音里面都有，怎么纠正都有。

比如"月"亮，他偏要吐成"yie"，比如"过"，他偏要吐成"ge"。这些字音是他身体里带出来的瑕疵，就像是他的缺陷一样致命。

也许他就不该在歌厅唱歌，可他偏就要唱。为了能让他继续唱，我们只得采取分小节完成一首歌的演唱法。老飞玩乐器还不大熟练，他总不能坐在上面不作为。每一次我唱到老飞不会露馅的小节时，我就停下来让老飞唱，他的声音在短暂的时间里非常好听，可是他却不能继续往下唱，多唱几句就会露馅，这样每次演出都处在一种欲盖弥彰的慌乱之中。

有时候，并不是所有的歌厅都会要我们一起唱的。老飞就无所事事地坐在门口的石凳上，一直等到酒吧打烊，我们从里面出来。大冬天的，他搓着手，接过我的吉他，然后大家一起踩着积雪回去。

后来我让他去找别的工作，像老怪那样去哪家酒店做个保安，起码有一个基本保障的饭碗抬着。有一个碗抬着，人的心就不会发慌。

他不听我的。他们沾上那个东西就更加入不敷出，不仅来蹭住，还给我借钱。我心里想着，以后我还要结婚要养家生孩子，不情愿把钱花在他们身上。可是每一次看到他们死皮赖脸的样子，还是忍不住从兜里掏出两张五十的钞票，虽然我知道那样做相当于肉包子打狗，有去无回。

每次我都告诉他们是最后一次。他们已经害得我没有了老婆，我可不想永远跟他们穷混下去，混得分文没有一无是处。他们也总是悔恨交加地说，这是最后一次。

八

没有歌厅可以让我们唱歌，我们就彻底散伙了。

老飞回到镇上，靠给人打小工，有一搭没一搭地过日子。这么多年过去了，偶尔我会因公司的事去到他们的镇上，就顺便看看他。

他身上穿的衣服，几乎都是那些年我在歌厅唱歌时穿的。不唱歌了，那些衣服也穿不出来了。老飞没有钱买衣服，我给他，他就穿着到处走。

有一次在镇上，一个巷子里，他坐在屋檐下，穿着白衬衣，领口上紫红色的蝴蝶结没有取下来，乍一看像是他被天外飞来的异物封住了喉咙。

也许他觉得那样好看。他的身边是一堆灰浆，一根刚刚关掉还淌着水的塑料管横在地上，我弯下腰就着管子里的水洗了一下手。

那时太阳已经升得很高，空气里有一股燥湿的水泥浆味。他坐在一根扁担上，白衬衫已经成灰黄色。他看见我，不好意思地站起来说："嘿嘿，你的衬衣。"

他捋了一下衣袖，试图拍掉上面的泥浆。那件衣服穿在他身上格外地小，也许人老了骨骼和肚子一下都会变大，衣服绷在老飞身上，像一只泄了气的气球。

他如果不说，我还真认不出那是我穿着唱歌的衣服。

那时老飞也很想买一件，我制止了他。我说两个人穿一样的衣服站在一起，是不是有点傻。他嘿嘿地笑着不说话。

我看着那堵正在砌着的半截墙，站在墙上的人用砖刀劈断了一块砖。老飞也看着那个砌墙的人，然后难为情地嘿嘿一笑。

我说我来办点事。他有点局促，脚不停地在地上瞎划。我看到他领口至蝴蝶结上发黑的一圈汗渍。

九

老飞在我面前打了一个酒嗝，酒气里夹着他吃了太多韭菜的味道，弄得我的胃一阵不舒服。

我告诉老飞我得走了，她打了几个电话了。我得快快回到家，然后打开电脑上QQ，她必须每天每时看到我。不然我们又要吵架，我们一吵架就会吵得天翻地覆，让我痛不欲生。很多次我们吵到了分手。

老飞爬上我的车，他坐在我身边，他喝得够多了，酒气熏天地喘息。

他说："他们不去唱歌，以为我没有钱。"

我不说话，心里想着别的事。老飞从怀里抓出一叠杂乱无章的钱，丢在两条腿中间。我想这些乱七八糟的钱，一定是他卖甘蔗的钱。然后他将左手伸进怀里摸了一阵，拿出另一叠钱，厚厚的一沓，至少有一万元，举起来晃了两下，红着眼睛咧开嘴巴，试图笑一下。

我本以为他母亲病了，他拿不出钱来，才发了那绝命一样的微信。

我东拼西凑刚交了单位买房子的钱，贷款也才办下来，扣除每月还两千的房贷，我的工资所剩无几。如果老飞遇到难事找我借钱，我还真的无处帮他。

我问他钱是从哪里来的。

他得意地告诉我，卖甘蔗可挣不来这么多钱。我有些疑惑地看着他，他说他的土地被征拨了。

我发动了汽车。

老飞说他准备盖房子。是的，他快五十岁了，是该有一间属于自己的房子，然后再看看有没有女人愿意跟他过日子。这也许都很难，现在的生活不容易，老女人比小女人更难对付。小女人想要的房子和钱还有生活，相比老女人要的要简单一些。老女人除了小女人想要的，她们可能还会想要你的命，恨不能将你榨干扒尽。小女人也许还会讲一点感情，老女人除了现实已经一无所有。不过话又说回来，属于老女人的东西，无论是生活还是生命，可供她们选择或拥有的越来越少了。

我的车走出了很远，老飞还站在那里，咧着嘴眯着眼，他不情愿这样就散了，高高举起他的手。那只多长了一根指头的手，弹琴时他时常感觉羞愧的手，虽然我不是看得很清楚，但那是我非常熟悉的。

他似乎对眼前的一切很不满意。

他突然大声喊道："好吧，再见！"

他的声音像是从高处撒下来的，很快就随着风散开了。我从后视镜里看到老飞歪歪倒倒地朝前走。拐过弯走上他平日里卖甘蔗的那座桥，他往村子那条路走，前面那条河一直通往村庄。我记得跨过大片的菜地，老飞家就在高高的石坎上。

我曾经背着吉他跟在老飞后面，那时地里的油菜花开得到处都是。他们家的黑狗老远就叫着，从土坎上扑过来。我用吉他吓唬它，老飞嘿嘿地笑，在太阳光下完整地露出他的牙，黑黄黑黄的，和那条狗很像。

我把车开得飞快，开上岔路就上了高速。想着老飞要在河边盖房子，心里有一种说不出的释然。他还告诉我盖好房子，他的女儿就可以跟他生活在一起了。

十

老飞的妈妈是个矮个子女人，她站在屋檐下看着我们，她那时的头发已经花白。

那天夜里，我跟老飞挤在一张破床上，我用衣服盖着头睡去。早晨鸡的叫声是从河对岸传过来的，像是沾着了河水一样，有一种清冽的寂静感。雨也是那个时候下起来的，越下越大。老飞的屋子漏雨，滴滴答答打在一张破旧木桌上。

老飞歪着身子从床底下拖出一个木盆，扔出盆里两双长霉的球鞋时，他冲我不好意思地笑了一下，然后把盆放在桌子上面。

雨下了一个上午。太阳出来的时候，老飞爬到房顶上揭去碎瓦片，光就照进屋子里来。他的屋子被光那么一照，到处是阴暗的霉菌。

我也抱着吉他爬上屋顶。

我看到了河对岸的村子，弯曲的田间小路上走着的姑娘。那是一个多么美好的春天的早上。我没有了老婆，跟老飞一样穷得没有出路。我们坐在屋顶上唱歌，他不停地唱，有点醉生梦死，似乎要把这些年在城里没有时间唱出来的，全部唱回来。

十一

走进老怪家住的青石小巷，电话又响起来。电话一响我心里就发慌。

我说"喂"。

我们的对话完全在我的想象中，或者根本不用想象。她就会说你在哪里。我扯了谎说去理发。我不这样说我们就会吵架。但我能感觉得到，即使我这样说了，她还是生起气来。

我赶紧说我到理发店了，就挂了电话。

过了一会，电话又疾风暴雨般响起来。我把电话调成了静音。

老怪家门前的石缝里长出来的杂草，让我有一种隔世感。门虚掩着，透过门缝，我看见屋子里坐着老怪的奶奶。一个睁眼瞎的老太太。

我很小的时候，她就是这样了。整天坐在石板地上剥豆米，晒黄豆，用一根竹竿吓唬鸡和鸟。那时老怪的妈妈从外面做活回来，挽着沾满泥巴的裤腿，走过奶奶身边时，就丢一把豆荚，她们之间很默契，谁也不需要多说一句话。

老太太显出一种耳聪目明的样子，摸索着择起豆荚，不紧不慢地剥着。仿佛这个世界上还有许多的时间，供她用这样缓慢的速度来打理她手里的活。

老怪的爸爸走的时候，老怪才三岁，他弟弟一岁，他奶奶哭瞎了眼睛。地里的农活靠老怪的妈妈和龙叔。

我记得的龙叔，那时已经很老了，一条腿跟另一条腿比例失调，所以他走起路来像在跑。他每次跨过老怪家屋门槛时，总是跳着过去的。

老怪奶奶听到什么动静都会转过脸去，唯独龙叔从她面前一高一低地踩过去时，她纹丝不动地坐着，认真地择豆夹。

有时候，我真的怀疑奶奶是能看见事物的。我从她细致的表情上，猜测她看到的程度。可是从我记事起，她就没有看到过任何事物。

我叫了声奶奶。她抬起头来，面朝着我。多少次面对着她这样的表情，我都会说奶奶你看得见我。可是她却会在那样一瞬间沮丧地埋下头。

十二

我径直跨过门槛，爬上歪歪斜斜的木梯子，钻进老怪的屋子。那是一间阁楼，房间很小，有一个斜着的小木窗，可以看到远处的树林和小镇通往一座寺庙的土路。

老怪躺在床上，听见有人进来，翻了一个身，他的脸正对着那扇小木窗。我在他身边坐下，他像知道是我，闭着眼睛。

我说："老怪，你起来。"

他不动。我用胳膊肘撞了他一下。

他说："你不用管我，生活已经是这个样子了。"

我知道他说的是老婆带着孩子跑了，他又生着病没钱看。

我说："老飞死了。"

他沉默了一会儿，然后坐了起来，依然闭着眼睛。他像是久不见阳光的一块废铁那样，正在经历着锈蚀，浑身散发着一种朽坏之气。

我加重语气说："老飞死了，死得不明不白。"

老怪睁开眼睛看着我，从我进屋来，他第一次在昏暗中睁开眼睛来看我，似要将我看个彻底和清楚。

我告诉他这是真的，老飞弟弟说的。

老怪把眼光移到窗外，那条通往寺庙的路上空无一人，一只山羊沿着土坎啃食树叶。

他忽然说："死了就死了，那又能怎样？我还正盼着那一天呢。"

我说："我们是他唯一的朋友，我们不为他讨公道，这个世界就没有人会为他讨公道。"

老怪不以为然地看了我一眼说："我？一个从大牢里出来的人？什么公道？"

我说也许我们对我们自己是没有用的，无论怎样，我们得去看看。老飞毕竟曾救过你的命啊！

是的，我们都想起来了，那次老怪电话约好去买那个玩意儿，被几个人骗到小巷。若不是老飞用身体挡住横面刺向老怪的刀子，老怪必死无疑。在那次小巷恶斗中，受重伤的是老飞，而老怪也被打得血肉模糊。因为老飞挨了一刀倒地，几个歹徒以为他死了，慌忙夺路而去。

十三

老怪来找我，他好像突然来了精神。

我是通过厨房开着的窗子，看到他从房子的拐角处走来。

他把一只手背在身后。那时，太阳还没有完全升起来，他走在一缕昏暗的光里，有一种死而复生的隔离感。他穿着几年前的一件灰色西装，那是他逢着节日的时候才会穿的衣服。

她在厨房做饭，我们正在吵架。

她说："房子维权的事你怎么不跟我讲？"

"不是所有的事都要跟你讲。"

"你心里根本没有我。"

"这不可能。"

"你有事瞒着我。"

"该给你讲的我都会讲。"

"什么不该给我讲?"

……

我知道她又开始胡搅蛮缠了,她什么都好,就是这一点让我受不了。

我的头开始胀大。每当她这样的时候,我知道我们之间又要开始一场无聊得毫无一点意义的战争,可怕的是她会越战越勇。

老怪走来之前,她摔掉手中的盘子。我感到头痛欲裂。

我迎出门去,想堵住老怪。

老怪这个时候出现,会让我和她之间变得不可收拾。我没法对她解释老怪来此何干,也不想解释。我突然发现,我和她之间的关系很可疑。为什么我的事,她什么都要问都要管个明白。

可是老怪已经不由分说地跨进门来,他举起背在身后的那只手。我看到了那支锈蚀了的火药枪。

那只被……起来的火药枪,是我们少年时到山中打野兔的。老怪枪法极准,雨天蹲在树丛里,任何一只小动物都会死于他的猎枪之下,真正到了手到擒来的地步。

"你看看,还记得吧?"

老怪的手在空中晃了几下,眼睛里放出一种幽幽的光,像是蒙尘已久的一个器物,突然间抖搂出来。

我很紧张,回过头去,她隔着厨房的玻璃看着我们。她没有见过老怪,也没听我说起过。天啦!如果老怪执意要进屋,我跟她之间又会是一场恶战。

我用身体堵住老怪。我说:"你想干什么?"

他朝后退了一步,郁郁地说:"杀掉那个狗日的村长。"

我紧张地抵住他说:"你疯了,到外面去说。"

她从厨房跟出来,站在门口看着我和老怪一前一后地走着。我之所以走在他的后面，就是想挡住他手上的猎枪。我希望她认不出来那是一支枪，一只废掉了的猎枪，被老怪拿着，鸡毛当令箭般拎在手里。

她问我们要去哪里。

我打开车门，将老怪推进后座，然后发动车，一溜烟开走了。我把车开得很快，她不停地打电话。我告诉她我们出去一会儿，就一会儿。

她问他是谁，你们到底要做什么？

不要问了，你是不会明白的。

她说那我走了

"好吧，再见。"我回应说。

我第一次对她说话如此干净利落，如此理直气壮。

挂了电话。我像一只氢气球飞了起来。

十四

老怪问我们在一起多久了。我说一年了。他说你一年换一个吗？我沉默。

他问我们怎么样。我不说话，我想起这一年来，心里突然有一种说不出的难过。想着她正在生气，倒是没有了先前的不安。我想很快就会过去的，每次吵过架都会过去的，哪怕我们无数次说过分手，最终我们还是言归于好。

这次也会如此，只要我给她说几句好话，她就会让这件事情过去了。只要我肯放下架子，她都会原谅我的，无论我是否有错。明明我就没有错，还要请求她原谅。这些无中生有的争吵，无中生有的原谅，搞得我筋疲力尽。

老怪提高声音说，我们现在就去老飞家，我们一定要为老飞报仇。

我调转车头，朝老飞住的镇子的高速公路方向开去。

我本来没有打算去看老飞的，既然老怪说要去，既然我跟她横竖都难逃一场恶吵，倒不如一不做二不休，豁出去了。

　　老怪有些郑重有些悲壮地看着车窗外的一草一木，他的眼睛里闪着光，他的生命开始活跃起来。也许他又找到了活着的意义，哪怕短暂，终归他还是一条站着走路的汉子，为朋友两肋插刀，终归是有意义的。

　　我把车停在老飞卖甘蔗的桥边，那儿有一堆石头，去年冬天留在地上烧过的火炭灰还在。天冷的时候，老飞大概会坐在石头上用柴草取暖。一地的甘蔗皮，也许是老飞几天前站在那里削的。我的心抽搐地跳了几下。我回过头去看老怪，他直愣愣地看着桥头，一语不发。

　　老飞的妈妈冬天用甘蔗皮熏肉，年前他送给我的肉，我还没有舍得吃完。

　　我说："老怪，我们和这个世界有什么仇呢？"

　　老怪沉默了很久，动了动怀里抱着的破枪说："如果是村长杀了老飞呢。"

　　我们都知道村长杀了老飞的事，只是一个猜测，并没有事实根据。

　　我说："你还记得当初我们几个人走在这座桥上，老三喝多了，爬到桥上坐着死活不肯走吗？"

　　老怪看着窗外，叹一口气说："如果时间能倒回去，我绝对不会沾那个东西。"

　　我意识到自己说了一句不合时宜的话，立刻停住了。曾经的我们一起走过的路，现在只有我和老怪了。老天有眼，还有老怪跟我在一起。我要回忆的一切，都是与他们的生命有关的，这就是，要么一起活着，要么一块死去。

　　下了车，我让老怪把那个破玩意放车上，他不理我。我给老飞的弟弟打了电话。我在电话里说，不要告诉他的老母我们来的事。

老飞的弟弟从远处的小路上迎着我们走来，他看着老怪手里的枪，那把锈坏了的枪，就连木柄处都失去了木头颜色的枪。

老怪装着没看见老飞弟弟，他说，走吧走吧。

我们跟在他的后面，跳过几道沟，来到河的下游。几只从水里上岸的鸭子，沿着小河堤，摇摇摆摆地走着。

十五

老飞曾放出话来，全村的人都知道，老飞要杀掉村长。

村长想占他的耕地，说是要建造一个度假村，规划图里的红线，正好把老飞的地给划了进去。划地给钱就是，问题村长说老飞的地长年不种荒掉了，村长说不能当耕地赔偿，只能按荒地算钱。

老飞不服，跟村长讨说法。村长说你那是荒地。老飞说是耕地。扯不清。

老飞的弟弟从手机上找出，老飞死后公安局调出监控视频时，他拍下的照片给我们看。

老飞最后一次出现在高速公路上的监控视频显示，他并没有喝酒，而他却是以醉酒猝死定论的。老飞生命的最后时刻走过的道路两边，长满了刚刚栽种的白桦树苗，阳光下的白桦树林闪着幽暗的蓝光。

老飞跟村长一前一后走着，他快步走到村长身边，他们并肩走着。老飞的手始终在腰里别着。他们走了一段路，拐进村庄的土路之后，他们便走出了监控。

老飞的弟弟收起手机上拍下的视频照片，指着不远处的河滩说："我们就是在那里发现他的尸体的。"

我突然又想起老飞的女儿。我朝桥的方向看去，不知道他的女儿，是否也知道老飞的死讯。我悄声对老飞的弟弟说："你知道老飞有个姑娘吗？"

老飞的弟弟不解地看着我。

我说："老飞说过他有个女儿。"

我的话让他感到很突兀。他说："你说什么？我哥没有结过婚，也没有沾染过任何女人。他其实很可怜。"

十六

他说他哥死之前的日子，一直在这里磨一把钢刀，全村的人都听到了他磨刀的声音。

他面朝着沙地，鼻口里的血使得他的脸完全变了形。法医说他是醉酒而死。他面目全非，两条腿至膝盖骨处，粉碎性骨折。

他死之前，双腿已经被人打断。

一阵风吹过来，是龙卷风。落叶、木屑和废纸旋在一起，卷过来围住我。

我知道那是老飞。

我们走过老飞被征的土地，穿过一片杂草丛生的矮树林，朝着村长家住的方向走去。我们没有说要去找村长，我们只是不约而同地走到了那个方向。他告诉我们，前面那栋白瓷砖红瓦顶的房子就是村长家。

这个时候，一个人影从土路上走上桥，走到老飞卖甘蔗的桥上。

村长，是村长。村长正朝着我们这边走来。我看见老飞的弟弟脸都涨红了。

村长跨过河沟，走上稻田间的小路。

青油油的稻田，飞虫、蚂蚱在刚刚抽穗的秧苗里飞来扑去，阳光下热乎乎的泥气里有一股稻穗的香味。

好久没有闻到这样的香气了，绕心绕肺地飘浮。

我们不约而同放慢了脚步。

老怪提前跑到前方可能相遇的地点，躲进乱石堆那蓬开着白花的荆棘后面。他迅速地用石头垒了一道墙，趴在石墙后面。

村长离我们的距离，足可以让我看清他眯着眼看我们的样子。这是一个长着驴一样长脸的中年男人。

老怪举起猎枪，瞄准走过来的村长。

老飞的弟弟问我，老怪要干什么。我看了一眼隐藏在乱石后面的老怪，他闭了一只眼睛，整个面部都抽搐扭曲在了一起。

我突然觉得他的样子很可笑，我想八成是他在牢里面待出幻想症了。

我说别理他，他手里的猎枪不过是一个破玩意儿而已，不可能再像当年他打兔子那样神气了。

一支闲置了十多年的钢管猎枪，即使还有火药，也早在时间里失去效力了，更何况火药、铁沙从何而来。

真他妈疯了，老怪。

十七

我对老怪的举动不屑一顾，甚至觉得脸红。他的头像是被门挤扁了。这么弱智窝囊的事情，也许真的只有老怪想得出来。他是在自我壮胆吗？

我故意蹲下身系鞋带，心里想着见到村长后，我应该说什么。是啊，我们该说什么呢？问他老飞是怎样死的。他一定会让我们去问派出所。问他知道老飞扬言要杀你吗？简直就是废话。

我们到底能说什么呢？

我又忍不住去看老怪。其实我也没有想一定要见村长。我们到底能做什么呢？去看看老飞的坟墓，不也就安心了吗？

　　村长朝着我们的方向越走越近，虽然他并没有跟我们走在同一条路上，可是我们很快就会隔着一块田的距离相互打量，因为我们跟老飞的弟弟走在一起，他心里也一定是警惕的。

　　村长快走到我们跟前，他点了一支烟，然后将火机攥在手里。顺着风，我们能闻到他嘴巴里吐出来的烟味。我不抽烟，可是我第一次觉得那味道真香。

　　我们停了下来。

　　就在那一瞬间，一声巨响，像是发自我的体内。老飞弟弟的手，在空中划了一下。我应声倒下去。老怪的枪突然炸了，弹药嵌入我的脑髓。

　　满天开出铁的花朵，金光闪闪，整个天空都红透了，印着锈迹撒落下来。

　　村长回过头来看了一眼，跳上另一道田坎，加快了脚步。

四月花开

一

"事实上我是把爱情当成了宗教，而女人们把它当成了交易。"

她捏着鼻子说。她听到自己的声音从手指中间流出来，完全不是她的声音。第一次这样捏着鼻子跟前夫杨木打电话的时候，她还忍不住要笑出声来。现在她已经很平静了，就像是她本该这样说话。

"你的想法不合时宜。"

杨木说。

她听见杨木把东西掉到地上了，他起身去捡，屋子里安静了一会儿。

他说："不好意思，药掉地上了。"

她问他吃什么药，为什么要吃药？他说跟前妻离婚后，他每晚无法入睡，总要吃点安眠药。然后他们的对话又回到先前那个问题上来了。

"是的，我知道我很蠢。"

她一边说一边想。他们为夫妻时，她不会这样对他说话，她以为他什么也不会懂，而事实是他从来不都想懂。至少她认为身为狱警的杨木天生就缺少一种素质，那就是交流。在他们生活的十多年里相互都不了解对方。现在他们依然同住一个屋檐下，每天深夜之后，用这样的方式交流（当然杨木并不知道是她），反而觉得彼此亲近了，至少她是这样感觉的，心里就涌出一种酸涩味。相爱虽然简单，相知太难……这首歌唱得太好了，有时她会反复地听这首歌，听到不能自拔。

"其实，人现实一点会过得更好。"

杨木这样说话时，她听到了他下床的声音。她屏住呼吸，立着耳朵听他有没有打开门，如果他开门出来，到厨房接水，她就暴露在厨房的阳台上。她为自己用这样鬼鬼祟祟的方式跟杨木打电话，感觉到羞耻和无地自容。杨木一直把她当成了另外一个女人，他要是知道是她在给他打电话，天啦！他会有多么瞧不起她。她这样想的时候，急出了一身汗。她这一辈子，就是太要面子了，他们为夫妻时，她就大吼大叫告诉他她不想过那种处处不如人的日子。是的，现如今她凭着自己吃苦耐劳的韧性，过上了她认为至少是有尊严的日子。

杨木屋子里的动静有点大，她想要躲回女儿的房间，可是如果那样，他从卧室出来，两个人就会正好撞个满怀。她感到脸颊发烫，她握紧手机听着他重新又回到了床上，他在床头柜上翻找东西，然后就又躺下了。

"哦，哦，明天再聊吧。"

她很快挂断电话，身体发虚声音颤抖。她意识到话还没有说完，由于刚才太紧张，忘了把捏着鼻子的手放了下来。杨木会不会听出自己的声音来，真是太无耻了这样做。

每次打完电话，她都不会立即回卧室睡觉，她总是静静地坐一会儿，确定杨木睡了，才会轻手轻脚地走过杨木睡的房间。有几次她看见杨木屋子里的灯亮着，就静静地立在他的屋门口，听见杨木在发手机短信，看一眼自己的手机，才又悄悄地摸进女儿的屋里和衣躺下。

透过厨房的玻璃，窗前的几棵槐树，灯光落在上面，让她心情恍惚。这段时间，她天天盼到深夜，为的就是给杨木打电话。真是精神空虚到了极点，虽然她骂自己，想结束这样无聊无耻的勾当。她也只能坚持一个晚上，她必须把手机关了。到了第二天她还是忍不住想打电话。她最初用这种方式打电话，仅仅是想恶搞，因为她第一次用这个新号码给杨木打电话，完全是无意的，她是想试一下新手机的通话质量。服务员把新号码装进手机，她就拨了杨木的电话。当电话里传来彩铃"把握生命的每一分钟……"时，她立刻就挂了，她意识到打杨木的电话很无聊。可是后来他打了过来，他没有想到是她，而是完全把她当成了新认识不久的一个女人。她是这样判断的。因为杨木在电话里说对不起，手机进水了，把你的号码弄丢了。杨木用了很蹩脚的普通话。他还说他想她了。她在心里骂了句脏话，恶念就是在那一瞬间产生的，她捏着鼻子，学着他用一种很奇怪的"厂矿"普通话跟他说话。她记得那天她问杨木的前妻怎样，怎么不复婚？杨木不假思索地说她太强势了。

哦，太强势了。她反复地回味着这句话。他说这话的时候很冷淡，像一个裁判员对他裁决的对象已经失去兴趣。她这样对菲菲说。单位人传言菲菲会被提拔成副局长。菲菲一边玩她的手机游戏，一边笑着说他太不了解你了。

我也不了解他。

她本来也想这么说的，话到嘴边她又咽下去了。她的确不了解他，他在她心里像是一个窝囊废，还不讲道理。而她在他心里也是一无是处，两个人生活到了这个份上，是该分开了。她想起有一次，他下班走在回家的路上，那时候警察还没有要求下班着便服，穿着警服的他听见有人喊抢劫，一回头就看到一个男人飞快地跑过他的身边，后面被抢的女人边跑边喊，他就朝着前面的男人追上去，在一个岔路口制服了那个男人。

那条路是他们回家的必经之路，她买菜回家通过围观的人群，她看到了杨木一条腿半跪在地上，另一条腿压在那个人的身上，将他的一只手从肩上反扣过来。然后她看着他迅速解下自己的鞋带，将男人的两个大拇指捆在一起。这一幕看得她心惊肉跳，她没有敢完全停下来，这个动作是擒拿格斗术里的拉肘别背，在警校上学时，她也学过，并且在一个冬天。那时她和杨木是同学，在一次训练时，杨木动作迅速地将她摔倒，她的牙齿磕出血来。她以为她的门牙没有了，哭得个鼻青脸肿的。杨木一直陪着她，小心翼翼地道歉，还在第二天清晨冒着冰雪帮她清洗衣服。

时间过得真快，一晃十多年过去了，曾经以为的相爱，其实一点也经不起考验。这世间以为的爱都是难以持续的，包括她和苏大卫，她幻想过天长地久的爱情，现在想来都成了笑话。当然如果不是她遇到了苏大卫，也许她跟杨木还会继续生活，虽然分开是迟早的事，两个人已经不在同一条道路上行走，至少她会等女儿再大一些，才会跟杨木离婚。想到这里她有点黯然神伤，苏大卫如同流星划过她的生活，就那么一闪，让她付出后半生的时间经受，那是一种万劫不复的感受，无法对人提起。

她和杨木离婚后，由于各种原因，依然一直同住在一个屋檐下。她曾经对杨木的姐姐说，离不了婚是因为太穷了，后来她想也许更多的是没有太充分的理由和动机。不管怎样她与他离了婚，动机是苏大卫，可是苏大卫却远在天边，与她的生活与她的痛一点关系也没有。这个始作俑者，永远地逃离了现场。

她和杨木这样同在屋檐下生活了很多年，他们都没有提复婚的事。开始有一段时间，他们还吵架，他躺在沙发上，她还气急败坏地用各种东西打他，将手里的苹果朝着他狠狠地打过去。他用手挡了一下，那个苹果还是打在了他的脸上，他捂着眼睛跑出去，屋子里光线很暗，她把身体埋伏在沙发上，静静地等待着。她担心那个苹果，如果真的打在他的眼睛上，那么他的眼睛就瞎了。她首先想到的是自己会以伤害罪被送进大牢，就算没有坐牢，他落下个终身眼瞎……她不敢往下想，屋子越来越黑，他们住的房子背靠着山，长年累月见不到阳光。有几次她还气急败坏地将杨木的衣服从后窗扔出去，扔到为防山体滑坡的水泥墙上，那儿还有从高处斜出的一棵树枝。

没事的时候，她把头伸出去看太阳落在那棵树枝上的细碎影子映在墙上，把装着两只"地狗"的竹笼子尽量抬高一点，好迎着一点阳光。她一直在想，如果往排水沟的另一端，那儿是个死角，填上些土撒一些太阳花籽，来年靠窗的地方就会长出许多花来。她的父亲生前在阳台上种满了太阳花，那些美丽的花在她想起父母时不至于黯然神伤。

可是没有太阳，太阳花怎么可以开花呢？所有的花和植物都需要阳光，这使她感到非常沮丧。当初文联修建这栋房子的时候，为什么没有想到将房子往前修十米、二十米呢？她对文联的人最初的蔑视也是始于此。早先她仰望他们，以为文化人更文明，起码能为别人想一想。从修这栋房子开始，她就知道其实人是多么地可悲，只会想自己住得舒服，不会去体会别人的处境。她渐渐发现文化单位的人更缺乏担当，更猥琐，甚至更狭隘。如果这栋楼从背面进出，住在一楼的住户就不会陷在黑暗之中，甚至不会遭受山水淹屋。有一年逢大雨，洪水从山坡上冲下来，直接灌进窗子，那时她跟杨木还没有离婚，他们才搬进新家，东西都还没有收拾好，眼睁睁地看着山水从后窗飞奔进来。那晚杨木在单位值班，她用一块木板试图挡住涌进来的浊流，并声嘶力竭地喊叫不到四岁的女儿拨打110求救电话。

二

"你怎么还不睡觉？"

　　杨木显然是熟睡之后被电话吵醒了，他的声音慵倦带着沙声。她先是捂住嘴笑了一阵，然后捏着鼻子，尽量让声音变细变软，让杨木听不出是她的声音。

　　"我想你了。"她忍不住又笑了一阵，笑得气都快岔了。

　　杨木在电话里显得很亢奋，他说："我什么时候可以见你呢？"

　　她说："哦，哦，再过几天吧，我这一阵子状态不好。"然后她迅速地挂了电话，关掉手机。她还在恶搞，她的心思很复杂。

　　第二天起来，她一开门就碰到杨木从洗手间出来，她本想迅速地躲闪回房间，可是他已经完全看到她了。他像一头从黑夜里窜出来的困兽，疲倦慵懒，全身散发着一股腥臊味，他的眼神恍惚游离，跟昨晚在电话里说话的他相去十万八千里。她也丝毫感觉不到，晚上跟自己说话冷静而温情的他，到了他们四目相对的时候，依然让她觉得他不过是一个无聊的男人。她在他眼睛里也许也一样一无是处。

　　她才不想在早晨那个时候遇见他，正常情况下那个时候他已经出门赶交通车上班去了。他工作所在的监狱离城区有三十公里，每天早上他走得非常早。她不想让他看到自己蓬头垢面的样子，不想把现实中的他与夜深人静时电话里的他混为一谈。

　　她回想着那些年他们吵架的情形，催促女儿动作快一点背书包上学，女儿为她无事生非反抗。他从洗手间里走出来，他还是摇了摇头，她知道他是加以克制了的，可是他克制不了发自内心深处对她的轻视，所以他们之间虽无关系，他还是摇头了。她的心里也还是有些不快，她记得有一年冬至，因为一件小事他摇头，两个人吵得翻天覆地，她气急败坏地用火钎去捅他。那时他们刚刚举家搬进城市，还租住在城乡交界的农房里，穷到了穷途末路的境地，她动不动就像一只鞭炮那样一点就炸。那次吵架杨木摔门而去，那时他们的感情还没有消磨殆尽，因此在那么寒冷的天气里逼迫一个男人在街上走投无路，她是羞愧的惴惴的，可她就是不肯告诉他这些，一定要与他刀光剑影地吵架。

这些年她对自己有了认识，菲菲经常说她活得硬邦邦的。她虽然坚定地认为菲菲和小艳的柔软是她所不屑的，却也从不加以反驳。没有意义的反驳是无效的，正如收音机的播段一样，不在频道上就会有杂音。她认为自己跟杨木后来的关系也出现了这样的情形，就是不在一个频道上。菲菲也会说她这些想法偏执，她笑笑说你不懂。菲菲不喜欢她说这句话，觉得像一根棍子打在头上。她也只是笑，她知道自己跟菲菲还隔着很远的距离，她们对这个世界的表达是不一样的。菲菲在她的生活中只是个参照物，让她明白此和彼的不同存在形式，也不至于那么孤冷地活在这个世界上。

下午，杨木下班回来，将单位发的两盒月饼放在餐桌上。她看着他穿着鞋踩在地板上，退回到门口脱掉鞋，把袜子丢在鞋架上。她厌恨他的这个习惯，离婚前为这个，她将他的袜子扔出去好几次，他又悻悻地捡回来拿到水池边去洗。现在她偶尔也会帮他洗一下他扔在水池边的袜子，自从她假冒他的女朋友给他打电话开始，这一切似乎不像从前那样显得不可忍受。

她不喜欢这些包装得花里胡哨的食品，（可是她不会知道这个中秋之后，如果她不买月饼的话，她就只能在街市的店铺里看到了）这些包装花哨的月饼，总会让她想起那些年，她和杨木离婚后住在父母家，每年中秋过后，大清早母亲就会在出门散步前，放一个月饼在桌子上，生怕她起来看不到，特意推开门嘱咐她吃月饼。那时她真是受够了月饼这个词给她带来的绝望，夜晚她跟苏大卫通电话总是很晚，他经常加班至深夜。还有就是冬天的时候，母亲从床底下翻出年前从山东老家寄来的海货（他们这样寄来寄去的几十年，从她小时候记事开始，她就看着母亲把茶叶、衣服、手霜包裹起来，把五元钱藏进衣服里，然后一针一针地缝好寄出去，又看着母亲一点一点地拆开，那些散发着海藻气味的从遥远的山东来的包裹，包裹她最初对母亲与亲人的关系的全部了解），丢在铁炉子上烧，咸死人的鱼，真是咸得让人走投无路。

电话响了，是菲菲。菲菲在电话里说西哥叫她去北京陪他，他要去英国考察。她一边听电话，一边把电话夹在肩膀上，歪着头压住手机，用一只手洗菜。菲菲说的话她没有兴趣，所以她只是唔唔地应着。

女儿放学的时间快到了，去学校接女儿前，她得先把晚饭时的菜准备好。她把写有该缴网费的纸条从冰箱门上取下来，又用铅笔在上面写下要需要购买的东西，放进钱包夹子，然后她走进客厅打开后窗，把装着地狗的笼子提进屋来，以防她出门后下雨。

两只地狗是在一个雨天突然跑到家里来的，它们来得蹊跷，那一天她很害怕也很惊喜，她是在电视柜上看到它们的。那时候，她的父母离世不久，下雨那天，正好是她母亲烧七的最后一天。所以她确信一定是父母的灵魂回来了，她不敢打死它们，不忍把它们丢出去，就去买了个竹笼子把它们养在里面。根据网上介绍，她给它们吃植物的嫩茎，在笼子里面盖一层厚厚的土，好让它们适于生活。我的爸爸妈妈回来了，他们不放心我的生活，她在电话里给菲菲这样说。你知道的，我们的妈妈很神，她会显灵。菲菲在电话里沉默，她就说你不信是不是，我天天都要跟它们说话，我相信它们能听懂我在说什么。菲菲认为她病了，建议她到医院检查一下身体，尤其要去看一下心理科。

放下电话，她很生气，从后窗取下笼子，将它摆放在客厅的茶几上，仔细地观察笼子里的它们，看着它们拱动埋在土里的身体，絮絮叨叨地告诉它们自己跟菲菲的对话。有时候她会对它们说，如果你们是我的父母，请你们把身体藏进土里。当她看到它们真的拱进土里时，她惊恐万状，甚至要哭出声来了。

她打电话邀请菲菲来家里看看，菲菲没精打采地说那只是巧合。她不喜欢菲菲这样的态度，就像她不想让杨木知道笼子里的它们，所以每次吃饭前，她总是先摆好碗筷，跟它们悄悄地说话，留出座位。有时候她确信她的父母就坐在那儿，她静静地端详着它们，看着它们的一举一动，心里充满了一种莫名的虚幻感，觉得它们真的就是父母的幻化。屋子里有声音，东西掉下来了，她找遍每一个房间，并没有看见掉下来的东西。所以她更加坚信父母的存在。她向它们哭诉苏大卫走后，留在心中与死亡无异的绝望，哭诉自己的孤立无助，常常将自己哭得筋疲力尽。所以有时候她也想自己该不该去看一下心理医生，每次这样想她又会笑起来，那些狗屁心理医生说的她都知道。所以她知道他们解决不了她的问题。

这些年她除了给学生补课，大部分的时间都耗在杂乱的事情上了。苏大卫走后她把自己想成了一头驴，拉磨，而且只能顺着拉不拐弯不后退。她非常努力地生活着，用本子记下从别人那儿学来的做菜方法，只要她的女儿说好吃，她就拼死地做上一个星期，一点不动一下脑子，直到她的女儿说妈妈再吃我就要吐了。她才明白过来，就又去学新的，立马把那道菜忘得一干二净。她在厨房的墙上贴着：不抱怨、不后悔、不回忆。

她不会切菜，蹩手蹩脚地拿着刀，刀落在她的手上，她把手指放进嘴巴里，使劲地抿着，打开药箱找创可贴。杨木到厨房接水看到她的手又被切着了，他又摇摇头，他总是情不自禁，放水时矿泉水桶咕噜咕噜地响。看到他摇头，她心里面又生出不快来，两个人的缘分尽了，就怎么也捏不到一块了，她悲哀地想，虽然在夜晚聊天时，她会生出一些幻想，希望他们还是夫妻。可是那会儿他们之间是全然陌生的，杨木不知道电话里捏着鼻子的是她，所以他的表现是她需要的。人总是在粉饰中渐渐变得更好的，而婚姻中他似乎不需要这样的粉饰，所以恶性循环也是情理之中的事。这就好比鸡蛋破了一条缝，无论这条缝隙多么小，都是导致鸡蛋提前坏掉的主要原因。

杨木又在用蹩脚的普通话打电话，她有点想笑，夜里她跟他打电话也是用这样的普通话。拉开冰箱就有一股坏掉的海鲜腐味冲出来，她回过头去看了杨木一眼，他穿着拖鞋已经把脚搭在了沙发的扶手上。他晃着脚一只拖鞋就掉到地上，他把声音变得又细又软，他这是在跟他的侄孙子说话。虽然她已经听惯了他的这种声音，虽然他与他家人的一切，早已经不在她的关注范围，可心里还是生出了一丝轻蔑。她的女儿曾经问过她，为什么姑妈他们一家人总是要用普通话跟那个小宝贝说话。她本来想信口调侃说因为他们普通话说得烂，话到嘴边觉得不妥，便又认真地想了一下说，因为他们以为这样会不一样。什么不一样？女儿把一半面包扔在盘子里看着她，她又想了一下说，也许他们以为小宝贝会有一个不一样的前景。她觉得这样说是中肯的，女儿还是看了她一眼，认为她的话是有恶意的。

女儿对她的恶意和反感来自于那些对于她来说同样黑暗的日子。她跟杨木离婚之初，她带着女儿租住在学校附近的一栋居民楼里，房租钱是苏大卫出的。房子就在女儿学校的对面，隔着一条马路，这样女儿上下学她就不用去接。那时她到单位去上班，坐在人堆里常常会把准时回家的时间错过了，有一天女儿放学回来坐在桌前，她开了门忙着做饭。女儿绕到她的身后问她，如果她到北京上海找朋友，而朋友没有在会是什么感觉？她一边做饭一边胡乱地不假思索地说，绝望。吃饭时，女儿又郑重地告诉她，她没有回家的时候，自己就是那样的感觉，绝望。她吓了一跳，继而就笑起来，问她的女儿懂得什么叫绝望啊。女儿不动声色地告诉她仿佛走到了尽头。

她沉默不语，并且感到一阵刺痛。

道路两边是高大的梧桐树，苏大卫经常站在树下给她打电话。他像个庞然大物那样，走在树的阴影和黑暗里，与他高大健硕的身体形成对比，给她造成了一种非常阴暗的感觉。尽管她知道他是忧惧别人看到他并认出他来，才那样在树下走来走去的。

有一天，她刚从楼道里走出来，就碰到了小学同学，同学说你住这里啊？她抬头看了一眼那栋房子。同学主动要求到屋子里坐一会儿，他们就上去了，她不知道同学是卖安利产品的。同学问她为什么住在这里？她说是女儿上学方便，最后，她就把离婚的事告诉了同学，并嘱咐同学不要外说，没有人知道她离婚了。她没有提离婚的原因，同学很同情她。过了几天同学来敲她的门，她在午睡，同学没有再敲。同学坐在楼梯的过道上等着，她起来打开门看见同学靠在楼梯扶手上已经睡着了。她叫醒同学，同学进家就拿出很多安利产品介绍给她。那些年她很穷，工资低得只够吃饭，根本买不起那些对她来说过于昂贵的产品。她觉得难得同学这么辛苦，不买真是对不起她，坐在人家门口的楼梯上要多难堪有多难堪。她买了一支六十多元的牙膏。她总是顾及别人的面子和感受，朋友可以将几十块钱一件的衣服，拿来当一百多的卖给她。她不是不知道，而是不好意思拒绝，老觉得别人都开口了，怪不容易的。有一天她跟卖衣服的朋友逛街，就看见了朋友卖给她的那种破衣服，挂在铺面门口的架子上，贴着贱卖的价格。她假装没有看到，两个人就穿过了那些卖衣服的街巷。

有一天，同学又来敲门，她打开门就看到了杨木。杨木问她为什么要把自己搞成这个样子？她不说话，两只眼睛盯着同学问怎么可以这样？同学说是好心想让他们和好。她哭笑不得地让杨木和同学离开她的房间，她说她要到单位去开会。再后来苏大卫走了，她就搬到父母那里去了。最后，她母亲得了忧郁症，她不想女儿看到姥姥的样子，生怕影响到女儿将来的心理成长，杨木说你们回来住吧，她就把女儿送回杨木那里。她每天来回地跑，晚上整夜照看母亲，她的母亲一会儿起来上卫生间，一会儿起来喝水，要不然就坐起来叩齿。她总是醒着不敢合眼，生怕她的母亲跑到别的房间去轻生。那是冬天，天不亮她就得起床，照看她母亲的事就交给她的父亲去做。外面的积雪又深又厚，她在雪光返照着的黑暗里踩踏着雪赶往原来的家。这段路是这座城市治安最乱的地段，前几天才发生抢人事件，抢人的人还敲碎了被抢者的髌骨，可是她顾不了那么多，她必须在杨木出门前赶过去给女儿做早餐，然后送她去学校。

三

她开门的时候，杨木打完电话重新躺到沙发上，他打开电视迅速地调换着频道。她想给他说女儿前几天中午从学校出来被人抢了，话到嘴边她又咽回去了。以往她会在出门后给他打电话，可是现在她怕他在电话里听出来她的声音，跟夜里电话里的声音相似的蛛丝马迹。其实她想说的是，抢人的人不仅抢了女儿，还抢了别的孩子，都是未成年人，派出所做了笔录就放人了。可是抢人的人扬言说要挟持女儿和别的孩子，她找派出所的人，他们说事情没有发生，派出所不可能有什么行动。

她告诉同样在派出所工作的弟弟，弟弟跟他们说的是一样的话。弟弟还特别提示她挟持的严重后果。她的脑子里无数次出现过那样的场景：折磨、殴打、污辱、往遍体鳞伤的身上泼水……天啦！一想起这个，她就觉得头发全都倒立起来。可是杨木是不会听她说这些的，杨木会责怪她没有把女儿教育好，为什么学校那么多人，不抢别人只抢你的女儿？他一定会这样说，并且还会把头摇到让她无地自容。在这个世界上，一些人天生就不会被人怜惜和理解，什么事都得自己出头扛着，还讨不到一点好。她认为自己就是这种人。

出门时，她站在镜子前面换了条围巾。她总是穿着花长裙，围着长丝巾，就是在夏天也这样，她的打扮像一个与世隔离的异类。跟苏大卫相好的那几年，他总爱眯着眼看她取下围巾，挂在门背后墙上的挂钉上。那是她父母的家，墙壁上挂着父母结婚时的照片，还有她们家不同年代的全家福。自她的母亲五十岁后，她的父亲就有一种莫名的危机感，他担心她的母亲有一天突然就消失了，所以每一年她母亲的生日，全家都要聚在一起吃饭，然后照一张全家福，像是留作最后的纪念一样。

每次苏大卫离开前，都要站在那儿抱住她，然后指认照片上的每一个人。她知道他是在找另一个人，他总是想从照片上寻找到她跟杨木生活时的蛛丝马迹。这一点她早就想到了，好在墙上的照片上，只有一张上面有杨木，照片上的杨木刚刚下班还穿着制服，满面尘土的样子，她跟他站在一起，就像两个心猿意马的人那样，各自看着一个方向。她用一张报纸半摊着盖在相框上，故意掉下半截正好挡住了照片的一半，杨木就挡在报纸的后面。

苏大卫抱着她挪动身体，每次正欲举手取下报纸，她都会故作娇柔地抱过他的手，将他的身体抵到距离墙壁远一点的地方。苏大卫喜欢她的打扮，他会取下围巾给她围上说，遇到你之后别的女人我看都不想看。

那个时候，她坚信他是爱她的。那么不管自己付出了什么，或者将要经历什么都是值得的了。她总是在心里自我安慰自我鼓劲。二〇〇三年的冬天特别冷，她记得几场冻雨之后，苏大卫就调回北京去了。她病得很厉害，在她母亲住的附近一家诊所打吊针，他在机场给她打了最后一个电话，发了一条短信，四年的恋情就如石沉大海。

一年、两年，很多年过去了，她偶尔会在阳光灿烂的季节想起那一年冬天的大雪，大雪封路公交车停开，她走着路去上班，她的生活变得阴暗无望。其实他们的关系从来就是无望的，她对他的爱就像是一个火坑，现如今火灭了，一切都变为灰烬，她却依然保持着跳下去时的姿态。屋檐下几棵蒲公英草，还没有来得及枯萎和死亡，就被大雪盖住了，雪压在上面反而使摇摇欲坠的绿色，显示出一种不屈不挠的样子，她鼓励自己要像一株植物那样活着。

现如今的日子比起之前，总算有了起色，因为这一年，来找她辅导的学生是之前的两倍。她在住房的侧面搭出一间小屋子供学生们上课。生活有了改善后，苏大卫留给她的绝望感，自然就减轻了。她曾经给菲菲感慨地说钱是多么的重要。菲菲就笑着说，是啊，所以我是无法容忍一个男人没有钱的。她不想跟菲菲继续说下去，因为她知道菲菲说的跟自己说的不是一回事。有时候，人总是你说你的我说我的，本来说的是同一件事，却有天差地别的不一样。她是想说钱解决了生存问题，人的心自然会变得开阔一些。可是菲菲却说的是钱本身的问题。

她想给自己重新换一个手机，为的是晚上给杨木打电话质量更好一些。上次就因为她在电信大厅里看手机，营业员取下手机的盖子，示意她装上电信的新卡试试通话效果，还把一张新的卡号，装进新手机让她试试。才有了她与杨木的深夜交谈。慢慢地她觉得电话里的杨木与生活中的杨木判若两人，与作为丈夫的记忆中的杨木更是相去很远。原来他们真的是不了解。在这个世界上人与人之间，是缺乏真正了解的。这一来是因为人的素质各有不同，二来是因为人的本性确定了自身了解别人的程度。

走进电信大厅，那是正午，阳光落在大型的玻璃窗上，有点扎眼。坐在椅子上的两个男人，略显倦怠的眼神突然有了些闪亮的斑点，落在她的后背上，她感觉有些不舒服，转过脸来她的目光掠过那两个男人时，显得有点茫然无措，他们在她眼里如同两个影子。

办完上网费，看到街面上的热流像是要燃了一般，她迟疑不决起来，一时竟然想不出要去往哪里。走到手机营业柜台，漫无目的地看过去。菲菲没事就买手机，女人的价值除了手机，还有衣服和香水，这些都是看得见摸得着的。她看见了菲菲用过的一款手机，很大气，价格也已经下来了。菲菲整天把这款手机拿在手上玩，坐在单位办公室的环形桌子边，开会时领导讲领导的，她玩她的，仿佛她的生活就在手机里。

她想起有一次菲菲从北京打电话给她，她正走在营业厅的柜台间，菲菲的声音很急促，像是出了什么事。她一边听菲菲说着酒吧里的事，一边想象着菲菲手里的手机，想象着之前菲菲自如地转动机子的手又肥又亮。

菲菲说："我看到了世界上最污浊的一面，太可怕了。"

她不说话，边看手机边听，能够让菲菲也觉得受不了的场面，会是什么样子？她没有那样的想象力。之前菲菲给她说过，去北京因为西哥要出国考察。西哥是菲菲去帮他们单位排练时才认识不久的男友，离异多年在这座城市的一个区任区委副书记。菲菲说他们是真的相爱的，菲菲这样说的时候，她会想起苏大卫，当年她也是这样认为的。菲菲喜欢跟她讲西哥，她却从来没有提过苏大卫，她甚至觉得说出来是一件极其羞耻的事情，如果是爱情就不一样了。她对世俗生活中的人缺乏道德信任，他们很快会将她罗列进"情人"的名单，她认为这是一种无法忍受的亵渎。

菲菲有一副好嗓子，歌的确唱得好。那一年在广场唱《五星红旗》，她的眼泪就流出来了。当然一方面是菲菲唱得好，另一方面是她五岁的女儿告诉她，这首歌太好了，"你的名字比我生命更重要，太想哭了。"西哥喜欢是因为他的女友中，没有比菲菲更性感的了。他去北京就给了菲菲两百英镑，那是好几年前的事情了，菲菲在电话里兴高采烈地说回来就换个手机。

后来菲菲从北京回来，约她去了一家叫大师的咖啡吧。那是中午，她们坐在靠近窗子的座位上，窗外沿街的树木开满了紫色的花。那个时候她还抽烟，菲菲也跟着她抽烟，因为烟雾可以消解掉菲菲说话的部分情绪。她不想听发生在北京酒吧的事，菲菲想给她讲。她听得心不在焉，她对男女苟且之事，一点兴趣都没有。更何况场面是那样的不堪，人变成了猪狗。她看着菲菲的嘴唇，菲菲用的是进口口红，颜色纯正绵实质感很好，菲菲说完之后强调了西哥和自己只是观众。

而她却在想菲菲的五官中嘴巴长得最好很性感。菲菲还说了那些全都是在校的女大学生，一个个如花似玉。哦，如花似玉的年龄干点什么不好？这个念头只是一闪，她并没有想继续这个话题。可是她有点想不通的是，西哥竟然会带着菲菲出入那样的场合，他竟没有一点羞耻感？他不在乎菲菲会怎样看他和他们，菲菲在他心里到底是什么？或者跟那些在校女大学生一样，不同的是他们之间有往来，一次一次地见面，而女大学生们可能会如走马灯似的。或者菲菲什么也不是，只要是可以用钱来消费的，都是可以被忽略的，比如感受比如尊严。

"他们同坐在一个大厅里，喝酒作乐。"菲菲学着她的样子抽烟，菲菲抽起烟来的样子倒像是个没落的妓女，身体里散出一股迷人的腐败气息。也许这正是西哥们想要的。这个世界上有一种漂亮是肉体的，花枝招展，纤尘可染。她曾经调侃过菲菲说即使是妓女的模样，那也是十九世纪巴黎的。菲菲没有生气，反而觉得她有智慧。

"是的，他们用手。"菲菲在烟灰缸里摁灭了烟头。

这个世界真是脏。

她进而想起菲菲的手机也是脏的，虽然她的手白若葱根，伸出来像待卤的凤爪肥大丰厚，连一棵像样的戒指也难戴上去。那天她还陪着菲菲去了一家黄金店，这让她了解到菲菲其实不只是懂得挥霍的，她是懂得理财的，她的挥霍只是拿来装饰她的虚荣的。菲菲告诉她黄金在不断地升值。她对这一切一无所知，背靠着黄金柜台，不是她对黄金升值不感兴趣，而是黄金世界之于她遥不可及，就像一个伸手不见五指的夜晚那样，让她感觉眩晕和惊惧。

四

　　她另外选了一款手机，装上电信的卡后，拨了杨木的电话。电话通了，传来了"把握生命的每一分钟……"，她觉得实在是无趣得很，只有在晚上她才能进入角色，深入到忘我的地步。她甚至希望打电话的人真的不是自己，而是另外一个女人，或者杨木也不是杨木，这样她就又会有恋爱的冲动了。可是她不明白晚上打电话给杨木，到底隐藏了什么样的心理。

　　这么多年来，她学会了终止，唯独到了晚上她就想给杨木打电话。仿佛举起电话捏着鼻子时，她真的就是另外一个人了。

　　她和杨木离婚多年了，她已经记不得是五年还是八年。他们是在一个春天办的离婚。是她执意要离的，可是办完手续她还是哭了。她知道苏大卫只是个符号，不可以寄任何希望，他不可能给她一个婚姻。可是她觉得背离丈夫跟人胡搞是可耻的，对己对人都是羞辱。她想在近似于毁灭的疼痛里，找到一丝自我惩处的平衡方式，那是一种类似于茹毛饮血的方式。别的女人都不会这样干，为一场渺茫的男女关系摧毁自己。这就是她过人的愚蠢之处，鸡飞蛋打的下场是她明明知道的，就像一个人明知山有虎，偏向虎山行一样，到头来落了个飞蛾扑火自取灭亡的下场。杨木不知道她为什么要哭，摇摇头朝着大街上走过去，然后他上了一辆开往郊区的中巴车，他还要赶回监狱去上班。之前她对他的工作漠不关心，从来不愿知道他工作的危险和艰辛，她甚至不知道他所在监区的具体划分，更不允许他在家里提到与工作有关的事。她不想让自己的女儿从小就知道，这世界上有那样一个地方——监狱。

她跟了苏大卫，落得如今这样一个下场是否值得？苏大卫离开的时候，她是最后一个知道消息的。苏大卫一直对她隐而不说，直到公开了他调离的消息，他才假装无限深情地告诉她。她早知道了，但是她还是哭了。他在电话里听见她哭成那样子，对她说："亲爱的不要哭，我想清楚了，一定要让你和你闺女过上好日子。"

她觉得这句话太好笑了，就在电话里情不自禁地冷笑了一声。听到她冷笑，他像是被戳穿了似的，就不再说什么。后来他去她家，他抬着两箱治眼底黄斑裂缝的药，呼哧呼哧喘着气，他的块头太大了，就是空手爬楼梯都够他受的了，还抱着东西。她的妈妈患眼底黄斑裂缝，为此整夜忧郁无法睡觉，他就找人给她妈妈买了药。他把药放在桌子上，桌子上有两个温水瓶，他每次去都要站在那端详温水瓶上的图案。自言自语地说这个以前我们家也有，我妈妈一直不愿丢掉，这种东西以后就没有了。她站在他身后，用手环绕着他，不说话将头贴在他宽阔肥沃的背上。桌子旁边的水池里，她的母亲放着的桶正在往下滴水，她忘记了在他进屋前关掉龙头。靠墙的那一排长条凳上，摆满了水桶。她怕他误以为她们家靠偷滴水生活，就赶紧说这里长期停水，她妈妈住的地方的确长期停水，水贵如油。他像是没听见，他把注意力转向墙壁上的照片上。

她歪过头去看他，他拧着身子又胖又蠢。想起他们刚认识不久的冬天，他到外出差她问他加外衣没有，因为他冬天从不多穿衣服，总是在短袖T恤衫外面穿件灯芯绒的休闲西服，无论下雪下凌永远穿一条单裤。他说穿了件风衣。她就问你穿风衣什么样子？他说远看一个大水桶近看还是一个大水桶。站在他面前她竟然想笑，用茶缸抵了他一下，示意他喝水。他接过茶缸呼呼吹两口气，然后抬起头来说："你到北京去吧，要不然到澳大利亚，我有同学在那里。"

她还是想笑，看着他不说话。他不知道她在想什么，就又心虚地说："我真的不知道你想要什么。"她就又冷笑了一下，心里想我想要的你没有，她终究没有说出这句话，转回身到厨房关掉煤气。她想起情妇这个词，那几年这个词是专门用来形容跟官员鬼混的女人。她们可以得到钱拿到项目得到车和房子，而她除了万劫不复的痛之外，苏大卫给她带来的是毁灭。

他说："就去澳大利亚，我有同学在那里发展得很好。"她还是冷笑，她想他把自己当成了跟他鬼混的为钱为利的女人。

她说："你把我安排到国外，那么有一天我被引渡回来怎么办？"他问她说这话是什么意思。她说一个玩笑而已。他不说话，她就又进一步说："你给我记住了，如果有一天，被引渡的是你，在这个世界上，也许只有我会到监狱里看你。"苏大卫沉默了一阵，她能听到他粗重的鼻息，然后他抬起头来笑着说："你以为我被关在茅草监狱啊。"

茅草监狱是她曾经工作的地方，有一次苏大卫出外考察工作路过那里，还特地下车让秘书陪同他走了一转。他打电话告诉她他在茅草监狱，他想象她曾经在那儿生活工作的情景。这让她非常感动，并确信他们之间是相爱的。

苏大卫走了，生活留给了她太多的无奈和挣扎。苏大卫说没有人会走投无路，他哪里会懂得人世的艰辛。她和杨木仍然住在一个屋子里，像两只毫不相干的动物，被错关在一个圈里，游走或吃食都互不干扰习以为常。为了孩子，他们都已经习惯了，在屋子里不轻易说话，有什么事出门后在电话里说。有那么几次，他们都在家的时候，她猛然地一抬头，遇到了杨木的目光，陌生中透出来的晦涩张惶和距离，使她在埋下头之后竟然怀疑他们是否认识，是否曾经做过夫妻。

五

付了手机钱，走过明晃晃的大厅，推开玻璃门，该死的天气要燃了。她觉得自己真卑鄙，为了夜里给杨木打电话，不惜重金买一款五千多元的手机，真是卑鄙又荒唐。她甚至不知道这场电话闹剧该怎么收场，假戏真演的执着，让自己吃惊和意外。

"零点"酒吧被一丛树阴遮蔽着，斑驳地挤在高楼的缝隙之中。之前坐在这个酒吧的窗前，就能清楚地看见通往省政府大楼的林荫道路，被梧桐树挡去了阳光的道路上，来往穿梭的车辆让她感觉到一个城市的流动，坐在那儿她就会觉得离苏大卫更近了，能感知到他的呼吸。雨水从梧桐树叶上滴落下来，为什么天总是下雨？那个时候的天气是应和了她的心情的。她喜欢"零点"。可能更是因为"零点乐队"的声音一起，便是要把黑夜和风拖出好长的那种感觉，是她在黑暗的冬天去苏大卫的住处，每次离开时的孤绝记忆。他们的声音是一种撕扯，像是时间或者什么东西被扯裂开了，她深陷其中与内心的痛形成对应，她确定自己是被一种声音打扰，而朝着时间的深渊滑向泥沼，挣扎呼吸撕裂，就这样混合在一起，不用分辨什么是什么。那不过是一种时间的牵引形成的深渊，无论走出多远，终将如同泡影。

从强光下进入酒吧，她的眼前出现了一片昏暗，她走到靠窗的地方坐了下来。现在是下午时间，酒吧里很清净，只有她一个客人。服务生给她送来了一杯水，她望着窗外。树荫遮蔽的道路上车辆疾速地驶过，再往前就是省政府所在的大院交叉路口，交警站在一把伞下不停地变换手的方向，红绿灯形同虚设。

一张朽坏了的并被烟熏火燎过的桌子，盖上军用颜色的布毯，安放在窗边显示出了一种与时间有关的陈旧。那是她和苏大卫常坐的桌子。他走了，很多年了，她又回到了从前的生活里，这好比一支漂流在水中的浮漂，一阵风之后，它漂出了很远，然而它终究又顺着风回到了原来的河面。

她和杨木住在市文联的宿舍，外面出太阳，屋内就跟在地洞里一样，阳光永远也照不进来，如同她的日子一样的屋子，现在她反倒成了阳光永远也照不进来的地方。

手机响了，是杨木打来的。看着那个号码，她的心开始噗哧噗哧地跳，迟疑了一会才冷冷地拿起手机喂了一声。

杨木说："喂，对不起，昨晚你打电话时我没能听见。"

她想起昨天晚上，杨木一直在看电视剧《潜伏》，中途他看了几次手机。她不知道昨晚上的《潜伏》，为什么播了那么多集。临睡觉前她拨了他的电话，还没有听到电话接通的声音，她就挂断了。这是一个连日来唯一没有跟杨木通电话的夜晚，躺在床上她反而心潮起伏，要不要就此停止打电话，真的有点太卑鄙了。月光从拉开的窗帘照进来，记得前一夜自己跟杨木说起了男女之情，电话里的杨木是那样地接近自己，他的表达他的所思所想，甚至于他对感情的理解和需求。她想在与杨木的整个婚姻中，也许是自己错了，错误地以为杨木理所当然地要接受自己的全部想法，错误的方式导致了两个人之间的距离，她低估了一个男人自尊心的承受能力。她总猜测杨木有没有发现，打电话的人是她，甚至有几次她想坦露胸襟，为自己做出的所有的事忏悔。可是每次话到嘴边，她都控制住了。她惧怕杨木知道是她之后，断然了断这样的通话。她感到自己与杨木之间的爱恨情仇都不再重要，重要的是每天晚上能跟他正常地说话，直至有一天告诉她，他一直知道是她。

杨木正在走路，他呼呼地出着气。她问他在做什么，他说他正在去往监区的岗亭。她沉默了一会儿，静静地听着他的脚踩踏在石子路上。想着他们为夫妻时，他也是这样走路，有点虎虎生威的感觉。那时他喜欢把女儿扛在肩膀上，他说让女儿看得更远一点，他脚上的鞋也总是因为他走路过于用力而比别人损坏得快。在对待女儿的问题上，他始终是愧疚的，他认为自己的职业，不能给女儿带来更多的东西。为了弥补内心的亏欠，女儿要什么他就毫不犹豫地买什么。他们之间的裂缝，就是这样一点一点地敞开的。她咆哮着对他说，如果你可以给孩子一座金山，那么你现在的行为我可以接受。问题是你没有金山，甚至连一座土山都不可能有，你怎么可以这样对孩子？她记得自己的表现是气急败坏的，他摔掉了手中正在切菜的刀说她小题大做，刀哐啷啷落在地板上，她认为是落在她的心脏上。她给菲菲这样说，菲菲总是在电话里慢条斯理地说这些都是些鸡毛蒜皮的小事，不值一提，并且会咯咯地笑，说贫贱夫妻百事忧。可是她到现在也不认为这是鸡毛蒜皮的小事，她认为大事都是由小事引发的。

他说："听见了吧，这是监区的外墙，正在铺石子，这段路很长，我刚才骑着自行车。"她突然间就觉得他们还是夫妻，她的心里涌过一阵暖流。他们也曾经那样好过，住在乡下的时候，他总是骑着自行车带着她，上坡时也不让她下来，呼哧呼哧拼命地骑。每天太阳落下去，落在他们家住的后窗的草坪上，那儿是子弟学校的足球场，她最初在一所子弟学校当老师。她总是透过窗子就能听到他骑着自行车，从远处的石子土路上过来，一路哐啷哐啷然后直冲草坪前的土坡，哐啷哐啷飞到草坪上来，一路伴随的是狗叫声。她提心吊胆地说过他好几次不要那样骑车，他却笑着说自己的车技高超到下了前轮可以骑后轮。他总是不听她说的危险，就是在天黑风啸的雨夜，他也照样那么干。

"你真的把我的电话弄丢了吗？"她问他。她是想把话挑明了，说这是一场误会。她不是有意要这样干的。她听见他在电话里笑了，他说："真的，我怎么会骗你呢？"她竟然有点想哭。他不会骗人，连一个根本没有弄清楚的女人，他都真诚地说不会骗人，这个世界上还有几个男人不会骗人呢？

她说："你真的知道我是谁？"

　　他在那边停了一会儿，大概是要把手里的什么东西交给别人，紧接着她听见了铁门的哐啷声。他粗重的气息从电话里传过来，他说我不跟你说了，前面来了几个巡查的。她的脑子里出现高墙和电线，他沿着铺满石子的路走着。她也走过那段路，"非典"时他被隔离不能回家，六一儿童节那天，她带着女儿去看他。"非典"的非常时期已经基本过去，为了保险起见，还是不准留在监区的干警出监回家，外面的干警每天上下班也只能去到隔离区待命，以防万一。太阳煌煌地照在头上，她是坐着公交车一路问着找到他所在的监区。那时他们已经离婚，她是第一次去他的工作单位，单位的人都不知道他们离了婚，所以是允许夫妻探视的。那条隔离区的路很长，用红色划出了警戒线，还拉出了警戒标志，武警站在高高的监墙上，几根高压电线分割出蓝天与监区的界线。距警戒线一百米的地方，搭出了一个临时医疗救急帐篷，一个标有红十字的药箱在帐篷外面的桌面上，几个身穿白大褂的警察坐在桌子跟前，他们也是在煌煌的日光下等得无聊了，一路看着她跟女儿踩过那些乱石堆，朝着他们走去。

　　他从另一道大门出来，骑着个破自行车，一路叮哐叮哐地过来，还没有来到乱石堆前，他就从自行车上跳了下来，狂奔着朝她们跑过来。女儿把手举得高高的，等着他来抱她。穿白衣服的警察拦住他，让他量体温，然后又示意她们靠近帐篷量体温。她朝高高的监墙上看了一眼，心惊胆颤地坐下来。墙上的武警背着枪正朝着他们。他不看她，她也不看他，一家人坐在一条长凳上，在有监视的交谈里，他说了些要照顾好女儿的话，探视的时间就到了。她带着女儿走过乱石堆，回头看他，他已经又骑上自行车返回那道森严的大门，她的眼泪就流出来了。女儿看她一眼，迈开小腿朝前走去。

　　哦，哦，什么叫家破人亡？让她暗自神伤，而这一切都是她一手造成的，苏大卫只是个帮凶而已。杨木问她在哪里。她说酒吧知道吧？杨木沉默了一会儿才问她为什么在酒吧？跟谁？她说难道你不知道我喜欢泡吧吗？杨木尴尬地说："真是不知道，我的前妻就喜欢在那种地方整天泡着。"她听到他说他的前妻，她的心就又动了一下，他真的不知道她是个扮演者吗？

如此拙劣的扮演他真的没有一点怀疑吗？他说他的"前妻"，就又勾起了她调侃他的恶意的想法。

她说："你是不是忘不了你的前妻？"

他停顿了片刻，将自行车斜靠在墙上，腾出另一只手握住电话说："你不认为都过去了吗？"

他在电话里叹了口气，声音变得低沉。她感觉脸上一阵阵涌过灼热，她是不是就该告诉他，这是一场闹剧，是她的恶搞。可是她看到服务生为菲菲拉开了门，她不得不挂断电话。浓妆艳抹的菲菲神采飞扬地朝着她笑，浓烈的香水味随之扑来。她喜欢闻菲菲用的香水，特别是她今天用的"圣罗兰"，其味是经过压抑后才散出来的，不像"香奈儿"那样清清幽幽地扑散出来，有一种藏不住的喧宾夺主，整个空气都弥散着那样散淡轻盈的气味。

菲菲坐下来，手里拿了一本《如歌的行板》，她接过来随手翻看着。菲菲说发现了一个她喜欢的去处，小艳马上开车来接她们。小艳是菲菲的朋友，也是唱歌的，在区文化馆工作。那次在三元宫搞吴昌硕的画展（非真迹），她和菲菲站在三元宫房廊下，小艳停完车朝她们走来。菲菲说小艳又换车了，前一阵那辆车还没有开到一年，这次又买了个七十多万的。她面朝着护城河，河水自南向西缓缓而过。她对车和她们对钱的态度没有什么兴趣，所以小艳也没有给她留下多少印象，她只知道她们都是有钱人，生活得富裕自在。

有一次小艳带来两个玉镯，她拿在手里翻来覆去地看。小艳说喜欢先拿回家玩一阵，想要了再给钱。两个镯子几万块钱，她知道自己不会买，还是戴到手上不肯取下来。回到家她举起手给她的女儿看，她喜欢玉，认为玉跟自身的气质很接近。可是她的女儿说，妈妈，能不能不作，世界上还有那么多人没有饭吃。她羞愧，觉得女儿说得对，也正好给自己舍不得买下那对玉镯找到一个大而充分正当的理由。几周后她们又见面时，她把镯子从手上取下来还给了小艳。小艳在收起玉镯时问她为什么不要，又不是买不起。她说女儿不让买。小艳问为什么。她说女儿说世界上还有那么多人吃不起饭。菲菲和小艳都笑起来了，笑得温和大气。她不知道自己和女儿到底有没有那么好笑，低了头喝茶，心里是怯懦的。

小艳说："那么多人没有饭吃，你们又没有拿钱。"

这根本不是一回事，可是她却哑口无言。纵然你长了千百张嘴，跟你说话的人之间没有交叉点，也等于零。好在她还有一点修养，那就是不会跟不搭边的人较真和说长论短。

菲菲曾经指着街上的一家洗浴城说，这个是小艳的老公搞的。她抬起头□着灯红酒绿的洗浴城看过去，闪烁着彩灯的牌子，给她一种眩晕感。菲菲说小艳的老公要跟小艳离婚，决定把这个洗浴城给她经营，他在外面找了好几个女人，她们都能安然地坐在一起吃饭，为的是能分到一份财产。她不说话因为她总是不屑，这样来的钱像是阳光下刺目的玻璃碎片，光也好玻璃本身也好，要么扎人要么虚无。

菲菲把一块手表举在太阳光下让她和小艳看，小艳说真的一点都不反光哈。菲菲得意地将镶着蓝宝石的表镜，在她们的眼睛前晃了晃，那是一块写着LOGOP字母的表。小艳还将之拿过来贴在耳朵上听了一阵。她对名表豪车没有兴趣，将身体靠在护栏的石柱上，想起菲菲有一次对她说小艳简直就是个妓女。她的眼睛就落在小艳的手上，小艳的指甲上绣了各种各样的花，在太阳光下一动，让她感觉眩晕。她不知道小艳会怎样评价菲菲，她们俩是如此地相像，像得如出一辙，就像一个站在镜子外面，一个站在镜子里面的同一个人，相互打量却拒绝承认对方。

那天她们谈的全是名表名车名香水，还有什么地方又新开了一家韩式料理，龙港酒家的海鲜是在海里养殖的。她在她们说得热火朝天的时候，顺着农家特意搭出来的一条木制小路往下走。小路两边开满了花，风把菲菲和小艳的笑声吹过来，飘进山脚下的小河里。她高声喊她们，告诉她们山下有一条河。

她看着她们顺着她走过的木板小路走下来，她们开始简单地唱着歌，故意在变调时加上不必要的装饰音，她们的笑声被山风吹散，很浪也很美，像一些散落的花瓣在空气中飘浮。她开始羡慕起两个体态丰盈的女人来，她从来没有这样羡慕过她们。她们活得那样鲜活，像一些带着露珠的花那样滋润肥艳不问世事。她问自己，难道这个就是人们常说的智慧吗？人类感知痛苦的深浅，确定了一个人的选择，或者是一个人的选择确定了，一个人感知痛苦的深浅更确切。

跟她们相比，她是狭隘而封闭的。无论她们之间是谁遇上了苏大卫，结局都绝不会如此惨淡。起码她们会弄一笔钱拿在手里，聊以了却后面的生活消费，就像小艳说的不得一样得一样。这个逻辑是常理，她痛恨自己连常理都不懂。

有一天早上，她正走在上班的路上，菲菲打电话告诉她西哥给她买新车了，是一款日本车。菲菲问她在哪里，她开车过来接她。她站在路边等菲菲，天下着冻雨很冷，她用头巾裹住头，她想起苏大卫走的时候，也是个冬天，她站在路边跟他通电话，苏大卫说亲爱的不要难过，她就哭了，风像刀一样扎在她的脸上。吃饭的时候，菲菲说已经离婚了。菲菲笑得很灿烂。她问为什么？菲菲和小艳都笑起来，没有为什么，那么穷的老公拿来做什么？

菲菲把用旧的手机都给了前夫，她坐在菲菲的车上，听见菲菲跟前夫打电话，她说拿点钱过来。那边说没有钱。菲菲就笑着吼叫起来说："你不是才找了个开矿的女人吗？没有钱找她个屁。"

她坐在一边一言不发。菲菲挂电话前，打开了雨水刮说："老子才不管你有没有搞到钱，把儿子两万的生活费打到我的卡上来。"

挂断电话的菲菲看了眼一言不发的她，若无其事地开着车，接着把车载音响调高了一度，车子里全是许巍的声音。两个人都不说话，开了一段路，菲菲改放了一张苗族音乐的磁带，她说："这个好听。"菲菲就笑起来说，这个是她最近跟几个从北京来的老师一起录制的，其中有她带的合唱团的声音。

她静静地听着，然后她问菲菲是不是要跟西哥结婚。菲菲笑了起来说："我才不会那么蠢。现在像他这种男人，只要你有想跟他结婚的念头，他一秒都不会停，就一脚把你踹了。"

前面有人过马路，菲菲放慢了车速，把声音调高了两度，然后她按了一声喇叭说："你记住了，凡是想跟别人结婚的女人，都是让人害怕的。"

她的脸一下子就红了，她就是一个以婚姻为目的的女人。她就是一个希望能与人终老的女人，原来世界变成了这个样子，她变成了无论男人女人同仇敌忾的"那一个"。她心里正打着鼓，菲菲转换了话题，说她指挥的那个叫"三运"合唱团的事。菲菲说一会儿还要去排练，受不了那些热情高涨的老头老太太，他们总是在排练前争吵不休，为一个站着临时演唱的位置，都会吵得翻天覆地，像是一场生死战场，真是无聊。

她却在想他们是不是对的呢？生活在战场上才存在着，像她这样早已远离了一切的生活真是无趣得很，清风雅静需要一个人战胜多少孤独和绝望，才能坚持着活下去。

菲菲显出和颜悦色的样子，笑着看了她一眼。菲菲为什么总是能和颜悦色地处理一切？她和颜悦色地说小艳是个妓女，让她觉得"妓女"这个词，竟然是溢美之词。小艳也说菲菲是个交际花，虽然也没有动声色，比起菲菲来却逊色了许多，起码让她感觉到了贬损。离婚从某种意义上说是一种失败，但在菲菲这里变成了一顿便饭，这让她感到佩服。

六

菲菲终于哭了，她总算是哭了。菲菲说的淡定是有吃有喝有玩的物质坚实，是在物质以内的而不是超然于物外的淡定。现在菲菲就坐在她的对面，酒吧的灯光暗得发红，她看着菲菲用一张餐巾纸，擦掉了流在脸上的浓妆。她竟然想笑。她是第一次看清了菲菲的五官，两个人交往很多年了，她觉得自己始终没有看清菲菲真正长什么样子，她也曾经想过菲菲不化妆，或没有做过美容手术之前是什么样子。

现在她看清了，她的皮肤暗黄发黑，毫无一点光泽和生气，垫高的鼻梁将皮肤撑得发亮。菲菲一边抹着眼睛，一边说着西哥离开自己的事，她一言不发地听着。其实西哥给菲菲买车，就是为了离开菲菲。自鸣得意的菲菲再聪明，也不过是男人手里的一张可任意扔掉的牌而已。她觉得自己这样想菲菲有点恶毒，就又从包里取出纸巾递给菲菲。菲菲控制了一下情绪说："我离婚又不是一定要嫁给他，他怕什么呢？"

她还是一言不发，心里想你威胁到他了。这种思维也是菲菲的思维，以前她不会这样思考，因为她对当下社会的很多把戏并不了解。

电话响了，菲菲拿过手机看了一眼，又放下了。菲菲没落的样子，让她想起小艳与菲菲相互将对方视为妓女的亲密和可笑。她一直静静地坐着，看着菲菲再次拿过响个不停的电话。菲菲镇定了一下喂了一声，然后迅速地笑起来。一个女人哭得脸红耳赤突然一笑，倒是让人想起石榴熟透了炸开的口子。

她也想笑，可是她忍住了。

放下电话菲菲站起身说："小艳叫我们过去泡一下吧，我上一下洗手间。"

她还没有完全从菲菲的情绪里反应过来，菲菲已经从洗手间走出来，菲菲在洗手间重新武装了自己，走在暗红的灯光下，刚才的忧郁化成一种美丽。菲菲提醒她不要在小艳面前提起此事，菲菲说小艳不过一妓女，哪里会懂得人间真情。不同的是这一次菲菲说小艳是妓女，并没有像往常那样显出和颜悦色。

小艳是跳着跑出来的，然后她们三个人开车去小艳的温泉山庄。她把头转向道路两边一晃而过的柿子树，满树黄澄澄的柿子已经萧瑟，车轮碾压过道路上的落叶，拐进前面的木头大门，初冬骤然而来的寒冷之气，就是在那一瞬间扑来的。

远处的山坡上有一棵柿子树，孤零零地挂着几个柿子。她们坐在泉池里聊天，她受不了小鱼啃咬身体的那股痒痒，紧咬着牙看着寒风中的柿子树。菲菲和小艳又在摆弄对方的手表，她的手机响了，从水里爬出来，菲菲和小艳一起看着她。电话是杨木打的。她没有接，她不能当着她们的面把鼻子捏住，然后怪声怪气地跟杨木说话。那样她们也会当场揭穿她，叫她不要表演。

两个女人又如胶似漆地谈论起来。尽管小艳不像菲菲那样在背开对方时，在她面前直截了当地说菲菲。她们相互看不起对方，认为对方是下贱的，可是她们眉开眼笑的样子，眼睛里能荡出花来的样子，在一起相互佩服，离开了相互贬损。她们是多么地相像啊，像得如出一辙，各有千秋。她们从吃的谈到飞的再谈坐的，再从车子谈到了房子。最后她们谈到了，那个认识西哥后被菲菲抛弃的男人。他为菲菲写了两万字的情书，挂在网上惹很多网友热议。他在电信工作，菲菲离开他后，他开始出来做工程。菲菲说想跟他重归于好，之前他为了菲菲离了婚，结果因为西哥被菲菲一腿踢到十万八千里那么远。小艳问菲菲西哥怎么办？菲菲又和颜悦色地笑起来，然后说我没有想过要跟他结婚。

她把身体前倾，觉得菲菲真能说谎，刚才还哭得泪人似的，说被人抛弃了，你不就是露出了要跟西哥结婚的端倪，才被人抛弃的吗？怎么这会儿主动权又落在自己手里了？她长长地躺进水里，这会儿她早已经习惯跑来咬食她腿部的鱼群。黑麻麻的鱼群东游西逛，慌不择路。这个世界上可怜可笑的不仅仅是那些小鱼，误把人腿当成可以充饥的食物，殊不知它们却被人当成了工具，供人娱乐休闲。

七

连日来，她突然陷入一种前所未有的悔恨之中，一个人所走过的道路，都无法回头。倘若时间倒流，她不会那样选择毁灭，她不会用飞蛾扑火的方式，将自己以及家庭毁掉。菲菲的智慧虽不可取，却也能保全自己。她多么希望一切只是一场梦，醒来后一切依然，就像希望她的父母还健在一样。无数次当她回忆起往事，她沉陷在黑暗的时光里，她多么希望黑暗中的一切能够重现，哪怕幼时的记忆全是凄风苦雨，她也愿意过那种有父母庇护的日子。

深夜她给杨木打电话时，她表达了这种情绪。杨木静静地听着她说的一切，她尽可能地想让杨木听明白，是她在给他说话。她想告诉他自己犯下了不可饶恕的错误，毁灭了自己的家庭。多少次她都想放下捏住鼻子的手，让杨木知道她是谁。可是那样她怕从此就失去了杨木，现在她什么也没有了，总算还有这样的方式跟杨木交流，哪怕杨木也许并不知道是她，她内心的苦和痛，也终究有一个安全的说处。况且她说的每一句话都能得到杨木的理解和回应，为什么她们为夫妻的时候，他跟她的距离那么远呢？她们相互为敌的时间是不是过于地长了一点，才导致夫妻朝着相反的方向走去。

跟杨木说话的时间越久，她心里的失落感就越深。终有一天杨木要从这个屋子里搬出去，他已经贷款买下了一套一室一厅的小房子。等女儿初中一毕业，他就会永远地离开这个他们生活了十多年的黑屋子。一想到这个，她的心里就充满了莫名的悲戚。

杨木提前下班回来，门是虚掩着的，他走到厨房门口听见她在说话，他朝前迈了一步，正好站到她的后面。她回过头来看了他一眼，她惊叫了一声，因为她没有想到自己的身后站着人。她年轻的时候就是这样，专注地走着逢着人就会陡然间大叫一声。她没有想到他这么早就回来了，平时这个时候他还在上班。

她镇住神，她看到他的手在那一瞬间伸向了她，旋即又缩了回去，她满脸通红，他不说话看着她将笼子提出来，绕过他将笼子挂到窗外。他跟在她身后，他第一次发现，后窗的爬墙虎从山坡上一直爬到了半坡上，快到他们家的窗户上来了。他不明白她整天把笼子挂出挂进的做什么，他早已不再会关心她想什么了。他想这个没有阳光的房子，自己一住就是十多年，时间真的是很奇妙。

他的手机响了，接电话时他看了她一眼，她正在往饮水机里加水。他们家用的是沁园净水器，水用完了不用打电话让送水，往里面倒自来水就是了。他不相信这个往什么芯片里塞满了颗粒的东西，能起到净化水的作用，并且还有那么多原子元素。所以他总是叫女儿接开了的那一边的水。以往看见她往里面加水的时候，他总会觉得她太愚蠢了，这是个天下最蠢笨的女人。可是此时，他突然觉得她很可怜。这么多年来为女儿她已经很努力了，该做的和不该做的，她都已经做了。

电话是他姐姐打来的，这一次他没有用那么蹩脚的普通话，他说："是的，马上就走。是的，不知道要多长时间？我会注意的，你们放心！"接下来他依然跟他的侄孙说话了，跟往常不同，他用的是本地话，只说了两句，哟，乖。他就把电话挂了。

她认真地想着他们的对话，猜测着对方说了什么。然后她把厨房的菜用盘子扣上保温，准备出门去接女儿。他站在厨房门口拦住了她。

他说："我要出一趟远门。"

她刚才已经从电话里听出来了，她并不以为然地想将这个事情淡化。

她说："哦？你要出门？"

他看着她。离婚这么多年来，他们的目光第一次这样，为着一个共同话题两两相对。她有点不自在，避开了他的眼睛说："要去多久？"

他说："不知道，也许会很久。"

她说："外出追捕吗？"

她低下头，她的目光停在厨房隔断的玻璃上，那是一分为四的磨砂玻璃，是装修房子时，为了节约钱，她和他从市场路那边自己抬回来的。她觉得他们之间像隔着一个世纪那样对了一次话，离婚后虽同在屋檐下，彼此几乎连正眼都没有相互看过一次。这是他们离婚以来第一次站得那么近，第一次还像夫妻那样说话，虽然有些生冷拘束，但是还是让他们感觉到了隔着那么远的时光，夫妻一场的情分。

他说："可能比追捕要艰巨。"

她不再说话，把眼睛从玻璃上移到他的脚上。他的皮鞋上沾满了黄色的灰尘，她突然想蹲下去给他擦一下，像从前他们刚结婚时那样，把他的皮鞋擦得油光锃亮。她想起自己总是用上海鞋油，他责问她说能不能用点便宜的，不过是一双鞋。她们为此也没有少生过气。那时候的他们太穷了，穷得一元一盒的鞋油都要计较，真是贫贱夫妻百事忧啊，一点也不假。

他把一个存折递到她的面前说："这个给你，钱不多，是我们离婚后全部的积蓄。"

她朝后退了一步，想做出轻松的样子笑一下，却没有能够笑出来，她说："我们有钱，你的钱自己留着吧。"

他说："我很穷，实在对不起你和女儿，所以离婚也是应该的。"

她的眼泪就要流出来了，她把脸转向厨房的窗户，外面的树枝在风中摇晃着。多少个夜晚她坐在那里给他打电话，又有多少次她想告诉他，这是一场闹剧。而现在是时候了，他就站在她的面前，她应该告诉他每天夜里，是她给他打的电话。而就在此时，如果他抱住她，她就会哭出声来，就会请求他的原谅，她甚至会提出复婚。

然而他却转过身到屋子里收衣服去了。

他在屋子里面慌慌地找衣服，她站在门口，她发现他的房间如此黑暗，衣服堆得到处都是，被子没叠，他猛地一掀，一股汗味扑进鼻子。很多年了，她已经忘记了那股气味，在他们青春年少初婚的日子里，他骑着自行车在路上飞奔，这股气味随着风飘过来，灌进她的鼻子，她就从后面拦腰抱住他，那时候的她感觉是幸福的。

他提着包到洗手间拿洗漱用具时，她问他怎么走。他一边把刮胡刀片放进袋子，一边说坐火车，晚上的。她问去几个人。他说不太清楚，通知我从这边出发。他从洗手间出来，她看着他把东西装进一个帆布旅行包。他弓着身体，那一刻她有了想抱住他的冲动。可是她朝前迈了半步，他就站起来了。

她说："我有话对你说。"

他匆忙地走到门边，然后停下来说："有什么等我回来再说吧。"

她看着他说："你的钱我给你存着，等你回来再还给你。"

他笑笑说:"我走了。"

她趴在厨房的窗户上,看着他急急地走着,跨过大门时,他的脚碰到了铁门,他回过头来朝她这边看了一眼。她感到突然间无法控制自己的情绪,生离死别的惆怅席卷而来,泪流如注。

那天夜里女儿睡去之后,她打开手机就看到了杨木发来的短信:火车已开,你要带好女儿。我这次是被派到陕西,卧底的工作很危险,这是机密,左思右想还是决定告诉你。到那边后会无法与你们联系。我常常在睡不着的时候听刘德华的《来生缘》,这也是我想告诉你的。我很爱你们。

这个短信是发在她的手机上的,很明显是发给她的,而不是她每天夜里用来打电话的那个手机。她忍不住打开新的手机,坐在厨房紧握那个号码,想用那个手机最后给他打个电话,让他知道很久以来是她在给他打电话。可是她就一直那么坐着,不知道为什么始终没有用新手机拨响杨木的电话。

她一直在想象着那列火车在夜里飞奔的情形,想象他睡在**黑暗的火车里,会不会想起那些通电话的夜晚,会不会怀疑打电话的人?**

如果他往新手机上发信息,她就一定要告诉他真相。他没有往新手机上发信息。难道他早就知道是她在打电话吗?为什么他不戳穿她?为什么他不肯表示他原谅了她,在离别的时候抱一下她,让他们重归于好?多少次她都想这样告诉他,可是每一次她都欲言又止。我们都过得很苦,她记得在电话里他说过这样的话。

她的脑子里是列车轰咘轰咘的声音,整个晚上都是,像是列车一直在她的身体里奔驰,碾碎了关于她和他的全部生活和记忆。

八

大雪封山了，屋前房后全是积雪。杨木没有一点消息。她希望过年的时候，他会突然回来。杨木走后，她在网上查遍了关于卧底的资料，越看越忧惧。

她到街上买了《潜伏》的影碟，一个人醉生梦死地看了好几天。她一直想知道他卧什么底？她给杨木的姐姐打了电话，她正在街上置办年货。她问他的姐姐知不知道为什么要派他去？他有没有消息回来？

他的姐姐在电话里沉默了很久，他的姐姐是恨她的，不愿跟她说话。他的姐姐避开闹闹嚷嚷的人声对她说："这个是机密，据说是几个省联手进行的一场打击毒犯行动。"

她说："那是公安的事情，与狱警没有关系啊？"

他的姐姐说："那我就不知道了，我也是后来打听的，也许大家都在猜测。我弟弟说是执行任务，具体的他也不知道。"

大年三十，她跟女儿吃过年夜饭，打开电视，春节联欢晚会已经开始，她听到主持人用高亢的声音说，新年到了，祝大家马到成功！泪流涌进眼眶，都被她咽了下去。她不想当着女儿流泪，让女儿一起陷入可怕的猜想。

远处稀稀拉拉地传来几声爆竹声，大雪又开始下了起来。有人朝天空放着火花，哗哧哗哧地从窗口划过，这是一个多么寂静的夜晚。女儿坐在电视机前，张开嘴巴跟随电视里的声音笑着。

大年初一，她带着女儿走在街上，虽然禁放烟花很多年，冷冷清清的大街上，还是遍布鞭炮纸屑。好在推板车卖盗版碟的两夫妇还在路边摆摊，他们挤在板车后面搭出来的小棚子里，一边吃着瓜子一边看影碟。

她买了几张警匪的碟子，牵着女儿走过空空荡荡的大街，雪花夹在冻雨里，星星点点地飘落。横过马路时，女儿问她爸爸什么时候回来，她说快了。

碟子看了一遍又一遍，让她觉得生活跟碟子一样，索然无味。其间菲菲从日本打来电话，说她结婚了，在日本度蜜月。她问菲菲跟谁结婚？菲菲大概坐在旅游车上，杂乱的声音遮住了菲菲说话的声音，她没有听清楚菲菲到底跟谁结了婚。她从电话本上找到小艳的号码，小艳在香港，她问菲菲跟谁结婚了？小艳在电话里笑起来，说你没有见过吗？你见过的，就是之前写两万字的情书发在网上的那个。她说怎么会？小艳就又笑说你真是笨，菲菲今年就利用自己的关系网，给他拉了一千万的工程单。也就是说菲菲现在的老公，靠着菲菲的交际花的人脉，建立了网络工程的大平台，钱就如雪片一样飘下来。

挂断电话她坐在厨房的窗前，脑子里回荡着杨木离开时的情形，她想他是不是安全的？她甚至想到了他的死。打开那个手机看着他们之前的短信和电话记录，心一酸眼泪就流出来了。

女儿吵闹着说家里太无聊了，她就带女儿去爬山。出门前她想起要在后窗种太阳花，顺手带了一把小锄头，女儿一看高兴了，扛着锄头一路小跑。看见女儿如此高兴，眼泪再次流了出来，孩子哪里会知道大人的事情，更不会知道生死。

她们穿过树林，踩踏着积雪，飞鸟从她们头顶上飞过。女儿扔下锄头，两只小手插进雪里，捧起一团雪朝着她扔过来。她心思沉重，一边刨开积雪一边想，春节过后，天一暖和，就在后窗撒下太阳花籽。

她也捧起雪捏成团朝着女儿扔过去，两个人在雪地里追打了一阵，笑声传得很远很远。她就想其实人是有能力高兴的，如果杨木回来了，她就会向他提出复婚，可是如果他一去不回了呢？她不敢再往下想。太阳隐隐地出来了，雪光刺得她睁不开眼睛。

她和女儿躺在雪地上，天空高远，而生命荒凉。她侧过脸告诉女儿这座山叫狮子山。女儿问她为什么叫狮子山。是啊，为什么叫狮子山？她们朝远处望过去，雪白茫茫一片，女儿指给她看那是狮子的头。哦，卧狮！背靠这座山住了十多年，还从来没有认真观看过它。

雪已经化了，天晴了，春天突然就来了。

她打开后窗，从山上漏下来的阳光照射在她挖来的花土上。她把头伸出去，横斜在墙上的那一棵，树枝上长满了新芽。她突然想起自己曾经将杨木的衣服扔出去，衣服就挂在树枝上很久很久。如果不是因为那场洪水，那件衣服还会挂在那里，哪怕成为布条也还挂在那里。现如今一切都恍如隔世，过往的是是非非已经不再重要，她只求老天给自己一个机会，一个悔过的机会，让杨木活着回来。

笼子里的地狗死了，大概死了很久了，她用棍子挑开土才发现它们没有越过冬天。她把它们埋在花土里，然后她在那里撒满了太阳花的种子。不管它们发不发芽开不开花，她隔一段时间都会去浇水。

杨木依旧没有一点消息。期间他的姐姐打电话来问过一次，她们之间的一切隔膜，在共同的心情里冰释，她感觉到与他的姐姐之间，还是亲人，她们在小心地牵挂着一个与自己有关的人。后来她会有意识地翻出他姐姐的电话号码来看一下，希望对方会打来电话，自己却忍着不去打扰。

四月的一天，菲菲打来电话约她去洗泰式澡，在电话里告诉她说小艳离婚了，小艳的老公把洗浴城送给了小艳经营。菲菲说话的声音很高亢，她想起那次跟着她们去洗泰式澡，差点没有把她按死。一个小伙子穿着白色的短和服，将她的手反转过来，双膝跪压在她的背上。她感觉自己是爬出来的。

那不是我的生活，她这样想着打开后窗，太阳花出奇地开了。

女赌徒

一

　　她醒来四周一片寂静。睁开眼，她在黑暗中等待了片刻。
冻雨扑哧扑哧打在窗玻璃上，她抬了抬手，听到刀子掉在地上
的声音。她感到全身都是痛的，特别是背部紧靠心脏那一块。
她想起来了，刀好像是从王明的后背穿过去的，可是她记不得
他们扭打之后，这把刀是怎样穿过王明身体的？

　　他必死无疑。她早就想杀了他，杀了他也不解恨。已经快
二十年了，从生了女儿之后，这个念头从来没有消减过。

　　她感觉眼睛胀痛，昨晚她冲向他的时候，他用拳头打了
她。这不是第一次，她总是乌青着眼眶出去上班，用一块方巾
遮住脸，坐在赌桌上泰然地打麻将。厂里的人对于这一切，早
已经见惯不怪了。知道这对夫妻天生一对冤家，上一世就是敌
人，这一世是来相互讨债的，知道总有一天，两个人终是要分
出个你死我活来的。

　　这会儿她的脑子有点混乱，到底是谁杀了谁？她依稀记
得，那把刀不是她插到他心脏上的，是她从他身上拔出来的。
血！刀一出来血就冒了出来，像喷雾染红了黑夜。他的手张开
在空中，血红形成巨大的黑雾，像一头张着血盆大口的狮子，
俯向大地朝着她逼迫而来。她和王明都倒在了地上，到底是谁

死了？

当时屋子里没有灯，一团漆黑，玻璃碎了的声音她还能记得。屋子里的一面镜子碎了，好像灯也不是她关的。最近他经常不开灯，坐在屋子里孤零零的，像一棵正在朽蚀的木桩。她一说话他就告诉她他想死。她冷笑。想死就去死呗，又没有人拦着你。他摔东西踢门并且吼叫。她也会顺手把屋子里的东西扔在墙上，向他示威警告他不要得脸。要疯谁不会疯？也许我比你还疯。告诉他跟他生活在一起，她早就不想活了。

或者灯是两个人在撕打的过程中被扯断了灯线。她咬了他一口，她咬他是让他放下手里的刀。她看见他把刀高举在手里冲着她过来了，她看到他的眼睛的火是喷出来的，很快就要化为灰烬的火苗让她感到了前所未有的畏惧。在一瞬间里她竟然无法判定，他是要杀她还是要自杀？在那样慌乱的时间里，她根本无法判断，唯一的办法只有与他撕打来抵抗那把刀。

他举着的不是菜刀，是一把匕首。早在农场当警察的时候，他们家就有了这把他出差从西藏带回来的匕首。他曾经一度把它挂在墙上当装饰，常常一个人面对着墙操着手注视着匕首，显然他对这把匕首有着更加意味深长的理解或者欣赏。

杀人偿命！天啦，他真的死了？她看见他倒在地上，嘴巴往外扑气，哗啦哗啦的，她感到奇怪，那声音竟然是麻将的声音，清脆悦耳地萦绕。她惊异于这个世界上竟有如此好听的声音，到了无以复加的程度，在这个让她像是死而复生的寒冷夜里颤栗不止。

王明肯定死了。我不能束手就擒被人抓住打入大牢，更不能被枪毙。绳之以法是一个多么让人胆寒心惊的词语。

这个想法更加坚定了她逃跑的决心。她想到绳之以法这个词的时候，首先想到的就是那个冰冷的枪口。她自己曾经就是个神枪手，虽然后来她是厂里远近闻名的"赌神"，但是她更愿意回忆自己是个神枪手。被人称为"赌神"，务必就带来嫉妒，她的生命突然间灰暗下来，所有的人都不愿意跟她赌博。每当想起这个她还是会很沮丧，那种沮丧的感觉在相当一段时间里，让自己有一种郁郁不得志的荒凉感，甚至于像是埋没了她的人生。生活逼迫她成为"赌神"，然后为的是遗弃她。她曾经的生命价值，完全是通过"赌"获取的，她用赌来的钱支撑了她们家庭的大部分开支。生活总是在跟人开着各种各样的玩笑，让人扮演各种角色，可叹终是演得面目全非南辕北辙背道而驰。她想倘若能够活下去，也许自己会选择另外一种生活，至少不会过这种破罐破摔的生活。

她感觉黑夜朝着自己压下来，寒冷的风包裹了死灭的夜色。被抓捕的危险正朝着她逼近。她告诫自己必须离开这里。她从地上爬起来，裹住一件花棉袄。她最喜欢穿花色的衣服，从年轻的时候就喜欢。柜子怎么全是空的？这个狗日的王明，他把家里所有的东西都输光了，竟然连她的几件破衣服也不放过。她在枕头底下摸到了钱，她记不得是什么时候放进去的。平时为了不让王明找到她的钱，她总是把钱藏在鞋子的夹层。这个无孔不入的杂种，他早就丧失了人性，就连女儿上学的钱他也要拿去输掉，前一年甚至还偷过女儿摆地摊的货款，害得女儿连这样的小本生意也难以维系，这个死有余辜的畜生。

她发现她越是把王明恨得不共戴天恨得痛彻骨髓，恐惧感就会随之而减小。恨是一件多么能够让人精神饱满的一种情绪啊，让人忘记恐惧忘记愧疚，甚至把人变成一块锈坏的铁器。

她走出门来，狭窄的走廊尽头，一个身穿白大褂的人坐在一张桌子后面用手撑着头打盹。她警觉地放轻了脚步，心想这个地方是医院？或者更像是太平间？她感觉背上有什么东西顺着脊骨往下淌，一阵一阵的刺痛随着她脚步的迈动而不断加深。穿白褂子的人动了一下身体，她没有多想就从那个人的身边快速穿了过去，带出一股她都能感觉到的寒气。

天下着冻雨。几天前堆积在地上的雪还没有融化，脚踩在积雪上，咯吱咯吱地让她有点害怕，总觉得有影子跟着她。她东张西望缩头缩脑用一块方巾裹了头，幸好随身带了方巾，方巾上有红色的图案可以避邪。到处都是影子，一圈一圈地随着脚步起落而撞向自己。她拉紧衣服加快步伐，昏暗的路灯东倒西歪地横在路面上，好几次她跟它们撞到了一起，蓦地一惊如从空中陡地踩下来，吓得她魂飞魄散。

离天亮还有多久？她不知道能不能在天亮前逃离厂区。她没有敢顺着厂区的水泥大路走，那条路上两边种满了法国梧桐，这会儿应该是满地落叶，人踩上去会有很大的声音发出来。她记得在那个生产齿轮的车间后面，有一条通往河边的小路，那条路近几年除了附近村子的放牛娃，已经没有人走了。

二

顺着小路一直往前走上五里路，就可以在天亮前赶上进城的公交车。上了车他们要找到她就难了。她已经想好了不能去火车站，当过警察的她知道，火车站是警方第一个围堵的地方，他们会在那里布下天罗地网。她想起"天网恢恢疏而不漏"这句话，她做狱警时常常在给犯人们开会时这样讲。之前她只把它当成一句顺口的话来讲，从来没有像现在这样深刻地体会出这句话的形状和分量以及震慑力。类似于一只飞虫粘在蛛网上，有风无风它都会自投罗网。她的心疾速地跳动，像是要从那些网眼中逃离一样。

她迎着风一路小跑。她一边跑一边哭起来，她听到自己的哭声轰哧轰哧的，像是在一个封闭的容器中滚来荡去。身体各处随着这个声音，越来越重。她听到了自己的脚在地上拖出来的声音，很响很长地起落。她不敢沿着大路跑，从侧面插入一段泥沙土路，她知道这段路前面有个粪塘，她们家曾经在那片小土坡上种过菜。她熟知从那里穿过粪塘有一小片树丛，再往前就是河边了。沿着那条蜿蜒的河一直往前走，就可以去到公交车站。那个立于村口黄泥路边的站牌早已经垮掉，公交车夏天从那儿经过会掀起很多尘土，而在冬天有雾或者下雪天，人就要先站在路中间招手，等车靠近了才又站到边上去，不然司机看不见人就不会停车。有那么一瞬间，她想先躲进小树丛，等天亮后再离开。当然这个念头很快就随着她的脚步被打消了，那样无异于等死。

远处，村子里传来了鸡的叫声。鸡打鸣了。天是不是就要亮了。但愿这一声鸡叫是鸡的误叫，与天亮无关。她感觉自己变成了一张网，每走一步都是为了挣脱网眼的限制。天要灭掉一个人，就是会让他举步艰难步步绝境。她这样悲情地想着，却止住了哭，她担心自己发出的任何声音，都会惊动这个漆黑的夜晚，从而让自己无处可逃。脚踩进了水里，鞋子湿了，水一直渗到她的膝盖骨那里，但是她丝毫没有意识到冷。

她看到了那条蜿蜒的小河，快速踩过地里被冰雪砸烂的白菜，朝着天吐了一口气，心里想着就快要逃出去了！她放慢脚步，闪过那些迎面撞上来的影子，感到肝脏处有些疼痛，用手护住肝部，她想自己的胆也许快要吓破了。河面在雪光的映射下反着清幽幽的光，风从水面上吹过来形成一道道刀子样的波纹，刺得她睁不开眼睛。岸边的杂草簌簌地抖动，透出一股她不熟悉的腐败气息。

沿着杂草丛生的河岸快速地小跑着，她不知道前面的道路在几年前就堵上了。厂里为了不让放牛娃跳进厂墙偷铜偷铁，借着河道的石桥修出一堵墙，顺着墙体搭出一间工具房来。尽管现在这间房子已经破烂不堪，它还是堵住了通往村庄和公交车站的去路，隔开了厂区与外界的联系。

爬上那堵石头墙，上面横七竖八地布满了玻璃，她刚一踩下去，玻璃就扎进了她的脚底。她犹豫了一下，发现可以把脚横斜着踩下去，这样扎伤的面积就会少一些。血随着她的脚在玻璃上的起落喷溅而出，借着雪光她能清楚地看见被血染红了的玻璃闪着红光。当年修墙时工人们在墙的上面置入了那么多玻璃，为的是扎伤企图翻墙的人。此刻倒像是完全为了扎伤她，他们像是早就料到了今天，料到了今夜她必无路可逃，必经此处而布下这样的阵势，让她血流不止而亡。

她弓着身体，以此来减轻脚下的刺痛，慢慢逼近工具房那扇破败的窗户。还好窗户上的铁条已朽坏，她用手一碰窗框上的铁条就掉下来了。她从破窗口爬进去，一只脚套在废铁堆上，她摔了下去，感觉有什么东西插在她的背上，风从伤口灌进去，整个身体疼痛欲裂。几只夜鸟扑打翅膀惊慌地穿过她的头顶，撞在石头墙上之后，从破了顶的屋子飞向河边。

它们的叫声落在水面上，雪就是在那时又下了起来。

天光微明，道路却崎岖漫长。除了雪几乎什么也看不见，脚下的杂草全是从那些废铜烂铁堆里钻出来的，在她的脚下发出清脆的响声，这样她感到黑夜并没有那么可怕了。疼痛替代了恐惧，如同雪花一样，让她感到夜晚也蒙上了一层疼痛的影子。痛到了极致，就会转变成别的什么，这是她生小孩时的体验。可是这种痛持续的时间和面积都有别于生产，像是遍布全身，不知道到底是哪里痛。

想着要在天亮前离开这里，她连滚带爬地从杂乱的破屋子里出来，走到了年久失修的水泥路面上。水泥路面凹凸不平，风化的地方裂开一条很大的口子，踩进去脚就崴着了，加上满脚被玻璃扎伤，血流如涌，痛得难以支撑。好几次她不得不停下来，伏下去用手捂住脚的伤口。雪啊，再大一点，再大一点就可以盖住自己留下的气味，还有那些流到地上的血痕。她一面这样祈祷，一面扯下围巾撕开，裹住伤口，疼痛似乎减轻了一些。她站起来继续往前走。破裂的水泥缝里长出来的草，这会儿已经枯了，脚踩下去无异于雪上加霜。血流在枯草上，她知道警察带着警犬一路嗅过来，很快就会发现她逃跑的路线，从而追上她。

三

雪似乎比先前又大了些。天像是无遮无拦，雪是倾泻下来的。昆明这座城市是很少下雪的，她想起有人说过，人体本来就是个宇宙，难道雪是在自己的宇宙里下的吗？不管它在哪里下，它还是在她的祈祷里下了，还是给她带来了逃出去的希望。她开始在脑子里搜索逃出去之后，哪里才是安全的藏身之处。

她首先想到了自己的家乡铜仁，那个废弃多年的汞矿厂，现在厂区已无人烟。她从小在那儿长大，熟悉那儿的山，还有那些从小钻过的山洞，警察是无法找到自己的。继而她又想，躲在一个荒无人烟的地方，既使活着跟死了也别无二样。更不要说近年市里已经将汞矿厂列为"工业遗产基地"保护起来了，人来人往的参观团队，成为通缉犯的自己很快就会被举报。她否掉了这个地方之后，立即又在脑子里开始努力搜索新的地方。

她抖掉身上的雪花，远处的道路上有车经过，灯光透过雪花映过来，她下意识地弯下身，虽然那灯光遥不可及，她还是做了个躲闪的动作。

她只能去想曾经当过狱警的劳改农场，那儿有一座树林覆盖的村子，春天开满矢车菊的村子到处是飞鸟，密不透风的村子一定很安全。哦，那时候叫农场，现在叫监狱，她在心里自我纠正着。顺着厂墙一路往前走，散落的废铁和凹陷的水泥路面，烙得千疮百孔的脚难以加快步伐。

路越走越窄，最后成了一个死胡同，两边的水泥断墙逼仄地挤过来，她明白前面没有路可走了。

　　她停了下来，脚步声还在响。是谁踩出来的声音，像是要踏破这个夜晚，把她陷进去一样。她朝四处看去，一片大雪纷扬的景象。在这大片大片寂静的雪里，除了让她感觉浑身上下都流着血，什么也看不见。黑夜中到处都是声音，声音里又夹杂着声音。她的脚步越来越慢，她侧着耳，试图辨清那些纷至沓来的杂沓声从何而来？

　　她静静地听了一会儿，感觉脑子像是被分隔开了，一个又一个的镜像，重重叠叠，像是些玻璃的碎片，雪光扎在上面刺得她两眼发痛。

　　碎片像雪花一样飞舞，一片一片地扎下来，扎进她的脑子里，金光闪烁，眼花缭乱。她的脑子里出现了小时候的自己，黄头发满脸雀斑在太阳光下跑着，到处是拉矿的车哐哧哐哧地响不停。出现了死去的母亲年轻时的模样，系着围腰戴着白色的帽子，从工厂里随人流走出来。那时的工厂多么火热。哦，可怜的母亲，在父亲去世四个月后的同一个日子里，紧随其后用一根绳子了结了自己。不求同日生但求同日死，她做到了。同为夫妻，他们做到了同生共死，而自己跟王明呢？

　　接着脑子里就是一片雪白，哐哧地响着。她从众多的声音里离析出一种声音，那个声音如梦如幻。她仔细地辨别着，是人在敲打铜锣的声音。她知道一定有人在做道场。真好听！破了的铜锣会发出一种断裂声，如泣如诉，带着一丝华丽让人眩晕，像是与雪融在了一起。

　　小时候表演时握在别人手里的铜锣，那些细碎的凹痕，映着所有的人影。影子重着影子，声音重着声音，像电光掠过让她觉得天旋地转，就要站立不住了。她抬起头，天和地的距离显得低矮模糊。她趔趄了一下，天和地像是倒了过来。她蹲下去努力使身体保持平衡。现在让她感觉害怕的并不是那些影子了，而是脑子里旋转着的速度，天与地与自己连在一起的那种类似于颠倒是非的失衡感。

蹲在地上，感觉血已经流了一地。如果看得见，那里应该是一片殷红。凭着这些警犬，警察就能在瞬间追向自己出逃的方向。颤抖时身体里发出一种瑟瑟声，也像是人的脚步从那儿穿过一样，既响亮又让她无法忍受。她再一次想到自己到底是死了，还是活着？如果自己还活着，这遍体鳞伤生不如死的处境，也许不等跑出去就会自然毙命。如果自己死了，是不是正在通往地狱的途中，这个到底是但丁的地狱，还是佛经里的地狱……她不敢往下想。

有灯光隐约从前面的断墙处漏过来，她把身体贴在墙上，就听见人说话的声音，其间还隐约夹着哭声。她的眼睛落在哪儿，别的声音和影像便成了背景。想起小时候曾经打破过一只白瓷碗，从那些碎片中就看到过自己和别的人。谁都知道白瓷不可能映出人影，可她就是看到了自己，每一片碎瓷上都有自己和别人的一个肢体部位。那次她的魂被吓没了，高烧就是打吊针也无法退下来。后来，她的妈妈请人用鸡蛋在她身体上滚动，又是烧纸倒水饭送鬼又是在家里挂桃树枝跳大神驱鬼，过了一个月，才慢慢好起来。

她爬到断墙上，从一棵歪斜的柿子树跨到另外一棵树上，然后顺着滑下去，藏在墙体的阴影里，朝前走了一截。她怀着一份坚定而绝望的幻想，认为离开这里就好了。放大了的铜镜像光一样照射进她的脑海，又从脑海里反射出光，让她感觉到无处可逃。她把头深深地埋向雪地，试图以此来遮挡游离晃动的影子。

雪簌簌地落在那些光上，顿时变成了光斑，闪啊闪啊让她感觉到自己也闪起来了，所有的光和雪花都落进身体里。她想自己快要成为一个带电的蜂巢了。看来横竖都只有一条路，那就是死。被抓住枪毙是死，在大雪中被掏空流血不止依然是死。

四

她又朝前走了一小段路。

她想起来了这儿是机修车间，自从工厂停产以来，就变成了全厂殡葬停放场。厂里死了的人，无论老少送进城里火化前，都会在这里停放三天。当年厂里的一个保卫室，就设在机修车间旁边，王明就在这个保卫室上班。他曾感觉委屈，为什么她在厂里的保卫处上班，而自己却偏处一角，像是一点面子也没有。他觉得厂里这样分配他们两夫妻的工作，对他充满了偏见和埋没。可是工厂停产以后，无论保卫处还是保卫室，都没有了存在的必要和理由，王明的抱怨也就没有了意义。

保卫室的门窗在风雨中早已坏垮，只有侧边的那棵槐树还东倒西歪地活着。树下杂草从乱石缝中长出来，因为夏天狗们总是来这里拉屎，所以即使冬天，树下的草也比别处的枯萎得晚。雪光太刺眼了，她还记得在这片草丛里，她们家的小黄被别的狗咬伤了，它跑了很远的路，身体上粘着细草和野花，就那样倒在土坎下面，两天后才死去。它的一只眼睛完全被血盖住了，身体上被咬伤的部位凹陷进毛里，它的肋骨从凹陷的地方突出来。那些日子车前草刚刚开花，它就那样死了。

那时保卫室里的人一说话，声音就飞扑出来。小黄会对着声音狂叫几声，然后钻入草丛跳来扑去地咬狗尾草，它总是乐此不疲。王明的声音总是夹在中间，那是说笑的声音，还有机器的声音。她感到头痛欲裂。她还闻到了一股熟悉的烟味，是一股劣质的贵烟的味道。那些年从贵州到昆明来的日子，王明曾一度只抽这种烟。这种味道似乎跟他们某个时期的生命记忆粘在了一起。一个人的生命走到了头时，是不是就只剩下回忆了？她真的不想回忆，那些人和事偏就硬生生地一股脑儿地钻进来了。年轻时记忆不好，现在反倒好了，什么事都那么清晰。

她举起手试图捂一下头。好冷！手像是被冰冻了，僵硬寒凉发出一阵轻微的脆响。

五

机修车间大门前宽敞的坝子里，有人围坐在一起打麻将。他们旁边用砖头垒出的两孔灶火，烧得要死不活的，煤气虽然被雪打湿了，还是带着一股呛人的烟味飘进她的鼻子，让她感觉胸闷。打牌的人说话的声音乱糟糟的，所有的声音混在一起如同一锅粥似的沸腾着热烈地喷溅，又像是一些玻璃碴子撒得满天都是，扎得她的耳朵比背还要痛。

她觉得自己已经走到了尽头，立马就会崩溃。她想着法子试图从他们身边绕过去。只要没有人看见她绕过去就好了，可是那道铜黄色的灯光太让人眩晕了，光一圈一圈地绕过来，像是要将她绕了进去。她用手挡光，一些碎裂的声音就是这个时候在耳朵里响起的。一点一点地碎裂，以至于她有了放弃自己的想法。坐在雪地上等着冻僵，等着一点一点地碎裂，等着肉身与声音与别的事物混杂在一起。

哗啦哗啦的麻将声，如潮如浪涌过来。这个声音平和、焦虑、如诉如泣绞混着她一生的奋斗和艰辛记忆，让她百感交集。

过去的岁月，它给她带来过莫大人生的价值和意义，她曾经一度认为自己就是为赌博而生 。她的天赋才情统统在这种声音里完成和实现了。那是一段怎样的记忆和怎样的时光啊！她忘记了王明无论是赌博还是做人的一败涂地给她带来的巨大羞耻。一个人独占赌桌鳌头的气度与疯狂，是一种多么惬意甚至雄伟的人生。她对他的所作所为已经到了听之任之视而不见。她认为她的人生已经到达登峰造极的大境界了，阔气得难以想象。王明不过是一株不经意长在身边的杂草，他们之间只要各自完成自己的人生使命就好。

可是后来呢？她成为厂里赌博场上远近闻"杨"丧胆的人物（杨是她的姓）。无论她走到哪里，别人都不愿跟她打牌了。谁会愿意跟一个逢赌必赢的人玩呢？那无异于玩火。开始的时候三缺一，还有人来叫她凑"角子"。慢慢地不知道是谁发明了"三根拐"（就是三个人也可以打的麻将），她就成为了被所有人抛弃的孤独冷清的人物。最初她碍于"赌神"这样的自我感觉良好的面子，从不主动出门找人打麻将，而是胸有成竹地坐在家里等人来叫她。被冷落的时间一长，她就坐不住了，她放下面子，开始在那些打麻将的场所闲逛，希望别人能主动邀她入伙。可是人们对她视而不见，她就主动要求加入，提出来打五抽。大家打红了眼，赢家想再多赢一点，输家想抓紧时间扳回本钱，谁都不愿意五抽，冷淡地叫她到别处去打。那种如丧家犬被人唾弃的感觉就是到了现在，仍然让她倍感羞耻。她被这个世界拒之门外了，像是众人联合起来让她不战而败，那是一种走投无路的凋敝的状态，一个让人绝望的状态。也许孤绝比死亡的速度更快更加锋利地毁掉人的肉身。

再后来她就不出门了，整天关在家里，因为她买了一台自动麻将机。她自扮成四个角色，分别编上名号。每天清晨到黄昏，她消磨掉了孤独而骄傲的无数时光。这样打来打去的，她的牌技已经高到了常人难以想象的境界。她盼望着总有一天，她会冲出厂区打到省城昆明甚至打到全国去，把电影里高不可攀的"赌神"变成现实。那时候，上门要账的人络绎不绝，真的是要把她们家的门槛踏破了。王明依然输得倾家荡产并且变本加厉。同样是这个哗哗啦啦的麻将的声音，也就是说同样的一个声音，为什么会有两种相反的一天一地的结果？这个声音为什么会让她上升，却让王明陷入丧心病狂的绝境？哦，那是地狱。也许人一出生就被老天烙上了咒语，相同的事物不同的人，会在咒语中朝着完全相反的方向走。她和王明就是例证。

寒冷的风雪天，她和女儿在大学城摆地摊，她脑子里闪现的依然是每一盘麻将的设置，依然想着怎样才能让王明这个祸害死去，而自己又不受法律的制裁。她曾经往他的水杯里放过安眠药，而且不止一次，可是那样除了让他呼呼大睡，对他没有丝毫的损害。风吹裂了女儿的小手，冻坏了女儿的脚。摆完地摊回到家里，她用萝卜熬水给女儿烫脚，把切下的萝卜片，一片一片地贴在女儿的脚上。每贴一片，她恨王明的程度就又加深一层。多么心酸的日子啊，都是王明这个狗日的造成的。王明不死这个家就永无宁日！所以即使他死上千百次也是死有余辜。

六

她藏在那棵老枯树后面。昏暗的灯光下，她听见了自己的哭声。她慌乱地用手去试图捂住声音，却发现声音是从别处传来的。循着哭声看过去，却看到了一面镜子重着另一面镜子。她只需要通过镜子就可以看清所有打麻将的人，他们只要一抬头也能通过镜子看见她隐约在树后面露出来的影子。

她在镜子里看到了自己，头破血流浑身湿透，衣服从胸部至胃部撕下来，露出一道很深的血口。她被自己的样子吓了一跳，她想仔细看清楚自己的样子，却又模糊起来，雪大得看不清镜面了。她感到很庆幸，如果镜子里的人也朝她这边看，那么她就完全暴露了。

她又开始祈祷着雪再大一点。雪似乎就又大了一些。她的女儿头上包着白色的孝布，腰间扎着白布带子，跪在王明的灵柩前。嘶嘶的声音，就是从女儿身体里传出来的，像是有一条虫蛰伏在女儿身体里，正在啮噬女儿的血肉，那样丝丝入扣地响着，乱箭穿心般让她产生了死而复生的痛。

女儿你在哭吗？我可怜的女儿。

　　她也哭起来。这一回她真的听清了自己的声音，如洪流样湍急地从胸腔涌出来，裹挟了她。有那么一瞬，她无法自持地晕厥了。倒在雪地里的她，在一阵剧烈的抽搐中醒来。天空完全被雪盖住了，冰冰凉凉的雪落下来，她发现自己每抽搐一次身体的重量就减少一点，手脚冰凉像是有人用绳子捆绑住自己。她感到自己和时间一起，都变成了雪白的影子。时间变成了一块一块的晶状物，漂移在镜面上，不断地扩散不断地聚拢成不同形状的往事。镜子像是大得没有方向没有边界。她一急身体四处冒汗，如同七窍都在出血那样，很快在风雪中冰冻了。她知道如果自己不加紧改变现状，就会活生生地冻成一个冰雕。她努力想着到底身在何处？是在镜子里面，还是在镜子外面？为什么会有那么多人同时涌来？她拼尽力气将身体向外移动，尽量能让自己感受到光。有光就不至于被冻僵，有光也许就会从噩梦样的处境里逃离。人处在被一绺绺分割的境地，真是比死还难受。

　　她朝着有光的地方爬了几步，她想起刚上警校时的自己，穿着刚刚由深蓝色改成军绿色的警服，短发腰间扎着皮带，跟随英姿飒爽的同学们从一辆解放牌汽车上跳下来，她走在中间簇拥在人群里，他们朝着荒山快步走着，他们是去实地观看枪毙人的。汽车在路上出了点小故障，因此没能按规定的时间到达。他们还在两里以外的山路上急急地赶路，枪声就响了，从峡谷的凹口传来清脆的枪声划过上空。他们开始跑起来，风的声音在耳边呜呜地响。他们跑到现场，被执行枪决的人已经抬上车，她只在车的后闸门关闭的瞬间，看到那个被缚的尸身。她一直庆幸没能看到一个人被子弹近距离击中倒地的情形，一个人的死是被执行的。这样的事情，就要落在自己的头上了，怎么可能不害怕。

　　她把手指伸进嘴里用劲咬了一下，痛感是从身体的其他部位传来的。她不停地叫着天啦！天啦！她拍打自己，继续朝前挪动，感觉身体没有那么僵硬了。她想自己得救了。

　　她看见灵柩上摆着自己的照片，还有陷在阴影里的王明的照片。女儿抽动的背脊映着两只红蜡烛放出的光，使得她的照片起起伏伏影影绰绰。她似乎平静了一些，她想女儿一定是弄错了，怎么可以把一个活人的照片，跟一个死人摆在一起？女儿就是一个懵懂糊涂的孩子，从小学习不用功，每天老师布置的作业在哪里都不知道。王明整天不归家，输了就回来窝上几天，或在外躲几天。只要看到他在家，她知道要债的人紧跟着就来了。来他们家坐着，他们一边喝茶，一边讨价还价，有时候还会做出要大打出手的样子来，声音把屋子都快要掀翻了。有时候她会看着屋顶，担心它会突然间垮下来压住自己和女儿。要债的人走了，她和王明一说话就是吵架，在这样的家庭里长大的孩子，怎么能聪明呢？

　　她感到深深的自责，用一只手捂住胸口匍匐在土坎上。如果自己不跟王明一样嗜赌如命，把人生的价值押在赌博上，女儿会不会到了今天——初中念完后就没有学上了？这个家会不会沦落到如此家破人亡的境地？

七

　　她又开始恨王明，觉得他早就该死了。生活真的是左也难右也难啊！如果当初她和王明不离开农场，两个人都是干警，生活也不会落到这等田地。可是不离开农场，王明早就坐牢去了，罚款、降级、警告、停职，凡是农场的制度和处罚条例，他都触犯了，并且都一一领受了，像是这些条例是为他一个人量身定做的一样。佛经里说的六道轮回，人是从不同的道来的。王明在前一世是什么呢？这一世怎么又会轮到人道了呢？当然她是百思难得其解。

　　有道是天无绝人之路，可是跟了王明这样的男人，老天不绝人，他也要自绝于人。那时候万幸的是王明有个手眼通天的哥哥。如果没有这个哥哥，等待他的就是监狱。他的哥哥费了好大的周折，先是把他们从离贵州省会城市不远的农场调到贵州边远的小县城的一个企业，算是让王明逃过无路可走面临开除或坐牢的劫难。然后又从小县城调到了昆明边上的这家国有企业。

那个时候她的女儿还没有上学，工厂还很热闹没有倒闭一说。后来工厂一天不如一天，到了名存实亡的地步。厂里的年轻人都走光了，有能耐的人也都另谋出路，剩下来的全是没有办法的。大家都赌博，不赌生活就如一潭死水暗无天日。钱就那么一点，只有赌才会有生机才会有活力。那是一个赌的时代，赌时间赌未来赌生命，可以赌的东西也实在只有这些了。一切似乎都没错，人总是要找到各种各样的方法活下去。

她骂王明你个狗日的也配赌？你妈生你一个猪头驴蛋，你妈妈才是罪魁祸首。王明喝醉了，一败涂地趴在沙发上，在她的骂声中打起呼噜来，她就去把他从沙发上拖下来，让他滚到地上。有时候，王明没有喝酒，他嬉皮笑脸地求她给他点钱，让他去扳本。她就破口大骂起来，骂他的妈妈骂他的祖宗八代。王明把杯子砸在她的身上，两个人就开始打起来。她的反应速度非常快，从地上捡起凳子就朝着他砸去，并且是朝着他的头砸。她真的是想砸死他，她说操你妈，砸死你老子偿命，免得留你在世界上祸害我们。

八

她睁开眼睛，脑海里出现了他们曾经住过的小屋，凳子倒地的声音和他们扭打时女儿的哭声。她将头埋进自己的胸里，她听到了自己的哭声是从风雪中传进胸腔的，轰哧轰哧的像是灌水一样没过了她的脖颈，让她感觉到所有的器官都不属于自己了，头与脖颈像是分离的两个物体各自东西。

王明输光了钱，欠下他倾其一生也还不起的赌债，就逃之夭夭了。要债的人堵了她和女儿出门的路，女儿连出门上学都得绕开那些寻事要债的人。王明离开家的时候，她和女儿并不知道。他提了一个空皮箱四处招摇撞骗，先跑回了贵阳，弄出一副做大生意的样子，来去匆忙地在农场的熟人里晃悠，谎说正在做一笔大买卖差一点钱，到处去找人借钱。凡是认识的，哪怕过去只见过一面，甚至连别人叫什么都记不得的人，他都能够敲开人家的门，坐在人家里开口借钱。他到底有没有借到钱，她不知道也不想知道。这样在外躲了一年，他自己认为风平浪静了，就提着皮箱说赚了钱回来了。她不会相信王明会赚回钱来，凭他那点智商，遍地是钱也轮不到他捡。可是王明却做出发了大财的样子，招摇过市豪赌不止。而她对他总是怀着轻蔑，她既不相信他发了财，也不相信他可以通过赌博，赢回他输出去的那些钱，她只相信他是无可救药的，只能输得比以往更加惨痛，雪上加霜。

后来的事实证明了这一点。他不仅输光了出外骗来的钱，而且很快又负债累累。早年她为了维护面子，还替他去还赌债。当她慢慢意识到，那只是个黑暗的无底洞，不仅王明深陷其中，还拽着她陷进去的时候，她对他的一切就不理不睬了，任凭要债的人踏破她们家门槛，她都只淡淡地说不关我的事，你们愿意跟他玩愿意相信他，你们就去找他。再后来，姑娘上中学了，要债的人居然在路上拦住她的女儿，叫她的女儿还钱，说是王明叫他们要的。女儿哭着回来，她就出门去骂街，骂得整个住区翻天覆地狗屎飞溅。加上她是站在高处，她的身体从阳台上往外探出去，声音传得又高又远。当她停下来的时候，她会被留在耳朵里的声音吓着，自己怎么会是那个样子？她的名声也坏透了，她和王明真是一堆臭不可闻的狗屎。

女儿不上学了，初中才念完能做什么呢？总不能让女儿也像爹娘一样嗜赌如命吧。她给女儿买了一辆电瓶车，女儿每天晚饭后开着电瓶车，去大学城摆夜市。有时候坐在家里自我开赌的她，感觉生活越来越渺茫，世界已经向自己关闭，接下来的时间会像自己的肉身那样，一点一点地枯萎和凋敝。她深深地感知到了人生的荒凉和惨淡，这个世界无论再热闹，那都是别人的，与己无关。她与她的女儿只能幽居家中，独自承担着生命这个重量，去慢慢销蚀掉它的风雨无阻，让一个人变成一个镂空的壳，千疮百孔地立着等待着有一天訇然倒下。

王明的头发永远都是油腻腻的，稀稀疏疏地耷拉着，叼一支烟眯缝着眼睛笑。她最厌恶他那样笑，她认为他的笑，暴露出一个男人的无耻，以及缺乏责任的丑陋，或者还没从前世的畜生道完全地变过来。那时只要有人说胖哥来了，气氛一下就变了。他们取笑他还没死，又抖着胆子出门了，笑他要不要把家里的赌神老婆也输出去。他听惯了这些话，不理不睬埋着头看别人出牌。之前大家调笑他厌恶他，却又在三缺一的时候，叫他坐上桌子跟他们赌一把。

咒语。人就是在不同的咒语里完成所有的路程的。她这样想着觉得这一生像是背负着别人的咒语，一步步地陷下去。她和王明就是被诅咒了，她与王明之间不管是谁死了，都是遭到了别人的诅咒。早年他们离开农场时，明明他们过得相安无事，农场的人却空穴来风地传言她把他杀了，原因是他出轨了。为此她还专门选择在一个春天回农场去了一趟。她的目的很明确，让谣言不攻自破。除此之外她还想让农场的人看她过得多么的好。那时她在赌坛上刚刚崭露头角，她正处在春风得意的巅峰状态里。她认为过去的生活，她狼狈不堪的生活已经一去不返，新的生活正在以异想天开的方式慢慢展开。走在农场熟悉的道路上如沐春风思绪万千的感慨，穷尽了她一生的幸福感。她在农场小住了几天，面对传言依然让她笑得春风满面轻言细语："他要是搞外遇就好了。"

九

咒语如同一个又一个的陷坑那样，让人处处无法设防步步机关，像是众口铄金的一个埋伏，终会拖泥带水地把你按进去。这个无中生有的咒语，像是一颗种子那样潜伏下来，时机一旦成熟，种子就冒出来发芽了。这个曾经让她哭笑不得的传言，如今竟然成了事实。那个时候，像是一切才开始，还有很多的东西在等待着她。可是上天向他们打开的门，只闪了一下就关闭了，就变得漆黑一团，继而就无路可走了。

她发现一夜间女儿竟然消瘦了很多。女儿弓着的身子是那么瘦小，像一根火柴棍。她跟王明都是矮个子，女儿自然不会高，可是那明明是一个营养不良的孩子。她的心像是扎上了玻璃，那些墙上的玻璃全都是为了此刻扎在她的心上而设置的。

气温越来越低，寒气缭绕中打麻将的人越来越多。麻将桌子已经摆到了停放王明的灵柩前面。大多数人都是她不认得的，穿着透着腐气的新衣服，坐在那里像是串街市一样，让人感到眩晕。以前常跟她打麻将的老张也在。不对，老张不是几年前就死了吗？她感到头皮发麻。老张还欠着她好几千元的赌债，这个死老头子怎么会坐在这儿？难道是谎称死了赖账？她发现自己这样想老张，好像有点卑鄙。他死的时候，她去守了夜的，也是在这里赌了两天两夜，赢了好几千块钱。当然现金只收到了几百块，大部分是欠着的。在麻将桌上欠着的钱，大部分是在桌子上"杵"，也就是欠到下一次再打时，在桌子上除账，很少有拿出现钱来的。所以她就抹下脸来，在开赌前叫大家"亮梢"，各自把兜里的钱摸出来当众亮一下，以免有些人来玩空手捉鸡，赢了装腰包走人，输了欠着不给等下次在桌子上"杵"。

她赌博是为了赢钱补贴家用，王明赌钱似乎就是为了输。世间的事情总是平衡的，如果两夫妻一起上赌场，都赢钱恐怕

他们就成孤家寡人了。就像她一样，陷入英雄无用武之地的绝境。当然她也有输的时候，她是见好就收，只要发现自己节节溃败，她就会收手说没钱了收摊走人。不像那些输家，一心想扳本死输烂赌，扬言说"输家不开口，赢家不准走"。她喜欢输家这样说，因为她知道一个人的手气坏了，就好比兵败如山倒，是难以挽回的。她赢是赢在心智上，就像一个人懂得乘胜追击，那些失败者给了她坐赢不输的一次又一次的机会。

镜子里打麻将的人也如乱麻一片，雪光变成了月光，他们穿着单薄的衣服，被月光染白的衣服，一个个面如死灰地坐在那里。她想起胖哥输得油尽灯干的时候，他总是喜欢抱着手站在别人的身后，为别人打出的每一张牌叹息或欢呼，像是别人的输赢都与己有关。这个草包直到死都没有醒悟过来，人与人之间的差距真的是大得比人与畜生之间还要远啊。

好了，他现在死了，不需要再为这些无关紧要的输赢烦恼了，也不再会讨人厌愤了。他死了，被她亲手杀死了。他们夫妻近二十年，她就这样结束了他的生命。刀是从他背上插进去的，可是那个时候她没有想杀他，在最后的时刻，她真的没有想杀他。血冒出来如同喷射一般，他比一只鸡死的速度还快。是他先把她摔倒了，凳子砸下来，打到了他的头上。

洗牌的声音哗啦哗啦地传过来，跟王明倒下去后呼出来的声音混在一起。这个曾经让她醉生梦死的声音，曾经支撑着她和女儿在艰苦卓绝的生活中走下去的声音，撩拨着她，让她难以自拔，让她深深地感到生与死之间，其实是没有界限的，或者此时是分不清界限的。谁能证明谁死去了或是活着。她一下子变得宽阔起来，身体里的寒气突地散去了，疼痛的感觉也减轻了，身体软和起来。

她抖掉身上的雪，决心不再纠缠生死阔别，真实与虚幻。她站了起来，心无旁骛。灯光和雪光反照在她的身上，一些她无法辨清的声音，像是离弦的箭那样悦耳轻盈。她走了出来，脚上的伤口已经被冰封住了，发出清脆的吧嗒声。她知道这个声音一定会让她在众目睽睽之下，穿过坝子和人群时被抓个正着。

她尽量放慢速度，以此来减轻身体与脚之间的重量。可是她知道自己的身体已经轻到了浮在水面上的状态，脚的重量随着声音越来越沉，以至于自己都无法控制了。

有人朝她走来了，她一闪身顺着一道土坎匍匐下去，她的脸贴到了地面，冰冷刺骨的雪顺着她的脸颊，一直凉到她的后颈。她听到了沙沙的声音，刚想抬头那些细小的微粒就溅到了她的脸上。她一动不动地忍着，来人在撒尿。可是如果她再不动，她的衣服也要湿了，那个人的尿太长了。妈的，她在心里骂了句，还是抬起手来抹了一把脸。

她站起来，她想那人也许早在镜子里看到自己了，所以他像是没有看到她一样，慢条斯理地提拉裤子。然而她却只看到他的背面看不见他的脸，她想无论他朝着哪个方向，一定给她的都是背面。她往前走了一步自言自语地说，你是鬼？

她发出的声音如一摊水样化开了，一浪一浪地在风中涌动。他朝着她靠近了一步，他竟然听到了她说的话，他侧过脸来晃动了一下对她说："你想多了。"

她看到的依然是他的背面，他的声音却像沙子一样撒出来，簌簌地落在雪地里。

她跟在他的身后，像是获得了某种能量和胆量，身不由己地朝着打麻将的人群走过去。人真是太多了，越是走近，人越是多得难以想象，横七竖八的都在打麻将，像是一个长长的街市。她放轻脚步，她还是听到了自己的脚落地时，与洗麻将的声音混在一起的细微区别。她想幸好大家都在聚精会神地打麻将，不然就能听见她的脚步声。

她放慢脚步想摆脱那个撒尿的人，可是他也慢了下来，两个人的速度不紧不慢地形成一种照应，与天上飘下的雪花正好合拍。她想离开他，从另一处绕过去，只要绕过去了，她就可以大摇大摆地离开这个是非之地。她尽量朝着靠墙的地方走。她的眼睛被一束光刺得生痛，她举起手挡住那束光。那是一束灯光照射在墙壁上的玻璃反出来的光。她想，是谁用玻璃遮住了那堵破墙？定睛看时，发现是一面硕大的镜子，这面镜子就是她躲在树后看到的镜子吗？她不确定地向四处看了看，的确只有这面镜子。她记得以前这里是没有镜子的，那堵墙之前是宣传栏，车间的生产完成情况、好人好事都贴在上面。

原来她看到的人，都是从镜子里反射到雪地上的，难怪有那么多。他们也一定早就看到了自己。她不再多想，反而变得从容起来。她穿走在杂乱的人群中，好像没有人发现她，也没有人认识她。雪气霜气混在一起，让她感觉到空气很浊，呼吸困难。她想空气稀薄的时候，正是夜深之时。看来离天亮还很早，寒气越来越重，雪花飘下来，盖住了那些绿色的、紫色的、黑色的麻将。他们弓伏着身体全神贯注，每拿一次牌，都像是在雪堆里抠出来的，带着一股寒气。

很久没有这么近距离地看别人打麻将了，那些熟悉的墩子，熟悉的散着汗气的麻将，竟然让她不能自拔。那些曾经让她感觉荣光和羞耻的时间似乎又回来了。走在前面的那个人回头朝向她，她还是只看到他的背面，但是她却能感到他看了她一眼。她转过身朝别处走，却发现他依然走在他的前面。他说："你不用想得太多，他们在这里等了你很久了。不打几把你是走不了的。"他像是笑了起来，雪花被他的笑声掀了起来，让她看到了黑暗中的另外一半天和另外一半人，密密麻麻地坐在距离灵柩很近的地方。

这时，雪也没有先前大了，麻将的声音和人说话的声音也没有那么混乱了。

走在前面的人停了下来，她也停了下来。他还是背对着她，抄着手挨个地看过去，她也在这时看清了他们打的麻将。

还是十多年前打的那种麻将，红中、发财、东南西北风都还在，麻将的墩子砌得老长。她记得当年打这种麻将时，他们一度怀疑过她会做牌，因为手搓的麻将在理牌的时候，高手是可以在砌牌上做手脚的。当然她也会，但是她极少那样做，除非输红眼了。可是现在大家早就改打川麻将了，牌越来越少，那些红中发财全部被剔除不用，并且只准碰牌不准吃牌，加上又是机子洗牌，大大增加了和牌的难度。

十

她正犹豫不决地想开溜，想着怎么从麻将桌中间穿过去离开。坐着的一个人就站起来歪开身子对着她说："唔，你终于来了。"她犹豫地朝后退了半步，那人不由分说硬把她按到了凳子上。她有些心慌意乱地站起来，那人又把她按下去。她把手放入上衣兜里一放，掏了个底朝天，想让他们看清自己身上没有钱。然后她站起来，想就此转身离开。撒尿的那个人抱着手堵在她身后。大家就都开始拿牌了，催促她快点，她才又坐下。她不好意思扫大家的兴，不愿扫别人的兴，这是她做人的一个缺点。

她伸出手摸到了第一张牌，感觉到牌像是结了冰一般冰冷和坚硬，她差一点惊呼说这是冰块不是麻将，然而她看到的又分明是麻将。她也感觉到自己的身体在下坠，像是吸附在冰雪上一般。有一盏灯在这时突然亮了，灯是挂在一棵在砖头堆里撑起的枯树桩上，风一吹来灯就摇晃，墙上的镜子就出现了重影，闪烁得她眼花缭乱。镜子上出现了另外一面镜子，像水面一样光滑和浩渺。

他们好像记起她来了。他们认真地看她朝着她嘘了一口气说："哦，是你啊，'赌神'！"不知道为什么她感到了脸发烫，这样脸上的冰像是融化了，顺着脸淌下来一直淌进脖子里。坐在她下手的人说："胖哥欠了我们很多钱，你先把钱还了。"

哦，哦，她心里打着鼓却不知道该怎么说，认真地码她的墩子。牌桌上的速度很快，像一阵一阵刮过的风，他们每挥动一次，她就能感觉到自己正在慢慢地与每一张牌融为一体。很多年了，像是一个人的一生那么久，她失去的东西正一点一点地回来。

他们一边打着牌，一边抱怨着胖哥欠钱不还，骂着各种各样的脏话，以此来配合他们手里甩出来的每一张牌。

她紧咬嘴巴，什么话也不想说。这些不堪的话她不是第一次听到，但她想这一定是最后一次了。人死账清，随他们说吧。她听见自己的大脑嘎嘣嘎嘣地响起来，铜面镜其实就是一面大锣。她为自己做这样的分辨感到诧异，都什么时候了还这样。玻璃也好，水面也好，铜面镜也好，还有那些拼接在一起的玻璃碎片，全都重叠在脑子里泛着枯黄色的斑点，像是时间被分割后的呈现，在同一个时间里一起涌了出来，闪烁着，一浪一浪地涌过来扑向她，就要把她淹没了。

她的头稍作偏侧，就能从镜子里看清所有人手上的牌。她的心怦怦地跳着。她知道，这是她人生的最后辉煌，如昙花一现的辉煌，将之前的一切失落失败不得志，以及耻辱一扫而光。镜面上重重叠叠的光交错在一起，映着漫天的飞雪如同白昼，这会儿大概已经接近五更天了吧。

十一

有人打开了电视机，屏幕上先是雪花和电流杂音，紧接着传来了春晚的歌舞声，和着电视节目主持人热情洋溢地播报"马年马到成功"的声音。那些喧哗之声预示了一场大的风暴袭来，所有的欢愉都是一样的，都是那样喧热无聊。她这样一边想着，一边大打出手，和牌的速度之快，让他们越来越不耐烦起来。他们失去了耐性，牌是从手里飞出去的，好几次都要砸到了她的脸上。

她每和一把牌，就能感觉到自己的身体正在一圈一圈地往下缩，像是冰雪消融那样慢慢下沉。她能感到自己在融化。被人唾骂和轻视一辈子了，这是人生的最后一搏，光荣也好耻辱也罢，今夜统统清零。让人生没有开始也没有结束，来去无踪。无论是谁死了还是活着都不再重要，今夜此时，才是她的一生。她这样想着，眼泪就从身体的各个部位涌出来。因为今夜有雪有风有最后的麻将，像是天赐赎罪的良机一样，让她在生死场上再现辉煌，所以它必将是最初也是最后的结局。

那些牌寒冷刺骨，每一张牌都渗透骨髓，让她感到自己不仅在缩小，而且在僵硬。牌也越来越坚硬，如冰砖一样难以启动，耗尽心力。

王明已经死了，不久自己也将化为乌有。无论怎样她与王明夫妻一场，这是她最后能为他做的事了。就让自己替他还清所有的债，让他来世不再欠任何人的钱，让他清清白白地做一世人。她想到了"浑浊"这个词，想到了王明与这个词的贴切。一些人来到这个世界上，也许直到死都不会明白自己活着的目的，白白地走了一遭，比如自己比如王明比如在座的每一个人。他们沉浸在虚幻中，沉迷于眼前的起落与得失，一张牌都会让他们愤然不平，甚至让他们不顾颜面地骂骂咧咧，他们不会知道眼前的一切，也许不过只是她做的一个梦，一个梦而已啊！

这时，她抓上了一手的烂牌，她朝镜子里看了一眼。镜子里所有的人，包括旁边牌桌上的人，他们的牌也都不好，每个人都显出了心急火燎的样子。不看镜子，她也能看清每一张牌是什么。可是她不想看，她闭上眼睛也能看清所有的牌，那些早已了然于心的每一张牌，来去之间早在那些寂寞的自我把玩中，就被她一一地设计好了。她没有再去看镜子，脑子里出现的是那些年自己跟自己打牌的情形。为什么现在跟那时候一样，所有的牌都能按照意愿而来？他们出的牌也都在自己的掌控之中？时间仿佛退了回去，难道这个世界的全部过程，竟然是自己跟自己设置的一场赌局？朝来暮往的都是108张牌而已。

为什么是108张？她从来没有想过。

每一次自抠的时候，她把手朝上甩下来，在空中划一个小弧线，牌就啪地落在众人的眼睛里。"清一色！"他们众口一词地大叫起来，带着疑惑和愤懑。与此同时，她闻到了一股香味，她耸耸鼻子，奇香无比的味道是从哪里来的呢？天空中的雪花隔开了每个人的距离，明明很近看上去却很远，彼此互不相干地混合在一起。香味混杂其中越来越香，浓重的香味像是盖住了雪花。

她和牌的速度也越来越快，手不停地在空中举起落下，不停地划出小小的经过压制了的弧线。她的身体随着弧线起落的瞬间，她看到了王明。

她停住了，半空中的牌和手冰冻出清脆的嘎嘣嘎嘣的碎裂声。

她确信看到了王明。并且王明是从另一面镜子后面走过来的，他的头发上沾着雪花。他们刚结婚时也是冬天下着雪，他的头上也落满了雪花，他们在雪地里走着呵着气，他还伸出手来给她挡雪花。那时真好，他们都没有沾上赌，所以他们的生活是清明的。为什么人生的幸福总是那么少那么短暂？他就站在她的对面朝她笑着，那是一种陌生的，让她感到不安的笑。他活着时也爱那样抄着手站在她的对面，看着别人的牌朝着她笑，甚至还会比画手势，暴露人家手上的牌。

夜深了王明这个死鬼现身吓人！这样一想她镇静了一下。整个晚上她第一次感觉到心脏像被冰冻了的铜锣，咔哧咔哧地被什么击打着，越来越密集越来越响，耳朵里轰轰地乱成一片。她想喊他，想站起来，想结束一切的一切，是时候了。她的身体像是冻在了凳子上，使她无法站起来。她一用劲站了起来，凳子哐嚓倒在地上，像是用力砸下去一般，整个地都动了一下。

有人又把她按了下去，她侧着身子半坐在凳子上。镜面刺得她眼睛发痛，她只好闭上眼睛，头脑里呜呜地响成一片。她知道时间紧迫已无来日，要速战速决地赶快脱身，此地不能久留。

还清了债就可以轻松了，哪怕被枪决。想到这里她又开始发抖，她为自己那么惧怕被抓住正法而羞愧。

十二

她就是闭着眼睛也能和牌，虽然她完全可以从镜子里看到所有人的牌，却始终没有再去看镜子。何须借助于外力？何须在一面镜子里把一切弄个水落石出？她想更进一步说，何须如此执着于生？何须杀人？她像是突然间明白了很多。哦，如果我能早一点明白这些，就不会落到今天这个境地了。

他们又开始砸牌，用力过大牌就飞出很远。这样的力量和声音，似乎改变了下雪的速度。有那么一会儿，雪突然就停了，形成了一半白一半黑的天空。人笼罩在一片白色之中，而黑色却显出了它的深不可测。生死两重天。她这样想着，有一种更加彻悟的感觉。如果是先前，她绝不饶他们，骂人谁不会？可是现在一方面她觉得说什么都是多余的没有意义的，另一方面她也不能说话，她怕自己一开口就让他们意识到她是个杀人犯，让他们想起王明已经死了，他们正在给他守灵。王明生前欠他们的，今晚——都让她还上吧。想到这里她的心突然柔软起来，也许自己对王明也不够好，作为女人也没有想着要去将他引向更好的一面，而是放弃甚至将他推向了无路可走的深渊。

一切都晚了，时光不可能倒流。如果有来世，她想她一定会善待他。可是这个世界上，也许什么都可以有，就是没有如果。

现如今阴阳两隔，相忘茫茫，多么伤感多么忧伤。她这样一想竟然想哭了，眼泪刚一涌上来，镜面变成了黑色，像电视屏幕上突然出现的雪花那样杂乱，电流声窸窸绕绕。

风穿过她的背，直接吹到她的胸上。寒风嗖嗖地穿过来，她感觉胸上像是破了一个洞，用手一摸，血从洞里流出来了。出血了，她怕别人发现她的身体在出血，顺手在旁边的桌子上抓起几张钱纸捂住胸口。可是纸堵不住血，很快就渗了出来。这个时候，她感到身体很多处都出现了漏洞，像是小时候用泥巴堵水决堤的那种感觉，所以她就想到了用麻将去堵，每摸一张牌，她就用它来堵住那个漏洞。

啪！有人往桌子上狠狠地砸了一下，整个牌桌都动了起来。她把伸出去拿牌的手缩了回来，她感觉到了无形的压迫，围拢来的人带着一种腐蚀过的气味，让她感到难以喘息。

她真的厌倦了，再这样无休止地打下去，还不是张三欠李四李四欠王二的。她猛地一用力就站了起来，站在她身后的人一把将她按了下去说："你忙去投胎吗？不急还早！"

铺天盖地的雪变成尘土扑洒下来，人像是要被这突如其来的灰土埋没一般。她出了一身汗。汗水、灰土和着她塞进伤口的麻将全都冻结在一起了。她开始焦虑起来，身体这会儿越来越沉重。不像先前那样要化作一摊水的感觉，她知道自己无论怎样都是走不了了。

这会儿她不担心被抓了，只担心天一亮，身体就会崩塌。然后变成一堆废铜烂铁，扎在雪地里任人踩踏。

又打了几圈，她站起来时掀了仅有的几张牌，以示自己可以离开了。她还清了胖哥的所有赌债，她可以轻松地走开了。她感觉到现在谁也不欠谁的了，只欠了王明一条性命，法律是公平的，会用一命抵一命来偿还。其实在这个世界上何尝不是一事抵一事，一报还一报。

她感觉轻松了，无债一身轻，即使天亮被警察抓走又如何。

雪突地停了，像是所有的声音也都停止了。这种感觉有点类似于高原反应，耳朵大脑都与外部隔开了，身体轻飘起来。

十三

老张过来了，还有几个她不太认识的人，见是见过，早已经记不得了。老张把她按下来，她终于忍不住开始说话了："对不起，我还要赶路。"

她的声音带着轰轰隆隆的水声，而他们就像没有听见，仰着头紧闭双目面如死灰，一动不动地立在桌子边，只等老张一声令下，他们才好坐下。

老张说："赶路？不急，玩两把不迟，离天亮还早着呢。"

老张笑了，他露出一口金牙，他从来就没有这样轻松地笑过，每次跟他打麻将，他都阴沉着脸，面黄肌瘦，越输脸色越黄。他居然还会笑？这让她感到很意外。

他说："我就是赶来还债的，最好谁也不要欠谁的。"

她看见老张一脚的泥水，裤子至膝盖处全是湿的。她想起当年老张死的时候，老张家里人不迷信，没有给他点脚灯。他的老婆曾经在一次打麻将时说，老张在梦里抱怨家人没有给他点脚灯，他看不见路，鞋和袜整天都踩在稀泥烂坑里。厂里的所有人都知道这个梦。也因为这个梦，以后无论谁家死了人，都会在脚的位置点一盏油灯。

她下意识地朝着停放王明的灵柩前看了一眼，还好女儿还不是那么糊涂，那盏脚灯忽明忽暗地闪动着。她的心安了，王明不可能像老张那样在另一个世界里看不见路，他可以一直朝着亮处走。

她回过头去，就看见镜子里面下着大雪。她觉得奇怪，雪明明停了不再下了，为什么镜子里还在下雪？所有的人变成影子在镜子里移动，反而擦亮了镜面。

女儿跪在地上，脸和火光的颜色混在一起，看不清女儿有没有哭。她想过去跟女儿说句话，告诉女儿对不起，她把她带到这个世界上来，然后把女儿独自留在这个世界上。她本来是想让女儿过得好一些，可是她也要走了。没有了父母，要照顾好自己。

老张为她的心不在焉而恼怒，他们已经把牌打得嘎嘎响。这个声音又让她感到天旋地转。她用手扶住桌子，眼睛朝着那面镜子的方向，好在镜子的光遮住了她的遗像，她能清楚地看见王明的遗像。照片上的王明很年轻，他在照片上还笑出了两个饭窝，不是酒窝，刚结婚时他们讨论过，王明抽着烟眯着眼笑不可支。哦，那时我们也好过。她这样想时不免有些伤感。人来到这个世界上，不过像一片雪花那样，飞舞然后消融。可是自己为什么要杀他？为什么要那么恨他呢？难道我们真的是为相互讨债而来？

十四

为什么天总是不亮？她又感觉身体疼痛难忍，那些堵在身体里的麻将嘎吱嘎吱地响，牌桌上的人四处寻找声音的出处。她把两只臂膀缩在一起，想尽量护住那些声音。

王明过来了。她在心里骂着死鬼你吓不着我！

他是从灵柩后面的缝隙那儿走过来的。她想那么窄小的地方，他怎么就过得来？他走进了那面镜子，她看得越清楚就越害怕。他回过头来看了她一眼，他跟照片上的样子一模一样，雪花很快模糊了他的背影。她摇摇头试图证明自己没有做梦，为此她还用手扒拉了一下眼睛。她的眼睛生痛鼓胀，像是早已跳出眼眶的珠子那样冰冷。

她站起来，因为她就要看不见他了。她想喊，声音却在胸腔里发不出来。

有人又将她按了下来，站在她的背后挡住了风，并将一只手伸进了她背上的伤口。好大一个洞，无边无际的洞，风又一次无遮挡地吹进去，身体里灌满了风像是要膨胀到离地三尺。她开始哆嗦，拿牌的手总是伸不到牌桌子上。

老张说是来还账，却分明是来扳本的。这些口是心非的人，心里揣着的永远是填不满贪念的沟壑。这叫欲壑难填。她竟然愤然起来。转念又想自己又何尝不是这样？在这个世界上总是你欠着我的，我又欠着他的，生生世世还也还不尽。现在好了，总算不再欠谁的了，剩下的交给法律吧。好在这世上还有法律，至少可以从表面上平衡一下生死之债吧。

她忍住疼痛打出一张牌，她把目光拉回牌桌。这个时候她突然发现所有的牌都是透明的，她完全能看清每一张牌。就算是自己闭上眼睛也能看得见牌。天啊！她告诫自己，这是一场没有输赢没有对手的博弈。所有的牌都被自己看清了，无论怎样自己都只是在跟自己进行一场无趣的游戏。好吧，既然所有的人所有的恩怨都要在这个寒冷的夜晚了清，她也只能是孤注一掷了。

牌过两转，她反手将一只么鸡很响地打在桌子上。她想说钓么鸡龙背自抠。可是她已经发不出任何声音。她用一只手翻开全部的牌，再将"翻鸡"的那张牌重重地翻过来，九条。绝无仅有的满堂和。有人掀翻了桌子，麻将打落在地上，他们的声音高出平时好几倍，却又像被什么东西压住了，变窄了，在地底下轰哧轰哧之后才来到地面上，所以有点刺耳。场面有点混乱，之前出现在她家里大打出手的场面，她以为会重演。

他们重重叠叠地晃动，像是大团的影子。她再一次用手扒拉自己的眼睛，眼球还是像玻璃珠子一样坚硬冰冷。

十五

电视机的声音很大，那是一台只有十二时的黑白电视机，应该是八十年代初的机子。有人正在用遥控器调换频道，闹闹嚷嚷的春晚的声音戛然而止。电视里正在播放地方晚间新闻。警报器的声音就是从那个破电视里传来的，也显得破破烂烂的。起初听到这个声音时，她整个身体歪斜了一下，如果不是她快速抓住桌子，就倒在了地上。声音一出，所有的人都停了下来，转过脸去看电视。

他们在电视里看到了自己的工厂，厂门口那块从建厂就一直挂着早已风化掉的牌子上，还能勉强辨出"前江机械"几个字。随着警车和救护车一路呼叫，镜头里出现了破败的，他们熟悉的厂房半开着的车间大门。

这是多么忧伤的一幕！他们神情黯然，一动不动地看着。

播音员说："今天夜里，该厂一对夫妻在家中发生争执，酿出了一起命案。"

她不敢看电视，她知道所有的人都在看着这条发生在厂里的新闻。屏幕上出现了雪花，播音员播报命案结果的声音，就是夹在那个跳动的杂乱电流里落进她的耳朵的："结果是妻子惨遭丈夫杀害。"

电流声响彻整个黑夜，她确信这是一条黑白颠倒的虚假新闻。

场面在一片唏嘘中又开始动起来。她害怕有人突然站起来指认她，所以她尽量将身体往下缩，尽量让桌子挡住自己，哪怕是挡住身体的一小部分，都会让她感觉到安全。

天空中的香气越来越浓重，她快要被熏晕了。她张开嘴，为的是不让香气堵塞住身体和器官。世界怎么会那么轻盈？她感觉自己飘起来了，她用手攥住桌子的角，那儿正好有一张麻将落在手里，暖和和地让她安定下来。

十六

"小英，快跑！……"

这是王明的声音。她听不见后面他喊了什么。这个声音像是梦境，又像是穿过层层的泥土带着风沙。小英，他们刚结婚时他就这样叫她。突然间，她的心里就充满了一种久违的幸福感。她看不见了王明，她朝着四下寻找，棺罩上的照片还在，他在忽闪忽闪的烛光里笑着。她的眼泪就流了出来。

两个人从镜子那儿冒了出来，他们神色凝重举轻若重地，一步步朝着麻将桌逼过来。待她看清那两个人时，她先看到的是他们手里的枪。

警察！她想起来了，刚才王明这样喊了。他告诉她警察来了。

他们终于来了！

她停下来，周围的人如潮水一样朝后退去，形成一道黑色的波浪，浪得她头晕目眩。黑夜开始散开，雪化成霜冻再化为雾降下来，呵气成霜，她感觉四肢顺着那股寒气慢慢变硬，像小时候看到的屋檐上垂吊下来的冰条。

两个警察绕过那棵歪扭的槐树，脚落在地上的声音，响彻整个夜空。哐哧！哐哧！像是骑着马，积雪已经盖过他们的黑色皮鞋。

他们半弯着腰弓身前行，像是在丛林里作战那样，在距她几步之远的地方，他们一起将右手向上抬了一下，然后用左手护住右手腕。她看清了两只枪口，像黑洞那样张开着。阴森森的枪口，让她想起了上警校那会儿，她是神枪手，曾经代表省警校参加全国的射击比赛，获得过冠军。

哦，一切荣耀在时间里都归于零。

两个警察缓缓地移动身体和枪口，别的人都趴在了雪地上。她就那样坐着，静静等待他们慢慢逼近自己。等待着霜气将自己化为冰条。会的！她听到了肢体冻结的声音是那样清晰，甚至有些儿悦耳。

其中一个警察走向她的时候，她终于记起来了，她没有杀王明，她不是凶手。凶手是王明。她当时只是想从他的手里夺出刀子，两个人撕扯在一起，王明喝得烂醉，他的衣服上还有刚刚吐过的食物。

她喊了一声：凶手不是我！可是没有用，她的声音像是被什么东西罩住了，声音只能在她的体内回旋。

靠近她的警察把枪口向上抬了抬，歪了一下头。她明白这个动作，是示意她举起手来。于是她举起双手，她感到背上的血已经流了一地，冰冻的身体咔嚓咔嚓地响起来。

警察走过来。哗地把手铐戴到了她的手上。冰冷的手铐，她感觉身体下沉，沉到无底的沉渊，一直沉一直沉，直到将她变成一道阴影，然后飘了起来，慢慢变成一汪水。一汪不会流动的水，很快就被一个玻璃盒子盖住了，她感到被自己握在手里的眼球跳了两下，然后滚落，彻底离开自己的躯体。

世界无声无息地静止了。

时间一秒一秒滑过去，像是可以摸得到那样，光滑细腻柔软如丝，美妙无痕。她想没有了眼球的躯体是盲体，生死无别。慢慢地，慢慢地，留在她脑子里的只是一片火焰，一点一点地上升的火焰扑扑腾腾地照亮了天空，随着升腾的火光飘然而上的是龙背自抠时的幺鸡。它变成了一只火鸡扑闪着一直升，一直升，升上了空中化成云烟。

前一日，某机械厂发生一起凶杀案。凶手是死者的丈夫，好赌、酗酒，患有严重的糖尿病，且已经出现并发症。

死者，女，系机械厂退休职工，五十一岁，由于死者身上的刀是从后背插入的，直接刺穿了心脏，送往医院抢救无效死亡。

据悉凶手也受了伤，流血过多，本着人道主义原则，医院正在全力以赴地对他进行抢救，凶杀原因警方正在进一步调查之中……

——《都市快报》

通缉

一

　　马巴儿昼伏夜行，一如他十年前逃离村子时一样，顺着山崖下那条小路惊慌而行。天还没有完全亮开，露水湿了他的衣服，湿了他的脚。

　　十年前，村长炸了他的房子，还告诉他说他被通缉了。通缉你懂不懂，就是把你的名字贴到墙上画上叉。马巴儿脑子里想到那些被枪毙的人挂着牌子，勾着的脑袋正好迎着画了叉的名字，他一害怕就沿着山路跑了。

　　他曾在这儿躲了两夜，就在那块刀削石的夹缝里睡在一把稻草上。从地里刨了几个胡萝卜就开始亡命天涯一路奔逃，吃过草根和树皮，再后来他就从山里面逃到省城辗转去了广州，然后到了汕尾再没有回来。

　　那个时候他只是害怕，想逃得越远越好。逃亡在外他一直在建筑工地和灰浆，后来学会了砌砖，就爬到脚手架上去砌墙，也就是这样从高处跌落下来，腰坏了直不起来了，长期窝在工棚里他以为自己能够好起来的，几乎花光了省吃俭用的全部积蓄。可是他的腰真的直不起来了，这样就没有人再让他干活了。他在大街上捡垃圾乞讨，为的是能够让自己的病好起来继续留在那儿生活。可是，饥饱无常的乞讨加重了他的病情，他只能回到自己的村子，好歹还有一块地还有铺面可以做生意，当然也可以选择去自首。所以他就这样回来了。

十年了，也许人们早就把他被通缉的事情忘了，警察也会把他忘了，村长也不会再难为他了。他虽然这样想，可是从镇上往村子里走的时候，他还是选择了那些只有放牛娃才会走的山路。

村子就在远处树林的遮挡之中，花白了头发的马巴儿感到村庄、树木、道路，都不是从前的了，甚至连风也变了，他闻不到那种夹带着牛粪的腥臊味了。在这个雾气弥漫的清晨，透过薄雾，马巴儿看到了那些耕地里冒出的塑料搭出来的房子，让马巴儿感到害怕的除了背井离乡的逃亡，还有眼下的陌生。恐惧是从每一根骨头缝里冒出来的，轰咻轰咻地响，就算他不动也能听见。

当年他踩过积雪覆盖下的那片油菜地，咯吱咯吱地脚每下落一次，都让他感觉到闻风丧胆的恐惧。现在那片地杂草长得很高，以至于他完全被它们遮住了。他要往村子里看，就得耸着肩半蹲着，尽管这方圆几十里地荒无人烟，除了那些突然冒出来令他不解的塑料房子，甚至连鸟都没有从他头顶飞过一次，他还是要把自己隐藏起来。

清晨的雾气在树林里盘旋，层层的梯田绕着山梁弯曲到了山顶，他能看到秋收过后的草垛儿上插着的杆子。风慢慢地吹过，把泥巴和枯树叶的气味吹散了。隔着杂草和很远的距离，马巴儿生活了整整四五十年的村子，在曾经患过红视症、黄视症的马巴儿眼睛里一点一点地呈现出红色、橙色、黄色的那些村舍，一一都褪去了颜色，它们矮小、破烂，像是一堆零乱的灰白的杂物。村子变小了变破了，就像人会老房子也会老，房子老了就会又旧又破又矮，人也是一样的，老了眼睛也会被雾蒙上。他的父母年轻的时候眼睛就蒙上雾了，他们看什么都跟别人看的不一样，他的父母经常会为同一件东西的样子、颜色没完没了地争吵不休，而这些东西在马巴儿的眼睛里又是另外一个样子，他同样也会跟自己的老婆吵得个天翻地覆。他的老婆会因为相互之间看到的颜色不一样，而将他们家祖上干的杀人勾当抬出来，为的是证明马巴儿是错的，让他不要再为一件错误的事情与自己争吵。这个时候马巴儿会立刻停下来，他不是怕外人听见他们家里曾经干的那些伤天害理的事泄露出去（他们家的事情本来就是外人说给他老婆听的），而是惧怕那些事情本身。

二

看到那棵银杏树时，马巴儿突然有点想哭，那儿是他的家啊，祖祖辈辈的影子都在那棵村中最高大最古老的树下。银杏树正对着村中的小学，秋天银杏树叶会落得满地都是，还会从他们家开着铺面的窗口飘到屋里。尽管银杏树高到了云里，他记得开春前树上就会挂满红色布条，盖住前一年被风吹散了颜色的红布条，像是银杏树开出来的花。做了坏事的人想得到树神的护佑，就会赶在天亮前把红布条悄悄挂到树上。小时候他就被父母推搡着爬上树，他要把手高举过头顶才能将布条系得比别人家的更高一点，与村人不同的是他们眼中的布条是彩色的，所以每次系上去的都不是前一年的颜色。

再后来村子里有了学校，就把一口破钟挂在树上，上下课时他们会把钟敲得当当响。这是马巴儿最喜欢听到的声音，类似于摇钱哩。钟声一响下课了，学生们如潮水样涌到马巴儿的铺面前争抢着把钱递到他眼前，那是一种怎样的日子啊，时间都闪着金光。老天眷顾一个人的时间总是难以捉摸，它让一个人心花怒放的时候，祸事就来了，这个让马巴儿黯然神伤。

一阵风卷着土尘碎草滚过来，马巴儿认得是龙卷风，呜呜地一阵就到了另一头。他顺着风滚过的地方看过去，那儿是密密麻麻的树林，在清晨的雾气里茫茫一片。一个人在树林里，正忙着往每一棵树上挂牌子。马巴儿把身体埋进草丛里，他不想让任何人看见他，他甚至想起身跳进边上那个土沟里，他知道他只要打个滚就行了，可是他的腰伤现在加重了，他稍一用劲就痛得厉害。

那个人越来越近了，马巴儿甚至听到了那个人撕扯树皮的声音。那个人说："你不用躲，躲不躲都不会有人看见你。"那个是外乡人。人呢？这个声音是马巴儿的，他捂住了嘴巴，他想无论如何再也不要跟那个人说话，不然祸事就又来了。

那个人将一棵树的皮从上面一直撕到了树根，那棵树亮开的口子让马巴儿眩晕。马巴儿用手护住头顶整个儿像栽进了土里。接下来是一阵天塌地陷的声音，是树木倒塌的声音一棵接着一棵，震得地都抖起来了。

那个人不停地挥动手臂，树皮破裂的声音尖利地刺过来，马巴儿把手伸进嘴里咬了一口，他怕那个人走过来清楚地看见自己，他还不想暴露自己又回来了。他费劲地在地上滚了一转，滚到沟里就看不见那个人了。

三

马巴儿从来就不相信自己的眼睛，他更相信耳朵，所以村长说他被通缉了他就跑了。这是他耳朵听见的。现在凡经由他眼睛看到，他都更不会相信了，他的眼睛里只剩下了黑白，像是时间也旧了。可是现在他听不见狗的叫声牛的叫声鸡的叫声，他还是相信村子是热闹的。

从前，站在他现在的位置能看见牛羊在山坡上吃草，能听到挂在银杏树上的钟声。敲钟的人总是用一块石头，砸几下随手一丢，下次又捡起来。钟声飘过那么远的路来到山上当然就显得有些破烂，站在山上还能看到走在路上的学生，他们一路歪歪扭扭地疯打奔跑，甚至能听到他们书包里文具盒发出来的声音。

那时他也有孩子，可是他们怎么会就那样一个一个地都死了呢？

他想起他们家屋子后面，在他还是小小孩的时候，有一个拴马的桩子，不远处有一口深井四周长满青草。奶奶说过去他们家人畜饮马的水都从那儿出，那可是一口少有的三眼泉。井打得很深，用绳子把木桶吊下去摇晃几下才能打出水来。井边有一条石子铺的路连着一片菜地，再往前一些就是几间屋子，一直空着用来装杂物。他的爷爷年轻的时候，那些屋子是供驮盐的马帮们过夜的客房，马巴儿曾经从那些加了木条的窗子翻进屋里，满鼻子充斥着浓浓的霉菌味，墙角还长出颜色各异的毒菌。他也曾经试图通过井沿以及那些木条和沙袋，往井里面看个究竟。

村里人说他们家祖上靠这些来往的马帮发了财，其中说的就是他们家谋财害命，他的母亲每每与村人发生口角，总是被人指着脊梁骂得狗屎喷头夹着尾巴溜回家中。小时候马巴儿还想过那些死在他爷爷手里的商人，是不是被丢在了井里。井又深又黑，有几次他用石头打进去想探一下深浅，只听见石头下沉的声音，听不见落进了水里的声音。井已经成了一口死井，接近井口的地方打了木桩，被装着砂石的麻袋填过。天一黑，他会听见一些声音从水井里传出来，随着风一直响到树上去。他说那些人全都蹲在树上，他说了很多次，他的父母就再次用石头和土填了井，一直填到地面上，并在那上面种了一棵桃树。一棵记忆中从来不开花的桃树长得七弯八扭，到了夏天满树爬满毛虫乌黑一片。有一次他竟一跤摔到那棵桃树下，手里扎满了那些细小的绒毛。

四

马巴儿把手放进嘴里吮吸了一阵，然后把狗尾草含进嘴里嚼碎又吐出来，这样那种奇痒的感觉缓解了。这是一种多么熟悉的味道，仿佛村庄和时间在他的味觉里复原了，让他感到身体里面有了一股子特别的力量。人要是永远不长大不死会有多好啊。

眼前的土地、树木、石头，远处的河流、地上长出的每一根草都是那样熟悉，像是从他身体里长出来的一样，不过它们以他的衰老为代价长出了更多的枝丫和高度，还有枯朽。

风吹过它们，每吹动一次，就会让他感觉到疼痛来自他的骨头和记忆。

山脚下那条河，雨天河水上涨冲走了他们家的一头小牛，他们家的老二跳进河里去拉牛，卷进了湍急的漩涡，正在岸上割草的老大听到老二的叫声丢下镰刀，也跳进河里被卷了进去。

河水卷走了他们。

有人跑来告诉马巴儿他们家两个儿子被河水卷走了。马巴儿没有听进心里去，他忙着做生意正是学生下课的时候，那些叽叽喳喳的声音灌满了他的耳朵，那些如金子一样的声音迷惑了他。等他做完生意从家里跑到河边，看到的只是浑浊翻滚的河水和老大割下的一堆草，太阳最后的一束光照着河面。

歪斜在河岸上的镰刀，让马巴儿明白他的大儿子在跳进河里的前一分钟，手还拿着镰刀。他不是不知道河水会淹死人，而是想不到他们会卷进漩涡。马巴儿在家等了他们几天，每天学生们上学放学都会来买东西，他走不开。他以为他们会回来的，这样的事之前发生过，所以他并没有想到他们这次是一去不回。

几天后，有人跑来告诉马巴儿他的儿子在下河湾的时候，他刚刚从县城进了货回来正在往货架上摆货。对面学校的下课铃响了，学生娃们不一会儿就会如潮水一样涌出来。来人说去下河湾的人看到了他的两个儿子，他手上的货就掉了下来。

下河湾离上村十来里地，有悬崖陡壁，人被冲到那里能有个全尸就不错了。马巴儿顾不得如潮般涌来的学生们，关了店门就一路朝着下河湾奔跑。他记得那条沿着河岸的小路陡峭逼仄，满山满野开了花，白色的小花蓝色的小花在他眼里都是红色的，明晃晃的太阳是红色的，河水是红色的，他的两个儿子被水泡胀了的身体浮在沙地上也是红色的。他们家引发事端的小牛，被冲到了石滩边上与他的儿子们隔着沙地两两相望。

那年夏天，雨下了大半个月，整个村子都是湿的。

十六岁、十四岁，他们都还没有成人啊！马巴儿觉得那个记忆像是还在昨天，他的整个身体还泗在雨水里。两个儿子被拖回来埋在了半坡上，就在马巴儿现在所处的左面的树林里，他如果往那边绕过去踩着开紫色花（在他眼里却是灰白的花）的那片荆棘丛，就能望见那两座小土包一样的坟了。

五

三个儿子死了两个，马巴儿哪里还有什么做生意的力气，精气神都从骨缝里被抽走了。无论站着坐着都空空瘪瘪的，哪里还可能骑在摩托车上走过坑坑洼洼的路，到镇上或县城里把货物拉回来。他每日半开着门坐在暗处看着小儿子，这是他唯一的儿子了，背着书包摇晃着从他眼前经过。

小儿子还在上小学四年级，他目送着他的背影，心里想着再也不能失去这个儿子了。他不会让他去河边割草，不会让他像两个哥哥那样帮着家里干农活，他要让他好好读书，将来到镇上去工作。

第二年的春天，开学不几天马巴儿依然坐在暗处，他在等他的儿子从学校里走出来。他看到了他，走得摇摇晃晃，他们家人都这样走路。那几个稍大一点的娃儿不是专门来要他儿子的命的，这一点老天在上他看得清清楚楚。他们跑过来是在追着另一个孩子，他们跑过了他的小儿子，可是被追的孩子又绕回来了，他们也就绕回来形成一个圈围绕着他的小儿子。被追打的孩子偏偏选中了他的儿子，他们绕了大概两圈。马巴儿和他的小儿子都没有搞清怎么回事，一个更大一点的孩子突然拿出刀刺来刺去，实际上拿刀的孩子只是在空中挥了几下，是为了找准那个被追的孩子，以便准确地刺向他。

可是刀却偏偏刺中了马巴儿的小儿子。刀从儿子的背后插到了心脏，血朝天喷出好高，像雾一样漫天都是。他看着他在一片血红中倒下。那一刻，世界突然在马巴儿的眼睛里慢慢地合拢又展开，然后变成了黄色，天旋地转的黄色，让马巴儿猝不及防。

这一幕就发生在他的眼皮底下。那个被追打的学生鬼使神差地跑到马巴儿小儿子身边，他只是轻轻地一绊就撞在了马巴儿的儿子身上，两个人就倒了下去，不幸的是他的儿子倒在了那个孩子上面，那一刀"哗啦"刺下去，正好刺在马巴儿的儿子身上。如果那个时候我跑过去呢？那个"哗啦"声会不会推迟？实际上马巴儿记得一切就是在那样的红色里突然改变了，红色变成了黄色。他的儿子明明是朝着自己走来的，他永远都不会想到横祸就那样降临了。从此他的眼睛里看到的全是黄色，黄色的天空，黄色的大地，黄色的一切事物。

就这样不到一年的时间里，他的儿子们都死了。

后来陷进黑暗里的马巴儿，看不见了先前被自己颠倒了的颜色，历来相信自己耳朵的他只听得见风的声音，树上挂着的钟声响起时也变成了无比巨大的"哗啦"声。满脑子的"哗啦"声，就像当年客死在他们家屋子里的那些冤魂长成的霉菌，杂乱无序孤零零地随风而长。

六

村长找过他几次，让他把做生意的提成拿出来。马巴儿求过他，说儿子们都死了，没有心思做生意。村长说不交钱就不准做生意。马巴儿说没有做，只是开着门。村长说马巴儿不守信用，学校特允了他在学校对面做生意，他还敢玩滑头，教育局早就下过文了不准在学校门口做生意。

村长说要不你就拿钱，要不你就搬出来，再不我就炸了屋子。村长还说马巴儿家的房子是违章建筑。马巴儿站在银杏下有口难辩。村长还说屋子建在学校对面就违章了。马巴儿说，可是这里先有马家房子，学校是后来才修的。村长自顾自地抽烟脸朝着天，把马巴儿说的话当烟雾朝天吹散。

马巴儿央求村长再给他点时间。村长说已经给了一年的时间，够长了。马巴儿蹲在地上听着村长抽烟，听着叶子从树上落下来，他抖擞着也点了一支烟，一口又一口地吸着，仿佛被他吸进去的还有时间。倘使时间停了，或许被他吸进肚里又吐出来了，那么他的儿子们又会回到从前的日子里来，就如同叶子掉了又会长出来一样。他看了眼村长，倘使可以将狗日的村长吸进肚里，就一定不把他吐出来，或者干脆让他从肛门出来。马巴儿想到这里他便有些痛快起来。

马巴儿心里痛快着嘴巴上却说我一做生意就把钱给你送去。村长告诉马巴儿他不想要钱了，只想执行教育局的规定，只想炸了他的屋子。

马巴儿说，你就可怜可怜我吧，我的儿子们都死光了，我没有力气做生意。

村长说，人人都会死的。还有你，你已经犯法了你知道不？

七

那声天塌地陷的轰鸣，始终让马巴儿觉得是自己想象出来的。屋子顷刻倒塌时并没有发出任何与时间有关的声音，它就只是"轰"地一声裂了，像是被什么东西撕扯破了一样无声无息地倒在雪地里。鬼使神差睡在牛圈里的马巴儿无法相信自己的眼睛，要不是他亲耳听到了它倒下去的声音，他是无法相信村长真的炸掉了他们祖上留下来的屋子，他说干就干了。

马巴儿埋没在草堆里，只用耳朵听着几个人走路的脚落在雪地里的声音，一个人、两个人、三个人，他仔细地数着，心里滋生出一种莫名的庆幸。这种庆幸里似乎有一点幸灾乐祸的感觉，仿佛那声音里倾塌的不是他的屋子，而是与己无关的什么东西。脚步声渐渐地远了，马巴儿打起精神，努力回想着发生的一切，这更像是一个什么人的梦，自己在别人的梦境里幸免一难。

马巴儿悄悄地爬起来，把头探出去。他听见两个人一起走远的声音，另一个还在垮下来的梁柱前走来走去。马巴儿的心开始痛起来，仿佛那些坍塌的每一根梁柱和石块，那些正被村长踩踏着的横木和石块，这时才一股脑儿地砸到了他的心上。

第二天中午马巴儿去了村长家，他像一捆稻草那样烂糟糟地杵在房檐下。雪花落在他的头发上。村长从外面进来看见马巴儿就说："你没死？既然你没死，就等着坐牢吧。抓捕你的通缉令很快就张贴出来了。"

马巴儿说："我又没有杀人放火，犯了哪样法？"

村长说："犯不犯法你说了不算，我说你犯了你就犯了。"

村长停下来，他站在他们家堂屋与侧屋的过道上，堂屋门的正中间挂着一面红布包裹的镜子。村长在过道的长凳上坐下来，顺手拿过水烟筒仔细地挑了一下烟斗说："晓得通缉是什么不？"

马巴儿摇头说不知道。

村长开始吸烟，呼噜呼噜的声音让马巴儿感到正有千军万马从头上压过来，他觉得自己被逼得快喘不过气来了。

村长歇了口气说："就是公安局发出来抓你的公文，到处贴在墙上，村里有乡里有县城里有全国都有，还有你的照片和名字，你的照片还用红笔打了叉，人人都可以抓你，然后到公安局领赏。"

马巴儿静静地站在那儿听着村长吸水烟，他正在努力想消化掉村长发出来的声音，然后离开村长家，他就沿着山路跑了。

八

马巴儿绕了一个弯沿着那条河往村子里走，那条夺去两个儿子性命的河已经干了，连草都一同枯掉了，风里有一股非常陌生的枯朽的气味。由于这些天连夜地奔走，他感觉到腰痛得厉害，不得不趴到地上休息一下，这样一走一歇地走到村子里已近中午。

村子里跟他在山上看到的一样连个人影都没有，地面上新盖起来的塑料房子里也看不到人，学校也清风雅静的，他想这会儿学生们正在午睡，不一会儿上课了学校就热闹起来了。当年被村长炸毁的房子除了地基什么也看不见了，连一块砖一根烂木头的痕迹也没留下。那个破牛圈还在，塌陷了一半，还有一半东倒西歪地挂着。好歹到家了，他实在太累了，一头栽进牛圈里呼呼睡去。

马巴儿就这样在久别重回的家里整整睡了两天两夜。他在死一般的寂静里醒来。一如十年前他在一声轰鸣中醒来一样，恐惧袭上心头。

一切像是死了，除了风吹过来吹过去，什么声音也没有。

昏睡中他只做了一个梦，梦见了他的老婆，这个早年被人

拐卖走了的女人，隔着河岸一路走来。马巴儿不想相信她是被
人拐卖了，他一直在心里坚信她是故意被人拐走的，他之所以
不说出来，是好让有一天"打拐办"的人把她找回来。虽说她
的脑子并不比他灵活多少，但是离开他离开村子的心思她是能
够有的。别看她痴痴疯疯的样子，还这山看着那山高，总以为
还会有更好的日子在等着她。

梦里她也老了，头发灰白杂乱像是吃尽了苦头。他一点不
同情她，想着她还能跟别人生几个儿子他就恨她。在外打工的
时候他心里还琢磨着，也许他们哪天会遇上。他不会告诉她，
她生的儿子们都死光了，用此来报复惩罚她。她曾经跟他一吵
架就骂他们家祖祖辈辈都是杀人的，他们家要遭报应的。现在
好了，她对他们家的恶咒一一都来了，他们的儿子都是陷进了
她的恶咒里死的。

他听着风吹着银杏树瑟瑟地抖动，那口钟晃晃悠悠隐隐
约约地响着，颠倒了时间，让马巴儿突然就有了耳聪目明的
感觉，他眼睛里的东西全是黑白。马巴儿眼睛里的天地树木房
子，都像是一张褪了色的旧照片，白天和黑夜、太阳和月亮的
颜色也正好颠倒过来。

他想着学生们就要起床了，想着过几天到镇里去进点货，
想村长也一定会原谅自己的，感觉身上的体温正缓缓地回来。
村长说得对，人都是要死的，包括自己。他会把多半的提成都
给村长，自己有口饭吃就行了。

九

马巴儿既没有等到敲钟的声音响起来，也没有等到学生们
放学时人潮如流地涌出来。

他从牛圈里走了出来，月亮高悬于天上，他感到那是太阳
的光太眩目，耳朵里有一只知了"知了知了"地一直闹，这让

他确信自己正走在正午的阳光下。由于身体虚弱，他有些趺趺撞撞地走在去往村长家的路上。他要去找村长说他回来了，他错了，希望村长原谅他，他甚至都可以给村长下跪，只要村长能原谅自己。

风不仅把知了的叫声送进他的耳朵里，还把一些影子吹过来，飘啊飘地挡在他的眼前。他不相信村子里一个人也没有，他只相信自己的耳朵，他立起耳朵试图在风里捕捉到村人行动的蛛丝马迹，因此他停了下来，停在空空荡荡的村中小路上。

他对着二狗、老牛、猪三家的门，高声地喊叫着，一如儿时他们一块放牛时那样大吼大叫破口大骂，恍惚间他甚至做好了他们从自家门里冲出来打他的准备。没有人应答。只有风轻轻地纹丝不动地吹过那些紧闭的门，他的声音在空了的村子里并没有走多远，就又回到他的耳朵里来了。他喊的都是死去了的人的名字，活着的人除了村长的名字他谁也记不住了，但他不敢喊村长的名字，他只能叫他村长，他为什么不敢叫村长的名字他也不知道。

当年他也是这样战战兢兢走到村长家的，感觉两腿发软人也快飘起来了。在村长家院子里马巴儿村长村长胆怯地叫了两声。风的声音停了，知了的声音停了，马巴儿的耳朵里只剩下了自己喘气的声音。

他静悄悄地站在那儿看见锁着的屋门上方那个红布包裹的小圆镜歪斜了，像是跺跺脚或大声咳一下它就会掉下来摔碎。当年村长站在那儿，马巴儿是通过村长的肩膀看到镜子的，正正地悬在门上用来照妖避邪。那一刻却让马巴儿感觉到照的妖正是自己，以至于他在山里奔走了很远的路脑子里还映着这面镜子。

马巴儿朝侧门走过去，经过镜子时他试图跳起来将它一把拽下来，可是他早已经有气无力。他进到厨房摸到灯线拉了几下，灯没有亮。他又饿又渴，好在灶台上的水管里还有水。他扑上去连管子里流出来的锈水也一股脑地喝了。再看地上零乱地横着几棵头年晾干的玉米棒子、小米和高粱，天不灭他，还有两只破损的打火机，灶孔里的柴就被他点着了。

小米粥能补气不是假的，喝了小米粥他感觉到身体里有暖流从脚底慢慢蹿了上来。他躺进灶台边上的草堆里，想着等睡上一觉身体就会慢慢恢复了，然后就去镇派出所自首吧。知了的叫声又回来了，还有东西不停被撕碎的声音，搅得他头晕脑涨不知东西。他只好反身趴在草堆里，把整个脸埋进去，草的味道让他稍稍平息下来。

十

自首？犯了什么罪？不知道。你脑子没出问题？没有。叫什么名字？哪个村的？马巴儿，上村的。上村？什么上村？现在的花鸟村。另一个民警补充说。这个村子里的人已经搬到县城去了，你离开村子几年了？十年。家里人的名字？人都死完了。这里不允许说谎和开玩笑。没有说谎全都死了。说一下你认识的人。我认识村长马灯明。

民警查了户籍档案，上村几年前更名为花鸟村，两年前的人口普查材料上没有马巴儿的名字。民警说没有马巴儿这个名字，也没有马灯明。问他还有别的名字没有，他说马泥鳅、马母狗、马守屎，这是他逃亡在外为了隐姓埋名时用的名字。

民警还说没有马巴儿这个名字的任何犯罪记录。马巴儿没有犯罪记录。叫马灯明的村长已经死了。十年不算太长，也许还有活着的村民能认识他，那就明天让移民办的人查一下。村里人都搬到县城去了。

现在真相大白了，马巴儿没有犯法没有被通缉，可是上村，他的村子不存在了，没有人了，上村现在叫花鸟村，马巴儿也不叫马巴儿，但是他叫什么呢？他懵了。马灯明死了。可是死去的马灯明是他说的村长马灯明吗？

花鸟村！花鸟村对马巴儿来说，就像他那些隐姓埋名的名字一样，像是一个假设的什么东西与过去隔着一层又一层。民警说这儿不准开玩笑。开玩笑，到底是哪个在开玩笑？马巴儿感觉脑子成了一团糨糊，连同他的眼睛也迷上了。村长马灯明死了？记在一九九二年的死亡人员登记簿上。不可能，那个时候我还没有结婚。一定是搞错了，他那么早死了，我的房子谁炸的？

风吹得玻璃哗哗响，窗子上的蛛网被风吹得黏黏糊糊的要掉不掉的样子，像是另一种大祸临头的逼迫使得他更加不安。同名同姓马灯明。还有个马灯明死亡时间记录更早——一九八〇年。到底有几个马灯明。死了的就有二十多个。死了的都有记录，活着的却没有任何记录。

马巴儿上村的。没有房子没有子女没有父母没有兄弟姐妹，什么都没有什么也不是的马巴儿走在空空荡荡的道路上，曾经踩过的石子曾经翻过的土地，都不再属于他记得的样子，他开始怀疑自己怀疑这个生养他而又抛弃他的村子。

十一

睡在村长家已经不知道是第几天了，马巴儿总是迷糊糊地难辨真假。白天和黑夜已经被他颠来倒去难分难解，起初他还跟自己较一阵子劲，想确认一下到底是白天还是黑夜。

现在月光照进屋子，他可以从半开着的破门看见天上的星星，他想着是太阳照亮了那些星星，它们无法隐藏起来。风把一些杂沓的声音从很远的地方吹过来然后又吹过去，一遍一遍地重复着，在马巴儿的心里就像河水翻滚。他想也许政府就会派人过来告诉他，他就是马巴儿，并且也会把他搬到县城去，住着城里人住的楼房，坐在家里看着电视，这样就可以堂堂正正地生活下去了。

灶台那儿有人接水，马巴儿借着月光只看见一个人的背影。马巴儿闭上眼睛，他觉得太阳的光实在太强了，一天又开始了。他听见那个人轻轻地咳了一声，马巴儿想起来了，是前天在树林子里见过的那个砍树的人，他一直住在村子外面那些塑料房子里，每天游走在山坡上，用他的意志他的桉树把山坡和马巴儿仅有的记忆填满，这些可恶的外乡人。

一辆摩托车从远处开过来，突突的声音响了很久才进了院子，然后熄火停在院子里。马巴儿听见那个人已经从歪斜的柴门跨出去，那个人脚落地的声音轻得像雪花一样。马巴儿还是听到了它落地的声音欻欻地轻飘飘地划开风，变成水。

柴门开了，接着是堂屋的门开了。有人进屋来取什么东西，凳子倒了，还有一只杯子掉到地上砸碎了的声音。进来的人又把什么从外面抬到堂屋来，"砰"地丢在地上，那个人弯着腰走路的声音时有时无。

不久就什么也听不见了。月光还是那么明亮，有时候云会飘过来挡住它。

又进来两个人窸窸窣窣地说着话，声音像是几条虫一起啃着树叶那样细碎那样唠叨，马巴儿还是从中分辨出他们各自说着什么。他们说的事情远得让马巴儿想起那些马帮，想起村子没有道路的时候。马巴儿奶奶嘴巴里的村子到处是茅草，有狼出没，几十户人家形成的街道上染布坊、铁工房、磨房，比现在繁华多了。他们说的有些是马巴儿知道的，有些是他从来没有听说过的。那些生生世世在这块土地上劳作又死去的人，在荒草杂树乱石堆里看着他们的子孙离开，看着他们一家一家地搬出这块土地，而祖先们，他们深埋在地底下有没有想过离开。

村子空了土地不长庄稼了，人就像浮在空气中。

天空蓝得空空荡荡，土地变成了其他。

你以为祖宗们还会在意繁殖后代的事情？

没有山坡树林房屋土地，他们会在意的。

孤魂野鬼就像无根的树。

人人都是无根树，有的没有的都赶上了。

子孙们过上另一种生活，一种好的生活。

好的生活太窄小，看看眼前的土地，

看看那些春天里满山满野的植物，

看看我们一代一代，繁衍。

靠山吃山靠水吃水，

时间已经不一样了。

人人都可以过另外一种生活，

人人都知道浮萍也有繁花一样的美景。

等着吧，儿孙们都会把土地的事情忘了。

忘了就忘了，就算忘掉了自己，

我们的祖先从远古到现在，是时候了。

就一直在试图忘掉自己。

十二

马巴儿侧着耳朵认真地听着，三股声音如泥似胶地粘着，实在难以分清哪句话是哪个人说的。他们一边说着一边好像在瓜分着什么，有争抢的声音擦着墙或者门传过来。他们的影子吱吱哇哇地投在墙上，像什么人用锯齿拉出来的。马巴儿通过声音判定他们弯腰、扭打、挥动手臂，在地上翻滚。他们的身后还有一道影子，那是马巴儿的影子，与他们的影子时而重叠时而交错分离。

马巴儿被这些声音搅成了一团糨糊，慢慢地把自己挪到门口，他一使劲蹭到了屋子外面。月光如洗连风都透着水气薄雾轻浮，草和野花的味道浮在空气里，马巴儿还是把月亮当成了太阳。

他的眼疾也越来越严重了，他就要看不见了，哪怕颠倒了黑白哪怕曾经混乱过颜色，他就快要看不见了。看不见了是不是就是死了？瞎子不也活得好好的。如果村子死了，我是不是真的还活着？村子会死吗？没有人的村子，确切地说没有一个原本村里的一个人的村子，到底是不是村子。马巴儿觉得自己因为身体的原因，一个人困在村子里想得太多了。村子没有了，马巴儿还是不是马巴儿？想到这里他竟然有点发抖，这就等于说村子没有了，村长还是不是村长？

他被这一连串的想法搅得乱七八糟。他站了起来，他没有想到自己还能站起来，投在地上的影子，随着他的走动一上一下地一前一后地晃动。

他又看到了大片的树林，像是雷击过一般成片地倒在地里。另一个影子从他的身后冲过来，走到了他的前面，他才看清了是那个在山上见过的人。他说，我不认识你。村子里没有人了，你怎么会到我们村子来？那个人笑了一下并不回头说，我也不认识你，我们还不是走在同一条路上？那个人是河南口音，马巴儿在外打工的时候与河南人在一起做过活。

那个人跳进土里，马巴儿只看到他的影子映在湿乎乎的泥巴上。马巴儿说树是你种的？那人不说话影子在地里晃动，他又听见剥树皮的声音，像一串串爆竹响起来。那个人绕了一转，坐土坎上抽起烟来，烟雾绕着影子一圈圈的。马巴儿说这些都是什么树。那个人说这些是桉树，不久这个村子里所有的地方都会种上这种树。

马巴儿想起那日在山上看到的树，就是桉树，那个人正在用树占领一个村庄。

他们不仅用树占领了村子，他们还要用口音占领村子。他们来自外乡，他们来了，各种加工制造如雨后春笋。马巴儿不认得这个词，他看着村外那些冒着烟新盖出来的房子，他想它们会像竹子一样密密麻麻挡住整个村子。

十三

村委会晒谷场的坝子里，月光照在当年村民用彩色的石头嵌出来的一只锦鸡身上。远处传来棒槌的声音，那是妇女们染布放入水中浆洗捶打布的声音，像流水那样飘过来。他的影子与地上的锦鸡重在一起，这个当年象征整个村子吉祥如意的锦鸡，空空荡荡地对着天对着地对着日月，失去了它往日存在的热闹，它只是一块石头嵌出来的图案而已，它回到了它原本的样子。

月光刺得马巴儿睁不开眼，他默默地走在他以为的太阳光下，穿过闪闪发光的房子、树木、花草、石头、道路，想着村子当年热闹的情景，想着祖人们的坟头早晚会长满桉树，开白花开红花的桉树会把天都染上颜色，把所有的人染上颜色谁也辨不出谁是谁。

又是捶布的声音，高高低低起起落落，像是一个什么物体游移在空气里时明时暗清脆悦耳，太阳明晃晃地照在村外开满了各种野花的草地上，风吹着那些花一浪一浪地飘浮。

马巴儿就要看不见了，那些在他眼睛里黑白相间的花草，让他感觉到自己对这个世界的了解和念想越来越少也越来越小，他也正在被疾病被失明占领。

几个妇女从远处的土路上走过来，她们提着染布走到宽阔的草地上，将染布朝着空中抛出去，如同黑白的云彩那样展开来。那么强烈的阳光照在她们身上，她们说话的声音一闪一闪的，像空气里漂浮着的光斑，着实让马巴儿睁不开眼。他跳下土坎故意朝着她们走过去，她们停下手里的活看着他弓着身体踩过水沟，他的脚踩进水里咚哧咚哧地响。他完全可以正常地走在田埂上，她们想。她们不知道他看不见脚下的路，不知道她们在他眼睛里只是黑白晃动的影子。

他听到了推磨的声音，他问她们这里是不是有个磨房。她们说没有的时候，他听出了她们说的是河南话，这一点他确信无疑。可是她们说她们不是河南人。他问她们知不知道上村，她们咚哧地笑起来说没有听说过。他想起来了，那天在派出所里，民警说了没有上村。"花鸟村"从她们嘴巴里说出来也变了样，像是这个村子从古至今就存在着，像是她们就是在这个村子里生根发芽的树木花草。

她们不停地挥动手臂，不停地让那些染布张开。远处的木棉正在开花，风吹过来染料的味道带着湿气。

她们占领的不仅仅是村子。

十四

村长隔着门板哼了一声，马巴儿通过门缝看到了他侧躺着的半个身子。马巴儿不敢说话，他屏住呼吸，一丝风从窗外灌进来，带着暮色中的丝丝暖意，有人从那儿走过，脚步落地的声音很大，震得马巴儿耳朵发痒。

村长说你居然还敢回来。马巴儿听着风声和脚步声走远了，他说你还活着马灯明。村长气若游丝地笑了一下说马灯明是谁。马巴儿说马灯明炸了我祖上留下来的屋子，让我无家可回，就等着油锅煎你个狗日的。村长咳了一阵喘着气说你是谁。马巴儿说你不认识我，我可是把你碾成灰都认得。

门开了一阵风冲了进来，带着枯叶卷进村长的屋子。马巴儿看到躺在床上的村长面色萎黄正咬牙切齿地翻动身体，他还听见村长呻吟的气息像裹上了沙石。村长终于翻动了一下，露出长满褥疮的背来，千疮百孔的背上爬满了蛆虫。马巴儿就笑起来了，村长你也有今天，你看看你会死得多难看。

他哈哈一阵笑把自己震醒了，他安静下来，黑夜里除了留在脑子里的笑声，就只有屋外风吹树叶的声音。他认真想了一下刚才的梦，梦里他还骂了村长。马巴儿又笑了，看来这个狗日的走得也不利索，痛死烂死的，这也是报应。

马巴儿蜷过身来背对着刚才梦里那扇开着的门，他想再睡一会儿。他闭上眼睛脑子里咝咝地净是风，门和窗摇得头像开了一条缝。

一条隐没在草丛里的路就是从脑子里豁开的缝里闪现的，远远踏来马蹄落地的声音，一声声叩在黄泥沙石路上。他们若隐若现从荒草中冒出头来，一圈一圈的影子映在太阳光下。马背上驮着的盐从布袋子里泄露出来，一路撒着金色的光。

他们朝着村子走来，叮叮当当走到马巴儿的家，他们家后院开满了各种野花，草也长得很密。马蹄踏上去踩碎了它们。他正想喊，他看到了他的三个儿子，一个也不少。三儿子坐在最后一匹马上，大儿子和二儿子被人拽下马，头发上还滴淌着水。他们把他的儿子们拖拽着往井里推，他看到他们的手五指朝天张开，飘飘悠悠地晃动，拼命地在空中抓了几下就沉进了井里。

马巴儿长嚎了一声，像是被撕开了。他睁开眼睛，一缕清幽的光飘进来，他感觉自己正随着一道道裂缝往下沉。五马分尸也许就是这种声音吧，他摸摸身上的汗水冰冷透骨。

风还在吹动着树叶簌簌地响，门和窗子都大大地开着，月光洒在地上。他从草堆里站了起来，腰比先前痛得轻了些，他用手撑着腰，他要走出去，在他眼睛里现在是正午时分，凭着他走路的这个速度，他估计能在下班前赶到镇政府，他要问他们查清楚马巴儿是谁没有。

十五

马巴儿走出院子，他拐过一道只有半截墙的房屋，来到通往村委会的路上，就看见村长骑着摩托车来了，他的头上还戴了一顶红色的安全帽。村长把摩托车停在村委会的两棵杉树旁边，杉树上挂着的"古树保护"牌，已经坏朽歪在一边快要掉下来。

村长。

马巴儿叫了一声，感觉还是十年前那样怯懦。村长回过头来看了他一眼。马巴儿又叫了第二声。村长问他有什么事。马巴儿说，村长不认识我了。村长没好气地说我哪有工夫认识你。马巴儿走了几步说我是马巴儿。村长又回头看了他一眼说哪个马巴儿，死的还是活的？马巴儿用手扯了一下衣服说，村长我去过镇里，他们说你死了。

村长这才站定了，认真地看了一眼马巴儿，一股浓浓的笑意浮上脸来说，是你死了。不信你看一下，死人是没有影子的。马巴儿朝地上看去，两个影子从他的身后重叠过来，再看看村长他孤零零地站在那里，地上却没有影子。

马巴儿冷笑了一声说，你炸了我的房子，但是你没把我炸死，你通缉我但是他们没抓到我。现在我回到上村来，我是想告诉你我要把房子重新盖起来，然后重新做生意，我们还是三七开，还是你七我三。

村长若有所思地朝着马巴儿走了两步，他把脸略微朝上抬了抬说："你做梦吧。"

"马灯明你个狗日的。"马巴儿顺手抓起一把石沙朝村长打过去，那些沙子在空中散开，转了一圈，有的还落到了马巴儿的头上。马巴儿被自己的勇气吓住了。

村长说，唔，狗急了会跳墙。

村长没有生气，反而显得比记忆中和蔼可亲多了。村长又朝前走了两步，站在石坎上，这下他比马巴儿高出了许多，马巴儿只能仰着头看他了。

村长的嘴巴在一束光的照射下张开了，他轻言细语地说："你颠倒了是非黑白，你们家人从祖上开始就颠倒黑白，这个世界在你们的眼睛里从来都是颠倒的，也许你们看到的一切都是不存在的，都是你们想出来的。"

"看来真的是你死了。"马巴儿朝后退到了一堵墙上，他感到背脊发凉，一股透入骨髓的寒凉一点一点在身体里散开。

捶打染布的声音从远处传过来，一声又一声如歌样好听，马巴儿记不得从前这个声音是什么样子，竟会如此美妙。天上的星星开始一个个地隐现，紧接着他听到了那个令他激动的钟声，学生们涌出校门的声音如浪一样涌过来。

一辆摩托车从远处开来，扬起的尘土遮住了日光。马巴儿想一定是镇上来人了，他们一定是来告诉他他是谁。

门被推开了，人随着风涌进屋子，不是一个人，好像还有很多人，马巴儿已经看不见了，他感觉到一束强的光射过来。他们在屋子里说着话，马巴儿觉得声音像是从河对岸传过来那么远，他还能感觉到有一只手伸到了他的鼻子下面摸了摸说：还有气。

邂逅

一

只有在雨天，这座南方城市，才会让人感觉出冬天的清冷。潮湿的街道，潮湿的街道上的开紫花的树木。那些叫不出名字的紫花，从树上坠下来，满街都是。

那会儿，雨突然就停了。雨一停，阳光就出来了。那是下午近黄昏之时的阳光，既柔和又刺目。冬天的文林街道路正在施工，两边车道堵得水泄不通。

Z带着儿子坐在公交车上，她心烦意乱。Z跟他之间的事让Z整夜失眠，这会儿，患有轻微自闭症的儿子在学校里不断受到委屈，对于Z无异于雪上加霜。走投无路其实更多的是一个人的情感处境。Z这样想的时候，后面的司机焦躁地按喇叭。刺耳的喇叭声穿破了街道，车流已经停止移动。正是学生放学的时间，街道上来往人群的密度增加了混乱。

Z也是刚从学校将儿子接出来，跟老师对话的情形，让Z无法释怀。儿子刚上初一，Z费尽周折给儿子选择了K城的这所重点中学。孩子住校每周接送一次，算是一种心理上觉得亏欠儿子的弥补。

老师一早就打电话让Z到学校一趟，这是请家长。正好县委有个重要的会，Z无法请假，这让老师很恼火。

老师把儿子叫到Z的面前时，搡了他一把说："这样的学生我们教不了。"

儿子歪了一下，抻了抻衣服低着头站在那里。这个动作像针扎在Z的心脏上，敢怒不敢言的Z低声下气地说："老师，能不能鼓励一下孩子，给他一点信心。"

老师坐到椅子上，她的脸不经意间露出了嘲讽说："他要有值得我鼓励的地方呀。"

Z欲言又止，她不知道老师怎么会这样说话。

司机不再按响喇叭，整个情形出现了暂时的混乱和持久的焦躁。

儿子的小手在Z的手里，他们相互握得很紧。Z完全能感觉到儿子的紧张。Z转头看儿子，儿子正眯缝着眼看窗玻璃上射过来的阳光。窗外一对夫妇牵着背书包的孩子走过来，一家人其乐融融，Z为他们看上去的那种幸福，为没有给儿子足够的关心感到自责。如果不遇到他，自己是不是就不会用那么多时间来忽略儿子，儿子是不是就不会走到今天患上自闭症。这个残酷的事实，是Z不断逃避的，她不相信医生，在老师面前极尽所能地掩盖，她更不能够面对的是现在这个结局。这个世界的后悔永远都是在无法挽回的时候，现如今鸡飞蛋打，Z除了悔恨别无他法。

Z转过头心里有点不安，她向窗外望过去。太阳的一缕光芒映照在路边上那家咖啡馆的玻璃上。透过咖啡馆的玻璃，Z看到了她。Z的心在猛然的惊诧间狂乱地跳起来。Z的身体朝前倾了一下，将整个头抵到了车窗上。

这不可能。Z这样想的时候，她感觉到心在猛烈的跳动中隐隐地抽搐。她的出现毁了Z关于爱的全部想象或向往。

是她。Z在网上见过她的照片，她长得非常清秀。她的样子让Z感到刺痛。

Z的身体像是受到了突如其来的撞击，整个地开始晃动起来，眼睛也因为太阳光的照射有点迷乱。

就是她。她不在这个城市。她一定是因为他而来的。Z想到这里，就有芒刺样的尖锐之物，顺着窗外耀眼的光芒扎进了心里，这样的感觉让人有一种走投无路的绝望缠绕着。半年前他出外学习，遇见了这个女人，一切就都变了。他开始回避自己，东拉西扯地拖延见面的时间，或根本就不说见面。

Z不是没有经历过男女之事，而是从来没有这样的痛感。被人抛弃是女人倍感羞耻的事。或许Z最想掩盖的就是这种感觉，Z更愿意将一切想成是爱。把一切羞辱和疼痛都想成是爱，也许会好过一些或更有尊严一些。在政府部门习惯了一切把戏的Z，不愿接受这一事实，让自己百思不得其解。尽管Z仍然行有夫之事，但是她对他的每一次表达，都充满着期待。当Z明白自己真的失去他之后，凭着自己做秘书工作的机敏，便从众多的与他一起学习的人群里找到了她。那几乎也是一种不可能，可是Z就是找到了她。她比他大了那么多。Z还是能确定无疑地找到了她。

不久前，接连的几个夜晚，Z跟她通了电话，Z只想拼死一战，跟所有的女人一样，Z使出了自己认为会置对方于死地的解数，那就是将真相告诉她，从而击败她。Z相信她一定不会知道他之前的行为，Z曾经将她的博客翻了个底朝天，凭着一种对她文字的直觉，Z知道她会做出怎样的选择。

Z在电话里滔滔不止，连Z自己也感到意外，或许自己更像一个言情作家，一个梦游者的呓语，Z甚至都怀疑那些细节和情景，到底是真实的还是想象出来的。想象，四十岁以后的女人已经缺乏基本想象了，她们被现实磨得粗砺无聊无趣，或者更坚实，对一切已经不再需要想象了，如果一定要有想象，那么也只可能是对世俗生活的想象。

Z坚信她会把每一句话都听到心里去，所有的话都会变成毒液流淌不止，正如自己每一个夜晚对着夜空时那样。

Z将头贴在窗玻璃上，仿佛只有这样自己才不会垮掉，才不会当众让该死的心脏从口腔里跳出来。

她坐在靠窗的地方，正好对着Z坐的车窗。实际上只要她一抬头，将目光投向窗外，就能看到Z。那么她们之间，就不仅仅只是声音相遇过了，她们的目光也两两相遇了，这会是一种什么样的情景。两个女人之间的战争，原来是如此近，如此不堪一击。她们之间的距离，只隔着一辆车那么远。

她端坐在咖啡馆窗前，肩上披着一块桃红色围巾，看上去并没有她的实际年龄那么老。她一点也不老。这让Z感觉到，心脏像是被什么东西突地扎了一下。Z原以为她的老，可以让自己有一丝鄙夷来聊以自慰。可是她一点也不老，不仅不老还如此优雅。

Z下意识地捏紧了儿子的手。儿子转过头来看Z，摇摇手，叫了妈妈一声。Z什么也没有听见。儿子将身体向外挪了挪，将手指放在嘴里，又开始咬起来，Z转过头来看了一眼儿子。

二

一缕阳光通过窗玻璃，照在她的身上。她优雅地喝着咖啡，漫不经心地翻着一本书。她坐在那里，显得旁若无人。窗外的三角梅透过阳光，将影子投射在咖啡屋的门窗上。

她比照片还要漂亮，在这样一个雨后天晴的时间里，显示出的是一种透彻的漂亮。

她显然是在等他。否则她没有理由来到这里，如此悠闲地坐着。Z心慌意乱。Z没有见过她，一次也没有。可是Z确信无疑就是她了。Z在网上见过她的所有照片，在电话里听过她的声音。

她是如此优雅。

Z的身体开始抖动起来，手心出了汗。儿子从Z的手里抽出手来，将汗手在裤子上来回地擦了几下。然后抓住前面的座椅靠背，转过头来看着Z。

儿子说："妈妈，我不想上学了。"

Z没有理会儿子说的话，这不是儿子第一次说这样的话，Z相信也不会是最后一次。儿子用胳膊肘轻轻撞了一下Z。

"安静点。"Z说。

Z从包里拿出手机，她的手抖得厉害。Z拨打了他的号码。电话通了，他不接。车窗外是一片混乱的喇叭声，尖利得要将人的心脏刺穿。Z在杂乱的声音里，捕捉到了一种划开血肉的声音，那就是他的电话长长的没有人接的声音。他不会接电话，很久以来他用了这种方式告诉Z，他们之间的关系已经完结。

Z拨打他办公室的电话，一个女人接的，Z知道是单位的美编，怕她听出自己的声音，就换成普通话憋着声音说：请找明克老师。

那边将通话筒放在桌面上，高声烂气地喊明老师，电话。

接下来是杂沓的脚步声和电流哧哧嚓嚓的声音，Z感觉心脏已经贴到嗓子眼了，只要自己稍一用劲，就会立即从喉咙里冲出来。Z想象着他走过来的样子，他的手会先在空中甩那么一下。这是他的习惯性动作，他的手因为弹琴腱鞘肌肉萎缩，他总会下意识地在空中甩一下。自从Z认识他以来，每次接电话他都会如此。他会说："嗨，不用想我就知道是你。"

Z会在电话另一头，屏住呼吸，静静地感知他的气息通过话机流过来，一直流到她的心里。Z总是握住话筒，她喜欢听他说话，喜欢他喊她的名字。他喊她的名字，是通过舌尖弹跳出来的，因而她的名字在他的发音里，变得弯曲而有意味。Z喜欢那样的感觉。

无数的日子，那样的夜晚，他开着车到Z所在的县城找她。从他家开车到Z所在的县城，有一个多小时的路程。他总是风尘未定地站在她家房屋的入口处，那是县政府的住宅区。他是从后门跨过一条窄窄的门，拐进大院，这样就会避开很多的眼睛。他虽然会显得敢做敢当，却也会机警聪明，保持着一种高度的不被女人反感的警觉。

那儿有一蓬蔷薇花，顺着石墙爬到了旁边的葡萄架子上。他选择这样的位置等待，是因为更便于躲闪。Z曾经就是这么想的，因为他的身后是一个水泥搭出来的架子，上面爬满了紫藤，他只要一闪身就可以轻易地隐蔽。Z这样想他的时候，心里有一种不够光彩的感觉。

Z每次猝不及防地接到他打来的电话说在楼下时，总是狼狈不堪。面对丈夫和儿子，Z得想方设法编谎。Z的丈夫总是坐在电脑前打游戏，偶尔回过头来看她一眼，她的谎言就会变得不堪一击。可是他总是显得漫不经心，视若无睹不管也不问。丈夫在乡政府工作，每天下班不是喝了酒回来，一步三摇摆地倒在沙发上，就是一头扎在电脑上，玩一种最不需要智力的游戏。他时常会玩得颠三倒四，屋子里充斥着他奇怪的笑声时，Z就会觉得那简直是一种愚蠢至极的笑。也许在这个世界上，只有最无聊的人才会发出那样的笑。自从Z遇上他以后，觉得丈夫越来越不可理喻，一个人怎么可以这样自暴自弃地活着呢？一个女人心里有了爱情，就会把日子想得敞亮。

儿子坐在餐桌上写作业，不是抠指甲，就是每隔几分钟跑进洗手间哗啦啦冲水。老师已经为他上课抠指甲请过多次家长。每当Z想要告诉老师，儿子这是病时，Z都会心惊肉跳，也许这是连自己也不愿面对和接受的。很多次Z想跟老师好好地谈一谈，希望能得到老师的理解和帮助。可是每次见到老师，Z都会突然打消这个可怜的念头。

晚上躺到床上，Z会因为没有告诉老师儿子的事而庆幸。至少儿子还有一个秘密，至少在很多的羞辱中，都不是来自自身。Z觉得自己对儿子的关心太少了，现在儿子已经在缺失中长大，Z虽然自责，却还是将大多的时间花在了工作上，还有就是男女之事上。过去没有他，处长海中也让Z将时间消耗一空。男女之事也许是最能让人丧失一切能力的，这种事会让人很少顾及到别人，哪怕是自己的孩子。

儿子从洗手间出来，将一双小手悬空垂着，嘴不停地向外哈气。看见Z从房间换衣服出来，就将笔含在嘴上，眼巴巴地看着Z，有哀求有怨气。而Z总是故意不去看儿子，Z甚至觉得儿子的眼神几近一种折磨和阻止，阻止自己逃离这沉闷的毫无希望可言的生活。Z将身体倒着退到门边，然后一边穿鞋一边往房门外退。Z这样跟儿子之间的身体对峙已经不是第一次了，也不会是最后一次，这简直是一个没有尽头的难以继续和承受的战役。Z为此常常会既沮丧又愧疚。关门时Z的动作很轻，然后踮着脚，飞跑时尽量让脚尖落地，这样楼道里的声音就会小一些。

春天的时候，他站在那儿，月光照射在那些刚刚开放的花上。他看着Z从楼群的阴暗处闪出来。Z总是会警觉地朝后面张望，风吹过那些花丛，就有一股植物的味道夹杂着雨水的湿气，让他觉得神清气爽。

他说："我想你了。"

Z就又朝她家楼的方向看一眼，Z总是要比他显得稳重，在这个问题上，也许跟Z从事的职业有关，秘书工作需要的就是谨小慎微。

Z带着他穿过紫藤花架，他们会闻到紫藤花特有的香味，很淡，像是被风吹散后，不经意间留在空气中的香味，有阳光的时候，这种香味还带着嗡嗡嘤嘤蜜蜂飞舞的缠绕声。

他们很快来到大街上，Z便释然了许多。然后再走一段路，走过街面上的杂货店，通过一家写有"亮丽发廊"招牌的电线杆，拐进更偏狭的巷子，就可以出城了。Z会兴奋地拉住他的手，两个人快速朝城外走。

那个时候，Z觉得他们之间，一定会有天长地久的时间。无论自己是否离婚，他都会这样不离不弃地来找她。Z问他，有一天他们都老了，他们还会不会这样走下去。他说两个默默相伴的人不会老去。Z就将头靠在他的胸上，他一路拥着Z。Z知道他的所有的温情，都源于他太缺乏爱。Z比他的年龄大了好几岁，Z一直试图掩藏这个事实，模糊掉了与自己年龄有关的全部数据。他甚至从来没有问过Z的年龄。在他的心里似乎没有年龄这样的界线和概念。而他通常又是难以把握的，他活在自己想象出来的生活里，这个世界在他眼睛里的图景，是被他构思出来的。

他们一直那样亲热地走，走到县城最南面的一家小客栈，远处是一片蛙声。他每次来，都去这家客栈，他们和店家都成为了熟人，他们可以从店家只有十四岁的女孩眼睛里，看到他们关系的异样。女孩长得很漂亮，是那种精灵古怪的漂亮。她的眼神落在他们身上，总是那样黯淡，使得她的漂亮里多了一种神秘的东西。

那是一栋坐北朝南的三层楼的房子。站在窗前可以眺望远处的小河，河边的垂柳，以及夕阳映射下的田野。晚风吹过来，能够闻到河水的气味夹杂着沙土的干裂。

每次Z都把楼板踩出很响的声音来，他会转过脸来看她，然后两个人相视而笑。

Z曾经试探性地对他说她要离婚，Z总是想如果他说离吧，Z就真的会离吗？而他不说话只看着窗外。月光从窗外照进屋子，影子映射在墙上，Z的心里就有一种渺茫感。这种感觉会让Z陷入一种淡淡的忧伤之中，而自己会受到这种情绪的牵引，越走越远，甚至想入非非。也许一切关于爱的想象，都是女人自己制造出来的，至于饮食男女不过尔尔。但是他为什么表现得如此炽热。第一次在水边的月光地上，月亮也是如此地明亮。两个人望着天空，远处有夜鸟的鸣叫。还有人说话的声音，时断时续地飞进而来。Z将头埋进他的腋下，河水一浪一浪地涌上来，然后又静静地退去。Z就想，人的生命里涌来涌去的激情，是不是也终会如这河水一般，悄然退去。那个夜晚留在Z记忆里的，既是美好的，又是伤感的。

之后的很长一段时间里，他都没有给Z打过电话。而Z打过去刚听到他喂，就插进来一个女人的声音。女人似乎是从另一个屋子冲过来的，有点怒不可遏地对着他大声地吼说："这么晚了，是哪个不要脸的打电话。"

电话挂断了。Z以为是串线，过了几分钟又拨过去。他接了，这次他没有出声，可是那个女人这次的声音离话机更近了。Z吓得挂掉了电话。Z知道一定是他的老婆。他的老婆怎么会发出那样的声音。Z记得自己对他说起过这种感觉。他还是不说话。他的沉默总是让人无法或者不忍继续深入说话。Z本来想说女人发出那样的声音，也是因为没有爱。Z看着他欲言又止。Z是一个懂得分寸的女人，不该说的话绝对不会说。那些说出来对自己毫无好处的话，最好一句也不要说。

Z想到他对自己的依恋，知道他是一个渴望爱，一直在寻找爱，却又缺乏爱的情感纤细的男人。Z对他怀有一种格外的怜惜，这并不是自己比他大了很多的原因，Z始终认为这是一种爱，或许夹杂着母性之爱，也总能让自己心驰神往。

Z也许更加迷恋他，说："我爱你，很爱。"

那简直是一种难以自拔的情绪。在这个纷繁的世界里，Z认为这句话是干净的，不着纤尘。

事情就出在九月。Z的心暗沉下来，那是一个怎样的九月。雨下了整整二十天，在另一座城市。Z每次从网上看到的都是雨天，那个该死的城市，使得人整个地陷入，那种阴湿得晾不开的天气里，或者更是因他在那座城市学习的原因，给Z造成的莫名的危机感，加重了自己对另外一个城市天气的反应。

·那些日子虽然自己所在的城市阳光明媚，在Z的心里映现的仍然是那座遥远的陌生城市的阴霾。Z总有一种莫名的恐慌，不管在家或是在办公室，总会拿出电话，拨打他的号码。

Z从九月的某个早晨开始跑步，为的是能更紧密地跟他建立某种时间或者空间上的联系。他是个喜欢晨跑的人，他多次建议过Z晨跑。他说他会从晨跑中获取生命的另外一种存在感。Z不能够心领神会他说的话。Z朝着县城外跑，顺着那条他们曾经走过的小河，穿过小树林就看到了那片荷塘。七月的时候，他们坐在荷塘的夜色下，那时塘里的花开得正艳，还能听到青蛙跳水的声音。

Z停下来，看着已经萎顿的荷塘，心里有一种说不出的怅然感。Z拨打了他的电话，告诉他每天陪着他晨跑，告诉他自己站在荷塘边，而荷花已经没有了。电话响了很久，他才接起来说他刚结束跑步洗完澡出来，走在去食堂吃饭的路上。信号不好，他在电话里的声音断断续续，Z仍然感觉到了，他已心不在焉。

一切Z都预感到了，从他走之前来看她，就有一种将失去的感觉笼罩于心。Z不知道怎么会有那样的感觉，他不过是外出半个月，很快就会回来的。可是Z就是感觉到了。

三

车身似乎晃动了一下，司机将油门熄了火。人心也随之一下子沉陷下去，那些乱七八糟的说话声，突然停了片刻。这样片刻的停顿，让时间变得虚弱无力。Z努力镇定着自己，儿子不安地动了一下，转过头来说：妈妈，老师下周会不会还不让我上课。

Z又是一阵心痛。她有点后悔将儿子送到K城，这所让家长们趋之若鹜的重点中学。Z以为这些年因为工作，那个讨厌的县政府秘书工作，让自己丧失的东西太多，其中最对不起的就是儿子。日日加班赶写文件，陪同吃饭喝酒至深夜难回的生活，让儿子的成长出现了大片的空白，儿子回到家中，常常一个人待到深更半夜，独自趴在床上睡去。儿子轻微的自闭症，与Z的工作有很大的关系。那些时候自己年轻，不懂得孩子成长的重要性，以为只要他回到家中就安全了。一个孩子的孤单，会给心灵造成怎样的忧惧。Z很后悔明白这样的道理晚了点。

秘书处的办公室在县办的二楼，后窗紧靠着那条人工湖。每天透过窗口，Z可以看到水面上飞过的各种鸟。水中夹杂着的一种腥臊味道，那是一股淤泥的味道。处长海中每天清晨都会站在Z的身后，很多年Z一直混杂在这样的味道里，没有觉得有什么不好，却也没有觉得什么好。也许生活就是这样，无聊无奈无趣。海中的嘴巴里也经常透出那股咸湿的气味，也许是他们家喜欢吃死海鲜的原因。

海中喜欢在别人不注意的时候掐Z的胳膊。没有人的时候凑近Z的耳朵，蹭得她耳鬓发红。有时候他会给Z说，昨晚红来找我了，是她自己找来的，我们都喝醉了，她喜欢用酒浇湿自己的身体。

Z不说话。海中说的红是Z的好友。红不知道，海中每一次都会将自己的事告诉Z，红给Z打电话，Z总是不接。那个放浪轻薄的女人。Z这样想就忘记了心中的不快。

电脑的QQ上闪出头像，是他的。Z没有去点击。挤在Z凳子上的海中说："你还喜欢搞网恋？"

海中就将手伸到Z的腰上，撩开衣服搓揉着。Z心里生起一股厌恶，从未有过的厌恶。Z想这么多年自己已经受够了，再也不能够这样不明不白地，遭人辱没地生活下去了。

自从他走进Z的生活，一切都改变。包括对事物的看法。他已经在想办法帮Z调离县委秘书处。

Z用手肘向外拐了海中一把。海中就势抱住Z，将头埋进Z

的胸上说:"你变了,你变得让我感觉刺激了。"

Z想到电影上的镜头,应该就势给海中一巴掌,然后抽身走人。Z抬起手来,Z的手突然就僵住了,它缓缓地落下来,落在海中的头上。这个刚进中年的男人,就已经谢顶了。Z轻轻地抚过海中头顶那绺稀疏的头发,食指划过那片光秃秃头皮,Z闻到一股带着油腻,还有腥臊味的腐败气。Z的心里涌上一种难以言说的滋味。多年来的秘书工作将自身的隐忍度训练到了极致。Z早已经习惯了逆来顺受。海中曾经在工作中给了自己很多的帮助,在这样一个盘龙卧虎、甚至张牙舞爪的县政府大楼里,Z在举步艰难里学会了凡事不露声色。

只有在他那里,Z感觉到了一种存在,那似乎是远离尘世的,与现实世界若即若离的存在感,给了Z许多的想象空间以及不切实际。或者这许多年来自己都是不存在的。Z想。Z曾经怀揣着的理想,早已随着时间褪尽。生活已经让自己变得麻木,即使没有光彩也得过下去,所有的人都这么过着。他给了Z光芒,那是从心里发出来的光芒,让她陡然间有了许多幻想和奢望。她甚至觉得那绺光芒会一直照耀着他们。

他从外地学习回来之后,Z感觉他变了。他不再像从前那样主动找Z,或者不管不顾地跑到Z家的住区楼下去等Z。Z想尽快寻找到关于她一切的蛛丝马迹。以Z秘书职业特有的细致和敏感,Z很快通过博客找到了她。也许这便加速了他们之间关系的死亡。

她和他在分别之时,两个人都写了关于分别的博文。他在离开时,写下了当时的情形和心情,他没有掩盖他对她,以及对那个他只停留了十多天的城市的依恋,他甚至动了留下来的念头。而她却很隐晦地写下送别,写下进入深秋时节满地的落叶和雨水。她开着车将他送到机场,她说返回时她将车停在路边很久。这样的描述非常隐秘,只有他看得懂。她在写下博文时,也许那个时候在她的心里,他之于她也只是一次偶然的际遇，是不需要把握的。谁会将一次远隔千里的际遇当真？

可是他却写得如此刻骨铭心，尽管这样的深重的情感，完全隐现在别的文字里，Z或者她却都能明白无误地读出来。他完全没有顾及Z的感受，也许那篇博文，只是写给两个都看得明白的人看的，那就是Z和她。Z从两篇可以对应的文章里，准确地找到了她。Z给她留言，她在不知情的情况下给了回复。看来她是一个毫不设防的女人，她丝毫没有觉察出Z的良苦用心。

Z在自己的博客里写下了与他交往的全部过程，意在让她明白。她去过Z的博客，并在Z的博文后面留言说，是什么样的男人让你如此痛。那时她没有丝毫的猜测，她不会意识到千里之外的这个女人，正经历着与己有关的折磨。为此Z有点轻视她。女人凭直觉能够感知的东西，到了她那里为什么就不起作用了呢。她为什么不想一想，跟他同处一个城市的女人，怎么就会跟自己有了联系，这一点也不会偶然。Z甚至有点愤恨她的迟钝。这样一个女人，他怎么会一下子就陷进去了呢？况且她比他年长了那么多。这简直是个荒诞不经的谬论。

后来她居然来到了K城，居然告诉Z来了。那是十月，到处都充满着阳光，通往他家道路两旁的薰衣草开得正灿烂。Z发了一条短信给她。Z很想见她一面，让她知道真相。她说好要先到古城去，之后返回。

之后的几天，Z一直等待着，她没有一点消息。Z是个极有耐心的女人，在这件事情上Z不想显出太主动。Z以为她一定是明白其中一切的，所以Z认为自己该做的就是等待。

她走了，上火车之前，给Z发了告别的短信。Z接到短信刚刚晨跑完，头发被汗水濡湿了。Z给她回短信，告诉她自己刚跑完步，其意在于暗示她，他也跑步，他们都跑步。她没有回复就踏上了返程的火车。

还算是能够了然心计的Z，至今没有想明白，自己是不是上了她的套。她的那篇关于薰衣草的博文。她在博文里轻描淡写地流露出一种深重的爱和伤感。她说和他坐在咖啡吧里看书，喝咖啡，整整一个下午，两个人浸泡在一种温馨的情景之中，外面下着雨。她在博文中特别地写到了，去往他家的路途中的那些艳灿的薰衣草。

Z没有沉得住气，到博客上给她留言。在这个问题上Z显然过于心急了。Z千方百计想要让她知道自己与他的一切。Z给她写了一封邮件。她看了。她给Z回复时，特地提了他的名字，还有薰衣草。Z没有把控好自己。或许是Z处心积虑已久，一定要将真相告知她，让她受到伤害后自动退出。

后来她们通了电话。电话是她打给Z的。Z牢牢地抓住了这个机会，说出了全部。Z在电话里完全能感知她受到伤害的气息。她一直沉默，她说话的语速缓慢的程度，呈现出她受伤害的程度。她先前对一切竟然一无所知。让Z同时也受到伤害的是，Z能感觉到她是那样地爱他。

Z甚至不知道自己添油加醋得寸进尺的描述，同时更多地毁灭了自己。那个夜晚她们通了两个小时的长途电话。她不说话。Z知道她一直在听。Z说还有一个细节，元旦节前我们在一起开完会，他送我回家，车开到我们的住宅，他拉住我，然后我们在车上……

电话挂断了。

Z将话机从耳边移到眼前，话机上粘满了汗水。Z长长地舒了一口气。很久以来郁积在心里的怨愤屈辱渐渐散开，Z感觉到心情舒展开来。Z想这下好了，她会退出去的。只要她退出去了，他又会一如既往地来找自己。可是Z没有想到自己错了。人们通常用"一根筋"这样的话来形容一个人的愚笨和执着，那么他仅仅是只有半根筋的人。

四

　　她将身体向前倾斜了一下，然后朝着服务生招招手。服务生走到她身边，弯下腰去给她续咖啡。她用手轻轻地碰了一下杯子，说了句谢谢。

　　那一刻，她抬起头朝窗外的车流看了一眼，她的目光在一瞬间竟然与Z相遇了。Z确信她一定看到了自己。

　　那个梦魇一样让Z不安的女人，她的眼光落在了自己的身上。Z的身体有些微微发抖。

　　Z继续拨打他的电话，她显得有些筋疲力尽。Z明明知道他不再会接电话，却不屈不挠地打着。很久以来，Z一直在经历着这样的煎熬，似乎这样便能卸掉那些附着在心里的赘物，那些搅扰着让自己难以喘息的赘物。

　　为什么不说出一个让我信服的理由。这样想的时候，心里的痛感加深了。Z想起那天下午，是他给自己打了电话，而Z正在开会，手机在办公室。散会时已近八点，Z站在楼梯间给他打了电话。而就在那个夜晚，他告诉Z他们的事不能继续了。Z问为什么。他说有些话还是留着不说吧。

　　Z透过水泥镂空的楼道缝隙，看到了远处的湖水，以及湖面上的波光。想起那些跟他在这样的月光下说过的话，一切都随烟云消散在风中。而留下来的全是刺痛。

　　他说他的老婆知道了一切。他还说他跟他的老婆正闹着离婚。Z说不可能。他说他老婆看到了他们的聊天记录。Z沉默下来。他说对不起就挂断了电话。

　　Z从单位走回家的路上，拨打了她的电话。她不接。然后Z又换了她的另一个号码，她没有将这个号码存入手机，所以她接了电话。当她听出是Z的声音时，她说："我们不用通电话了。"Z不甘心，拖住她说："我只想问一句，你们到了什么程度。"她沉默了一阵说："生死相依。"

　　这几个字极像是咬破了时间，附着着沉重和不可替代，从那儿钻出来，有了一种字字珠玑的光亮和质感。Z和她都在这种质感中沉默下来。她挂断了电话。

　　那天深夜，Z又拨打了她的电话，她在昏昏沉沉的睡眠中接了电话，当她明白过来是Z时，她就又沉默不语。Z在电话里说了什么，她一句也记不得。她只想赶快结束这种无端的纠缠和折磨。她在Z不断的诉说间隙里告诉Z，不要再打扰了。Z还是不依不饶地发短信给她。她将两个手机都关掉了。

　　之后，他也就像这块大地上突然隐没的一块石头，兀地落在荒野中然后无声无息。任凭风吹草动，飞沙或走石，都无法惊扰他。他的电话号码如同虚设的一般。

　　Z去小镇找过他。将他拦截在石门小巷外。那是他回家时必经的路，也是他们从那儿到水边去的地方，无数次他带着Z从这儿来到小镇，穿过石拱门柱，沿着小巷回家。是他告诉Z回家再没有第二条路。道路两边开满了薰衣草。紫色是他最爱的一种颜色。Z在那儿等了他整个下午。

　　他从远处走来。Z一直看着他从远处走来，一如先前他们一同踩踏着碎石子发出的声音时一样，在阳光的照射下，能清楚地看到那些扬起的尘土，掩过了脚踝。

　　这是进入小镇最古远的一条路，一条几乎废弃的路，只有牛群和他才喜欢走的一条路。道路两边杂草丛生，被风吹得错乱不堪。他说他喜欢走这条路，因为在他的生命中留下了他和奶奶走过的在这条路上的痕迹。当然这也是到达他家最近的路。那个隐蔽在青石街巷的小屋，在年深日久中损毁陈旧的屋子，是他和奶奶生活了一辈子的屋子，直到死去，奶奶一直住在那里。

　　他曾经带着Z从这条路到达奶奶的墓地，那是清明节上坟。后来Z独自来过，为了能使他回心转意，Z一个人跑到山上，用手机拍下了通往坟地的那条盖满松针的小路。Z把照片发在微信里，Z相信他一定能看得见。

　　Z站在石柱门的背阴处，他突突踏踏地走来了。当他来到Z的面前，当他看清了Z时，他的身体倒退了一步，然而他很快镇定下来。他显然没有想到Z会来找他。两个人就那么面对面地僵持了一阵，他将脸转向通往河边的那条路上，做出了一个决绝的姿势，两头牛悠闲地在树影下移动，河面上闪着波光，从这面看过去，有点无边无际的感觉。

　　Z说："告诉我真话。"

　　他仍然看着河的方向说："我说的全是真话。"

　　Z说："你发誓。"

　　他沉默了一会儿说："我为什么要发誓 。"

　　Z说："因为你说了假话，你不敢发誓。"

　　他将脸调过来，他们的目光就在那一瞬间遇上了。Z的眼睛里全是泪水。他脸上僵硬的表情软和下来。

　　Z说："为什么要欺骗我。"

　　他说："没有。"

　　Z说："我都知道了，我和她通过电话。"

　　他又将脸转向河的方向说："正因为你们通过电话，事情才会朝着相反的方向滑去。"

　　Z说："你不可能爱她。"

　　他说："你错了，非常爱。"

　　Z说："你曾经也这样对我说过。"

　　他不看Z，只看着远处。牛已经缓缓地走到土路上来。

　　Z说："那我们算什么？"

　　他不说话站在那里。Z的眼泪就流了出来，他朝前挪动了一步说："原谅我，我们已经结束了。"

五

Z有点按捺不住，几次都想起身下车。Z想走进那家店里，然后坐下来。Z想让她跟自己面对着面地说话，而不是通过电话。Z在电话里跟她说的有关他的所有的事，Z都想重新给她说一遍。可是Z明显地感觉到身体在往下坠，那是一种悬空的无法把握的感觉。几个月来，自己所经历和忍受的一切，在一起随着身体往下坠。Z感觉身体在时间里，形成一个黑暗的沉重之物，只有破釜沉舟之后才能完成的赘物。

Z终于站起来的时候，车启动了，整个道路开始畅通。Z张开嘴喊司机开门，然而她还是没有发出声音来。Z重又将身体坐稳，道路上所有的车开始动起来。

Z从车窗的反光里看到了自己的憔悴焦虑，看到了即将被妒火烧尽的脸。这个时候，Z偏偏又看到了他。他从远处走来，沿着街道快步走来。他走起路来一歪一拐的，前脚着地时用劲很大，总给人一种不稳当的感觉。看到他Z心乱如麻，眼睛一片模糊。

Z的心脏加速运转的程度超过了身体的承担力，她突然就发出了声音：停车，停车！司机转过脸来看了一眼，所有的人都转过脸来看Z。Z有点无地自容，儿子也看着她。汽车从他身边经过时，他看到了Z。他脸上的惊愕，随着车速一闪而过。仅一瞬间，他的脸僵在被树影遮挡住的那抹光亮里。

Z转过头看着他。他没有调转头来，他连迟疑的举动都没有。这个无情无义的男人。Z心里发着恨，又拨他的电话。Z看见他将手机从包里拿出来，埋下头去接电话，他看清了电话号码，他迟疑了一下，头侧了侧，最终没有回过头来，将手机握在手里，然后他走进那家咖啡店。

Z觉得身体一块一块地被拆散开了。

六

天还没有亮，就开始下雪了。铺天盖地的雪，有一种强烈的压迫自天而来。这是 K 城罕见的鹅毛大雪，天空昏暗，能见度很低，街上的车辆一律缓行。即便开着车灯，仍然处在昏暗之中，道路很滑。

Z 冒着大雪转了几次车，来到儿子学校的那条街上。Z 已经下定决心将儿子转回县中学。接近中午放学的时间了，孩子们踩着地上的雪在操场上跑来跑去的，声音通过校门敞开的电子门传出来。Z 站在对面的街上，心里涌起一股难以控制的酸涩。眼泪竟然在她毫无觉察的情形下流了一脸。Z 有些迟疑起来，她不知道将儿子转走，这样的决定对不对。Z 担心毁了儿子。

Z 走进那家吃石锅鱼的小店，找到他们曾经最爱坐的角落，那个靠近厨房的窗下，依然放着一把琴。那是店老板的儿子的琴。被他无数次弹奏过的琴，悄然无声地立在那里。

老板娘的儿子，那个皮肤微黑的小伙子拿着菜单走过来。他认真地看了一眼琴，然后冷静地将菜单放在 Z 的面前。他还记得 Z。Z 能凭直觉知道这一切。Z 已经有半年没有来这里了，他还认得自己，并且记得发生过的一切。

Z 跟往常一样点了鱼，然后要了两个凉菜，还要了酒，两个杯子。小伙子收起菜单时，谨慎地问了句："两个人吗？"

Z 没有回答。

Z 的脑子里全是儿子站在老师面前的样子。因此 Z 每吃一口饭，给儿子转学的决心就坚定一分。人不必求本不属于自己的东西。儿子本不属于这座城市，自然不会被它接纳，正如自己和他。儿子和自己都只是瞬间的某时或某物的显现，何必强求。

Z 办完儿子的转学手续从学校走出来，地上的雪已经在融化。Z一下子释然了许多。从今往后，自己将和儿子共同面对现在或往后的一切。

那天夜里所有的微信上都出现了一条骇人听闻的消息。K城火车站发生暴徒砍杀无辜市民的事件。死了很多人，伤了很多人。

Z的脑子里突然就想起了她。如果她也正好回去，她会不会也在火车站。Z的心骤然间跳动起来，难以平复。Z又开始拨打他的电话。手机关机。Z只想证明一个不可告人的秘密，那就是出事时，她是不是也在火车站。

Z一连几天不停地拨打他的电话，一直关着机。Z打他办公室的电话，那边说不在。去哪了，不知道。单位也在找他。

Z走到窗前关了窗帘。儿子坐在餐桌前写作业，一边咬手指一边看着在家里走来走去的Z。

那一夜，Z辗转难眠。

窗外又开始下雪，依然是越下越大。

长草的街

他把胡子刮了，她跟他为此吵了几句。

他说他不是不可以留胡子，只是他的胡子太乱了。

她提高了声音问他能不能忍受几天，等她走了再刮。

他为此感到几分失望，他觉得她越来越挑剔和苛刻。她喜欢看他沧桑一点的模样，喜欢看那些拉碴的胡须，混乱地长在他的脸上，喜欢扎得她生痛的感觉。她甚至希望他再老一点。

他问她是不是真的希望他那么老。

她看了他一眼，顺手拿过他才给她买的一支香水，对着屋顶"哧"地按了一下。

她喜欢香水。喜欢将香水喷在空气中，喜欢和他一起沉于那样的气味里。从洗漱间到床头柜上，随处都是香水。各种各样的香水，让他有一种无处可逃的感觉。两个人一旦走到了尽头，首先就是感觉上出现了问题。

他说要带她去小镇的老城，看他长大的地方。

他们家现在住在小镇的新城区。

她说她不去。

他说："是不是那件事情你还不肯原谅？"

她知道他说的是那个女人的事，却故意装作没有事的样子说："哪件事？"

他看了她一眼，摸不透她的想法，就说只带着她在街上走一下，晒一晒太阳。

她对着镜子往脸上喷化妆水。透过镜子，她看见他站在身后，用他送给她的那把小木梳子梳头。她就想起他抱着吉他的那张照片，嘴唇很红。他说是刚演出完照的。第一次看到这张照片时，她甚至怀疑过他的性取向。不过那只是一瞬的想法。她好像后来问过他。

梳完头他转过身将梳子递给她，她说她不需要梳子，就把散开的头发重新编在一起。她围上那块桃红色的披肩，他说真好看，用手轻轻摸了摸，两个人就出了门。

她来到小镇快十天了。

第一次走在阳光如此充足的街道上，她一下子就被裹挟进杂乱的声音和人群里，她有一种毫无着落的茫然无措感。这是她最惧怕的一种无情的消耗。一个人忽地暴露在阳光下，就像一个久置阴暗中的物品一样，从蒙蔽中抖搂出来，既昏聩又无所适从。况且她心里已经完全打算好了，了断一切。她决心已定，只想回 A 城后不再有任何联系，她现在还不想露出声色来。她不想争执不想折磨，更不想听解释。有什么好解释的呢，事实是他认识她之后，没有决然地与那个女人了断。

冬天的阳光大概也只有南方城市才会如此充沛，才会将一个乱糟糟的小镇，暴露得一览无余。

很快就要过年了，小镇沿街摆满了各种食物，烧烤摊上白底红字写着"快乐小黄鱼"。这种小鱼之前他们在 K 城吃过。他说为什么叫这样的名字？她觉得他净说废话。而她转过头去，看到的却是另外的招牌，开头的字恰好相反，叫"伤心"。

两个人为此争论了几句，她便不说话了，心里想，"快乐"也好，"伤心"也好，与不吃鱼的人有什么关系。加上她现在的心境，她认为，说任何话都没有了意义。

阳光直直地射下来，照在那些被掏空了内脏，又用盐啊花椒之类的东西腌制过的鸭子的身上。它们密集地挂晒在街上，渲染出一种对死亡明目张胆的无动于衷。

那一街的地上全是污水，恣意地四处流着。鼻炎让她已经闻不到气味，但是她知道，那儿一定散发着一股恶臭。她将头转向另外一边问他还有多远，能不能不去？他说不能。两个人就一前一后悻悻地走着。他不明白她为什么要这样，他当然不会明白她一心想着分手的事，更不会知道那个女人又找她了，并且通了很长时间的电话。她的心就硬了冷了。

那个女人找她，就是为了让她知道，他之前在跟两个女人同时往来。

那个女人似乎很能明白她的反应和选择。在这个问题上，那个女人有十拿九稳的把握。那个女人有家有孩子，不离婚，但也绝对不退出，先于她认识他。那一夜，她坐在一张歪斜的椅子上，听完了那个女人所有的唠叨，然后她对着在电话里哭泣的女人，冷淡地说他会去找她的。就挂了电话。之后，她把女人的电话拖入黑名单。

那个女人和他在一瞬间摧毁了她的世界。

女人说过的所有的话，都成为魔咒，她无法摆脱的魔咒。在这个古老的小镇上，无论她走到哪里，都会去对应女人说的情景，然后心里就如同插了一把刀。女人是一心要将她逼迫到无路可走的境地的。女人将与他往来的每一个细节，分毫不差甚至添油加醋地描述出来。那情形倒是像对着闺蜜倾诉，一无障碍。她没有挂掉电话，她冷静地坐着，她不知道自己因何会显得如此冷静。女人每说一句话，就在往她心里插入一把刀。

穿走在毫不相干的混乱的人群里，她显得极其没有了耐性。他一直走在她的前面，而她走得心不在焉。如果在那件事情之前，她是很愿意两个人这样走的，不管多远的路。那天夜里，在她的城市，跟朋友从KTV出来，打不到车，他们从城市的东头走到了城市的西头。深更半夜的，走了两个多小时的路。过天桥时，他停下来看着她，然后伸出手抱住了她。

那是初春的夜晚，风已经变得暖和，灯光下的花虽然黯淡，却也显示出格外的美丽。大街上没有一个人，没有一辆车。那样的夜晚，这个世界上只有他们两个人。这是他之后一直给她说的话。他说他发现这个世界，只要拥有她一个人，就足够了。

那以后，他每天早上跑完步回到家，（他有晨跑的习惯，且是长跑，他曾经开着车，带着她沿着自己长跑的路线转，让她看看自己每天流着汗跑过的地方。）放下汗涔涔的衣服，就给她打电话叫醒她。而她起来后，就沿着他们那晚走过的路去上班。从家中出发到单位，需走一个半小时的路程。每次走过天桥她总要回过头去看那晚他们站过的地方。她坚定地走在街上，她的脚踩踏过的每块砖上，都留下了她对他的深深思念。她每迈动一步，都与他息息相关。那时候，她觉得他就在她的身体里流动着，成为构筑她生命的一个重要部分，舍弃就是撕裂。

她曾经告诉过他生死相依，就是相互牵扯着无法割舍。

而现在，他们成了这个世界上两个不相干的人。她突然觉得自己从来对这个世界，都缺乏起码的了解。

穿过小镇乱哄哄的街面，和街面上杂乱的铺面，他停下来，指着一道黑而逼仄的、半敞着的门面说：

"这就是我当年的家，我和奶奶住的家。"

那是一个铺面。用门板支起的架子上，摆了各种杂货。一个老头抬着碗饭走出来坐在凳子上。屋子里的光线暗淡，她将头前伸，努力地想通过屋子里那道开着的门，看一下后院。或者给现在的主人讲一下，让她到后院去看一下，那儿是不是已经长满了杂草。他说他不认识住在这里的人，房子早就卖给了别人，到现在可能已经转过很多次手了。

她抬头去看沿街的屋檐。那些雕刻出来的图案，映在阳光里，显示出的那份陈旧，让人的心一下子就落进一个缝隙里。人会在那样的缝隙里，努力去抑制一些与时间有关的想象。这里的确是有着古老历史渊源的，她想。

阳光刺目，她的心情松弛下来。

斜对着他家的是另一个铺面。他小时候的伙伴正埋着头写字。他带着她走了进去，屋子里弥漫着刺鼻的化学原料的气味。

他说："才宝，你忙啊。"

那个叫才宝的人抬起头看他一眼，笑了一下，就又埋头写他的字。他用一种由金粉、清光漆、汽油按照比例调合而成的金黄色原料，往红色蜡光纸上写字，写的都是供奉神灵、招财进宝之类的话，当然也是很有讲究的，并且两边画有长长的花瓶图案，正中间写有：天地君亲师位。

她不习惯这种不需要礼貌客气的见人方式，随即从屋子里退了出去。

他说才宝是他伙伴中能活到现在，才从大牢里出来的几个之一。别的，都死的死、残的残了。

她回过头认真地去看才宝。他的半个身体映在敞开的旧木窗里。她心里有一种特别的感受，仿佛那只是一道影子，或者什么标记。那个特别的八十年代末，这个地处边陲的小县城的标记，或者是一种格外的生命印记。

阳光射在街面上，紧挨着才宝的另一扇窗下，坐着两位高龄老太太。其中一个戴着老花镜，认真地往一个帖子上写字，且是用毛笔认真地写着。她经过时，闲坐着的老太太伸出一只手，一把抓住她的手，抬了起来，仰起脸来，认真看她手上戴的镯子。

她站在那儿，任由老人家看来看去。老人家的脸在太阳光下半仰着，皱纹和老年斑都突然生动起来。她感觉到心里涌动着一股湿热的东西。她取下手镯，戴到老人手上。老人的嘴因为笑，那几颗颠三倒四的牙，在太阳光下像是几颗沙子。

那个镯子是她来小镇前，他在K城买给她的生日礼物。

镯子很便宜。K城湖边原本一条路上，到处都摆满了各种各样的饰物。那晚，却只有一个摊位还没有收完摊。他们走过去，掀开摊主正在遮盖的带着些伪民族特征的银质饰物。她选了一大把，本来摊主正在收摊，见她那么喜欢，就重新打开摊子。他知道她喜欢戴这些东西，何况这些东西无论贵贱，都能显示女性的妩媚和乖戾。就随了她挑选，想拿哪样就拿哪样。

老人举起戴上镯子的那只手，在阳光下仔细地看了一遍。不知道老人眼中的手，是不是已如阳光照射下的一般枯槁。她看着老人，看着她轻轻地取下手镯，然后拉过她的手，将镯子重新放到她的手里。

她笑着说："送给您老了。"

老人将整个脸都仰了起来说："我老了，你们年轻人漂亮。"

他站在远处，一直看着她沿着青石铺成的街坎，朝自己走来。

他说："人活着真的是奇迹啊。"

她知道，他说的话，还包括眼前这两个老人，就回过头用手机拍下屋檐下的老人。

很长一段路，老人举起戴镯子的手，在太阳下笑的样子，始终映在她的脑子里。

他的二叔坐在街角屋檐下的暗影里，正敲打着一块铁皮。二叔将铁皮抬起来，斜睨着眼寻找着什么。

他大声喊："二叔，忙啊！"

二叔抬起头来，很快地看了他们一眼说："回来啦。"

他站在二叔不远的地方，隔着铺面，一直等二叔将铁皮弯成椭圆形状。二叔乌黑的手移动在金属物体上，乌黑的手映在太阳光下能清晰地看到每一条纹络。

他说："二叔，我们想看看你们家老屋房檐上的雕花。"

二叔就放下手中的活，站起来走进巷子说："有狗哈，小心。"

她一听说有狗，就变得畏缩起来。狭小的巷子。二叔身上还系着围腰。巷子两面的墙面已经剥落，空气中全是狗的气味。

穿过长满杂草的天井，青石铺就的庭院，有一种年深日久的清静。再往里迈过门廊，就是二叔家之前住着的内屋。他的两个堂哥还有二叔二叔娘一家人都住在里面。而现在他们都不在了之后，二叔一个人就住在铺面上，拼命地敲打各类金属物品和养狗。屋子也就失去了它的意义。

这个屋子住过他们家祖祖辈辈几代人，不过屋檐上的那些古老的雕花倒是完好无损。现在院子里的狗，拴着的关在笼子里的，都一起叫了起来，叫得很凶，是那种不蹿出来则已，一旦出来了非把人吃了不可的那种叫。为了生计，二叔除了敲铁皮桶卖，还养各种各样的狗卖。

他说："二叔怎么不把这些雕花门窗卖了？"

二叔说："倒是有很多人来看过了，出价很高，让我卖了。"

他说："那就卖了，闲在这里也是没有用。"

二叔埋下头，迈过脚下的狗屎说："钱上没有粘着祖宗的气味，就守不住。守着这些屋子，觉得一切都还在。"

他不再说话，拿过她的手机举在阳光下拍照。

二叔站在圈外面，站在那两条用铁链子拴着的大狗身边。两个家伙不停地往前扑，它们每叫一次，都要把头抬到与天上的阳光对峙的高度。

二叔从地上捡起铁链紧紧地拉着，不停地用腿去挡住它们向外扑。

她靠在一扇雕花木窗前，他用手机对准她。她转过脸，不想让他拍照。

那些复杂而精细的木雕，成为一种背景，想象的背景。她沉浸在她的心思里，而他却全然不知。

她曾经认为他跟她是一类的，他懂得她，而她也懂得他。他们如同沙漠里的两粒沙子，被风卷起来，然后紧紧地吸附在一起，什么时候风停了雨住了，他们也就会落到各自该落的地方。既使那样她也愿意，用爱去包裹去抬举去承担，他所经受过的一切苦难。她和他都经历了各自的苦难，而她曾经等待了十年，没有再爱过任何人。

他说她所坚守的一切，就是为了等待他的到来。她曾经为此深信不疑。

可是现在一切却如同眼前的景象一般杂乱。二叔也许是深知这些狗的习性，而这些狗也一定是懂得二叔的心思。他和它们之间隔着两个全然不同的世界，相互等待完全不同的结果。二叔喂养它们的目的是，等待有一天将它们卖掉；而狗等待的，仅仅是一口吃食。她和他之间当然不能用此来打比方，但至少有一点是明确的，她等待的爱的结果，只能是分手；而他，却是没有方向的前行。也许既不需要分手，也不需要方向。

他们走出来。她在经过有天井的院子里停了下来。她喜欢青石铺就的院落，想象着那样一家人，在院子里生活的情形。久远的消散了的生命气息，依然保存着一种质感。那些从墙缝乱石堆里生长出来的杂树和野草，让她想起自己的少女时代，夕阳西下时，那些疯长在山坡上的草和树，她们满山疯跑的情形。岁月仿佛永远都印证在这些有形或无形的事物上，供人们去怀想和捕捉。

他站在她的身后。她感觉到他的身体在她身后的石阶上晃动了几下。沿着那个声音，她知道他们站着的距离并不远，且是背对着背。狗还在有一声没一声地乱叫着，通过一堵墙传过来，声音弱了许多，并且是那种长长的，粗砺而无奈和无望的。

他说："我的一个堂哥去了缅甸，至今下落不明。还有另一个，在那一年公审大会后就被枪毙了。"

她将身体向前移动了半步，眼睛落在被杂草盖住的水池上。池栏依然是青石砌成的。一定是当初院子里住着的人用水的地方，只是不见了那根从外面牵进来的管子。

阳光落在院子里，幽暗的草落在阴影里。这种更加贴近生活的气息，会让人感觉到时间的真实性，如同眼前的一切，是沉静而疏离的。这是一种可以摸得着的生活和气息，跟人的生命流经的脉络一样，将根须延伸进岁月里，在某一个黄昏或清晨，总会不期而遇。

他跨过门槛，弯下腰去，那扇门已经歪斜。他用手轻轻试了试，然后他站起来，抬头看天。

天空一无遮挡地蓝。

小时候，他坐在这个门槛下，抱着堂哥们都不看的书，想着天上和地底下的事，等待着每一个未知的黄昏或傍晚。

他想起奶奶说的，这个世界有三重天，天上住的是大人国的人，中间住的是我们，下面住的是小人国。无论走到哪里，他都会想天上和地底下，一定有一个跟自己一模一样的人。他在做什么，他们就在做什么。或者是他们在做什么，他就跟着在做什么。

在学校里，他每天都趴在地上画画。他想象着天上的自己和地底下的自己，会将画画成什么样子呢？有时候，他跳水坑玩。他会一遍一遍地从很远的地方跑过来，疯狂地来回跳。反正不是他一个人在跳。他想知道另外两个自己有没有跑得这么快、跳得这样疯？他相信他们是能够看见自己的。所以奶奶在街头叫着他的名字的时候，他并不会答应，而是侧着脑袋认真地听；有时是趴在地上听，希望一不小心，就听到了另外的人答应的声音。

他想象着跟他们会合的种种情形，他认为自己画的画，都不是出自自己之手。总有一只手在牵引着，总有人在跟他一起画。他就天天跟着美院来的老师画画。画得天昏地暗，将那些涂了颜色的画举在阳光下，心里想的还是天上和地底下的两个人。尽管他最终没有能成为一个画家，而是成了一个街头与酒吧卖唱的艺人。

很长一段时间，他在K城的街头唱歌，在深夜的K城街道上徘徊。那个时候，他已经知道了，无论天上或地底下都没有别人，但他还是愿意想象那个隐秘的存在。

　　十四岁时，他羸弱瘦小。站在小镇外的山脚下，抬起头仰望山顶，层层叠叠的云雾，让他对一切有了向往。踏上通往寺庙的石阶，他的身体被沿途的树影掩蔽。他坐下来，寺庙的钟声让他有了一种格外的宁静和冲动。很多生涩的诗句，就那样从心里冒出来。他趴在地上将它们写在石阶上。一直等月亮从树影间升上来，再去看，觉得寺庙陷进黑暗里去了，就飞奔着下了山。这样日复一日地坐在那里，他开始对着山和树唱歌，唱到声音沙哑、筋疲力尽。

　　很多次，在临近傍晚时，他会在石阶上睡到天黑下来，会在睡梦里听到奶奶的叫声而醒来。鸟成群结队地飞过头顶，整个天空和傍晚都是鸟飞动的声音，这让他想起他的奶奶，正坐在昏暗的灯光下，灯影映在墙上，像是人用墨泼上去的印痕。

　　长大后想起这一幕时，他就会常常这样想，如果他的爷爷没在台湾，而就在这个小镇上，奶奶会是什么样子？奶奶的腰会不会那么早就弯下来？她的目光她的脸，会不会就那样地黯然下去？在没有希望的黑夜里，奶奶将桶一次次放入深井，挑着水走过长长的街道，撞开家门，水溅泼在土泥地上，她一回头，准能遇着他的眼光。他趴在床上，头钻在被子里。只露出两只眼睛，闪闪地看着奶奶。

　　他知道这个问题当然是毫无答案和意义的，那个时候战争已接近尾声，他的爷爷必须去台湾，而奶奶和自己注定如此孤独，这同样是由不得选择的。

　　他第一次给她唱歌的时候，她的心就开了一条口子。他的声音就沿着那道口子，钻进了她的身体，使她沉沉地陷进那些声音里。她告诉他那是一种破碎，在时间里难以匡正和修复的破碎。他的声音里包藏着的苦难和苍凉，将过往的岁月凿出一个又一个洞眼，让她感到自己更愿在时间里去托举他的苦难，包裹他所经受的一切。

　　他们离开二叔的铺面，默默地走了一段路。逼仄破败的街道，长长地延伸，屋顶上的杂草在阳光下晃动，被蓝得透明的天空映照着。在这样的街道上，一切的挤压混乱都是生动而能够让人铭记的。

八十年代末九十年代初，这条街道人丁旺盛，做生意的人往来络绎。而那个时候的少年正好长大成人，活跃在这条街道上。他们抽烟、酗酒、打架，离开教室聚在街头赌博。生活突然间向这座古老的城镇敞开了一条口子，一条通往外界的口子。每一个人都可以从这道口子里钻过去，获得自己想要的一种生活，那就是使自己一夜暴富。

最先从这条口子钻过去的，是他的堂哥们。

他们往来于缅甸和云南边境，往来于全国各地，凡是他们能想到的可以通往的地方，他们都可以去。偶尔他们回到镇上小住，举手投足间，都透着让同辈人望尘莫及的样子。于是他们的业务很快就在镇上发展起来。他的同学伙伴跟随着堂哥们一拥而起。他们开始抽名烟喝名酒，开始朝三暮四地跟女人往来。他们躲在小酒馆的某个角落，醉生梦死地吸食毒品。

才宝还有一八，都是他最铁的哥们，是从小穿着开裆裤在街上的水沟边长大的。有时他们吸食毒品的时候，也把他叫上，他就在一种乌烟瘴气的热闹里看着他们。可是他们却从来不告诉他真相，更没有让他加入吸食，即使有人将那些东西拿过来，放到他的眼皮底下，才宝和一八都会若无其事地将之拿开。他在他们心里是不一样的。他们认为，他跟他们绝对不是同一条道上的人。他从来都是默不作声地跟着他们，将一切看在眼里，他们也从来没有担心会被出卖。

他当然不会出卖他们。他们每个夏天都会跑到小镇外的水库里游泳。那时候，水库没有修筑水泥堤坝，他们站在黄土堤坝上，一起往水里跳。河水涨过土坝淹没了下游的小树林，他们顺流而下，游进树丛，那是一片果树丛，他们从水里偷摘那些快要成熟的苹果，总是满载而归。有一次他被树杈划破了腿，接下来是血流不止体力不支，他奋力挣扎将头冒出水面，很快便又沉下去了。

他本来会死掉的。可是一八就在那样一瞬间看到了他，一八从远处游过来，钻进水里，从水底把他拽上来。他们偷偷跑到药店买药敷伤口。他们不敢将这件事告诉大人，他们第一次有了秘密，相互之间懂得了如何默默地信守秘密。现在虽然那只是一八和才宝的秘密，他也知道是与自己有关的、一个几乎与天一样大的秘密。他甚至知道那样的一天会到来，这个秘密没有人能守得住，他也没有力量去阻止那样的一天。

那时的小镇突然间疯了。一八和才宝仅仅是那支疯狂人群中的两个，从街头这边看过去，挨家挨户地一数，只要上了中学的无一不是吸的吸卖的卖，他们走南闯北，搅得古老的小镇鸡犬不宁。

至于他似乎还处在蒙昧之中，或许长期与奶奶相依为命的原因。他的内心是那样纤弱，纤弱得他只能在颜色和声音里得到安宁。他每天都在教室里画画，画到天色昏暗，他的奶奶沿街一路叫着他的名字，他将画高高举起，他要让天上的自己看看，他们是不是画了相同的形状与色彩。

那时他已经上初三了，除了画画，他最想的就是有把吉他。他认为世界上最好听的声音，就是"不要问我从哪里来，我的故乡在远方"。这是歌星齐豫用吉他弹唱的。那一天，他画完画从学校出来，才宝和一八在教室外面站着，他们歪斜地站在墙角。一八抽着烟，将整个身体靠在墙上，见他出来，眼睛眯成了一条缝。他走向他。一八突地将身子闪开，那把吉他就露出来了。

他们一起看着他。他愣在那儿。他不敢相信那是真的。才宝说："我们从小混手上买来的。"

小混是他同班同学，是这个小镇上唯一有吉他的人。小混将吉他背到教室里，仅此一次，他才知道《橄榄树》里那么好听的声音，是由吉他发出来的。那次小混让他摸了一下吉他的弦。他的手指触碰到琴弦的时候，他感觉浑身的血涨得快撑破血管了。后来他再听齐豫唱歌时，他就觉得吉他的声音，是从自己身体里流出来的。

他将吉他抱在身上，很久不敢张口说一句话，生怕一开口，生怕一出气，就损坏和失去了它。才宝和一八跟在他身后。走在街面上，他们一路抽着烟，满足地仰起头，将烟对着天吐出来。他出了一身的汗。那晚他们坐在小镇的街头，听他胡乱地拨了一夜的琴弦。那个时候他还不会弹。也许他天生就是属于音乐的，他觉得每一根弦发出的声音，都是他身体里生出的枝蔓，都妙不可言，只要他的手一触着，就会让他的身体起伏波澜，而别的事物都不复存在。

从此，这把吉他伴随他走过了一生中漂泊的时光。这也许是他一直相信命运的原因，相信那只看不见的手，在冥冥之中的操纵和指引，他选择了吉他，而不是毒品。

他惧怕的那一天，终于来了。在一个冬天下雪的日子。一八和才宝先后在小镇被捕，那时他已到K城上高中，他没有对那样的场景进行过任何想象，那是迟早的事，他心里明白。

他们被捕离开小镇以后，他背着吉他，走过他们曾经去过的所有地方。一个人弹着吉他，对着树林和雾霭，对着那条河，对着小镇外空旷的天空。有时候，夕阳的光照反射在水面上，映着波光，他会一直唱到天完全黑下来。

公审大会那天，天还没有亮，雪就开始下起来。这样的雪天，小镇是少有的，或者是反常的。几十年来，小镇的冬天第一次下雪。镇上一下子有那么多人，要在公审之后，立即处决。下一场雪似乎更接近，或者与那样的场面更相应。

一辆一辆的警车，从小镇以外的道路上驶来。老远就听到了它们发出的声音，尖锐刺耳。小镇南面的坝子，被围得水泄不通。雪下得不大，却也不小，落在人的头上还来不及化，一朵一朵地飘满了。

他站在离公审台不远的人群中间，埋着头，不敢抬眼向上看，只看着地面，雪簌簌地落下来。一八、才宝，还有他的堂哥一共十二个人，都光着脑袋，脸在雪的映照下泛出乌青色，脖子上挂着写有名字和罪名的纸牌子，字是黑体的，并且写得歪歪扭扭，好像都是不经意而为。一八、堂哥跟另外三个人的名字上，用红色画了叉。画了叉的，就是要执行枪决的。才宝低垂着头，一八的头僵直地耷拉着。

人群里有人在哭。他一动不动地站在那里，他也想哭。

台上扩音器的声音，飞迸出刺耳的尖利声，他们的名字被法官一一地通过喇叭，扔在雪地里。听到一八的名字时，他的心抖擞了一下。然后，他抬起头看天上飘下来的雪，落满每个人的头发。才宝的脸看不清，因为他低着头。一八和堂哥的脸，像是泥工塑出来之后，还没有来得及雕琢，就被雨水销蚀了。

无论过去了多少年，这一幕始终无法抹去。那样的雪，一直是落在他的心里的。

他领着她走到了另一条道路上，那是他上学时必走的一条路。他似乎比先前要高兴一些。他说："我们数学老师说，'我过的桥比你们走的路还要多。'"

他就笑起来，指着眼前的一条臭水沟上横过的水泥搭板说："数学老师说的桥，就是这个。"

她没有笑，而是回过头去又看了一眼，那座他老师的桥。

污浊的水缓缓地流着，他说以前这儿是一条河。她也笑了起来，迎着他说的河往远处看，一条土黄色的道路，蜿蜒至已显颓废的房屋深处。两个背着孩子的女人，挡住了种在路边正在开着的胡豆花。

她说："这也叫河吗？这有点类似于老师说的桥。"

他不说话，带着她走过一条长长的街巷，街巷两边都是土墙，很高，所以巷子自然就显得幽深。墙上泥巴剥落下来，形成年深日久的凹陷。拐弯处，三个孩子将一条皮筋低低地系在树身上，然后进进出出地跳着。这叫跳皮筋，小时候都会这样玩过。屋子里走出一个男人，不由分说地跟着跳起来，皮筋就断开了。孩子不愿意了，哭声就穿过了巷子。她站在那里，而他却已经走出巷子，留下个模糊的背影。

巷子外面是一片瓦蓝的天空，天空下是一所建得宽大的学校。他说这就是他的母校，现在变得面目全非了。他们沿着他指点的道路往前走。街面的屋檐下站满了人，他们说着话，东倒西歪地站着。男人们站在那里，漫无目的地抽着烟。两个女孩头挨头地靠在一起，一个女孩正在用一根小发卡，给另一个女孩掏耳朵。

他告诉她，街上的这些都是外来务工的。

她看着屋檐上枯了的草问他，到了春天这些长在屋檐上的草，是不是又重新长出来，开满了花。他说是。

他们就一路抬头看着屋上的枯草，阳光下晃动着的枯草，依然包藏着生命不可遏制的力量。到了春天，那些隐蔽在枯朽之下的根须，吸足水分，就会势不可挡地长出来。

她说这世界就是如此，外面的人来这儿务工，这儿的人到外面务工。最后每个人都是外来流动人口。他沉默了一会儿说，是的。大概是想起了早年的自己，背一把吉他离开这片土地，在老城以外的地方寻求活着的希望。

老城有多老，她没有深究。这个可以在历史资料上查找到的古城，在时间里蜿蜒得过于长久了，以至于它的冬天，比春天更加充满了想象。它的街道甚至比它本来的样子还要陈旧。两条平行的狭长的街道，交汇在一个叫关圣宫的祠堂门口。卖小菜的摊子挤迫得街道越发狭小，人和来往的摩托在街道上交错而过。她只能侧着身体，小心地穿过各种各样的摊位。

她和他一前一后地站在祠堂前。堂前立着一块石碑，碑文表明，县人民政府二〇一一年宣布，此祠堂为文物保护单位。她和他仰起头，正门两边的木质墙面和那些飞檐上的雕花，足以证明老城的久远。那附着皇家之尊的颜色，恢宏的气势，在年深日久的岁月里，依然没有褪尽的流转千秋的霸气，显示了一个王朝的坚定和笃实。祠堂建于明朝，清时重又修复。不管时间过去了多么久远，对于这个小镇的老城来说，都是刹那间的烟云。

祠堂的大门敞开着，屋子里乌烟瘴气，坐满了喝茶打麻将的人。灯光昏暗地照在人们的脸上，有如隔世的幻象，影影绰绰地映在屋子里。既为文物又不能没有人气，如果没有人气，所有的东西都会坏损，包括房子。所以祠堂就悲哀地变成了老年会所，人来人往热闹非凡。想必当年修建此祠堂的人，不会想到如此这番景象。

天色暗下来，街面上显得乱哄哄的。

她跟在他的身后，拐过一条条街道。她喜欢穿过那些陈旧的斑驳的黄泥巴的高墙。墙身很高，墙内都是青瓦盖的屋顶，依然保持着过去的时光里大户人家居住的气派。

她说她想在老城找个客店住下来。他们就沿街一家一家地寻找。

水井就在街面上的情景并不多见。她正举着手机，拍下那口井时，一个妇女正来汲水。那是一口红砂石窄井口的老井。他说小时候这口井是被加了锁的，从很久以前就有此井，这是一口官井。那个时候，整条街上的人都来此取水。当年的井是由政府管着，不能随便取水的。现在锁是没有了，井沿磨得锃亮放光。她将头俯下去，那个妇女迅速地将水从井里打了上来，头也不回，匆匆走了，水溅泼在她的脚上。

沿街住的都是外来的人员。他们的屋门半敞着，屋子里凌乱不堪，横七竖八地放着东西。三个孩子在房檐下玩，跪着，脸贴着地，知道有人走近，便将头弯下去，从手肘下看过来，一脸的污泥，眼珠子一动，露出的眼白怯怯地收回去，又认真地玩起来。等人走远了，就又抬起头来认真地看，站在那里并不散去。

房屋上的草在阳光下摇动，整条街的房子都是这样。她就想，到了春天这里是何等景象？那一定是很美的，从街这头看过去，房屋上开满了各种各样的野花。从街那头看过来，房屋上还是开满了野花。

她仰起头来，天空已经黯淡。

他一路走着，见她脸色好看了，就高兴起来。他不知道她心里想什么，只管一路指认着小时候跑过的地方，他背着书包，从教室里跑出来，跑进卖糖水的店。那时的糖水一分钱一杯，他流着汗喘息着，将糖水一饮而尽。

八十年代初，他上小学。那个时候，她在做什么呢？那个时候的她已经中学毕业了，耳朵里每天萦绕的都是邓丽君的歌。而这条街上，那个时候不会有邓丽君的歌。就是到了现在，这里的一切，跟现代城市似乎还隔着好些年的距离。

住在小镇的每天早上，她还没有睁眼，耳朵里就被好几年前就听过的新年发财的歌塞满了。那个男女声同唱的"恭喜发财"的声音，是从一个破陋的音箱里发出来的，腐朽得让人无所适从。

八年前，她刚刚离婚，住在母亲家，这首只能用在春节祝福发财的歌，那时才走上市场。这首歌让她听得走投无路，死的心都有了。这首歌唱了那么多年，也就是那么长的时间过去了，她已完全记不得的时候，这个县城的某个窗子或者门面里，又发出了这让她痛不欲生的声音。

她关闭窗子拉上窗帘也挡不住的声音，让她重又回到过去了的时光里。那些年总是很冷，雪也下得大，她以为离了婚，就可以跟自己爱的男人走到一起。可是那个男人，却在那样的寒冷里消失得无影无踪。

新年发财的歌如同毒液一般，浸透了她的身体。她惧怕再听到那样的声音，所以她告诉他，在离开小镇的最后一个晚上想住在老城。

　　经过民国县政府旧址时，他仰起头认真地看石碑上的字迹。那是一栋红砖两层楼的房子，可以想见当年的县衙在这样一个小镇上的威严。只是那块石碑光溜溜地经受日晒雨淋，碑身除了写满了黑密密的野广告外，已然裂开了一条缝。他站在那道阴影里，仰起头认真地看着，然后他用手涂抹着上面的字迹。她看着他痛惜的样子，心里生出另外的感慨。

　　老城可以坐下来吃饭的地方很少。他们在街上好不容易找到一家店，走进去，屋子里到处是人，黑压压的，都是干活累了一天的人，坐在冒着热气的火锅前，倒了酒大声地喝着。他们坐下来。收拾桌子的是个十三四岁的小孩，大概是店主的孩子，他手脚麻利，埋着头不说话，很快就将前面人用过的桌子清理出来。

　　屋子里有一股污浊的、散不开的气。

　　她坐在人堆里感觉沮丧。他拿出手机看了一眼，然后他给她讲起了明星张国荣，还有梁家辉。她埋着头，觉得他说的话很不合时宜。他说，张国荣曾经在一档电视节目中，对着采访自己的主持人毛舜筠说过，如果你当初不拒绝我的爱，那么我的人生将会是另外一种样子。

　　她将头更深地埋下去，她的眼泪在闹哄哄的人群里流下来。这个令人伤感的故事，无论怎样都与此情此景毫不搭界。她想起他曾经也如此说过，如果她拒绝跟他结婚，他的人生也将会是另外一个样子。

　　她转过头。她感觉心脏一阵抽搐，她不能面对他说的一切。那个女人始终盘绕在心里，形成一道深深的魔咒，她无法摆脱无法喘息的魔咒。她知道一切将死于那道魔咒。

　　无论怎样，她还是不能原谅他。他辜负了她对他的所有的爱。那个女人将无数的箭矢扎在她的心里，每走动一步都会更加深入地插进一寸。

　　老城的夜晚，街灯昏暗。从街这头看过去，灯影下晃动的人影，显出一种与时间无关的缥缈和不安。他们在一家老式木楼的小客店住下来。木楼的梯子绕着一根柱子，弯曲着盘旋上去，他走在前面回过身伸出手拉着她。他们就这样手拉着手上完了梯子。

推开门，房间很小，刚好放得下一张双人床，还算干净。窗子很低，却很宽，宽阔得足以让人坐在上面。她脱了鞋坐到窗台上，整条街的灯光和道路都在她的眼睛里了。

她不说话，一直看着街面，风轻轻地吹过，两条狗沿着屋檐下的灯影，歪歪扭扭地走着。一辆摩托车飞快地从街道中间穿过，骑车和坐车的小伙子金黄的头发，在灯光下格外招摇。他们像是夜晚随风划过的痕迹一般，仿佛与这个世界隔着很远的距离，让她无法辨清一切是真实的还是虚幻。分手在即，就在明天。当她登上飞机之后，她和他，原本以为生死相依的两个人，就会天各一方，永世不再相见。

世间所有的相遇都是一样，人与人的相遇，人与物的相遇，不过是那样的时间里的一次相映。彼此的映照，说不清有多少虚构的成分在里面。

她看着他。心里萦绕着一种她说不清的感觉，然后她对他说："再给我唱一次歌吧。"

他坐在窗台上，他躲过她的目光看着街面。他说："我说过，等我的手治好了，我们的婚礼上，我会为你唱一晚上的歌。"

她埋下头去，心里想着，没有那一天了。

她不想当着他的面说出那句话，她不能够承担他的痛苦。她把已经在眼里的泪水，又咽了回去。她想到了死亡，想到了离开后所有的日子，想着她独自一个人度过的，一个又一个的寒冷的日子。

他见她埋着头不说话，就开始低低地唱起歌来。一遍又一遍地唱着。她看着他，想着他并不会知道这是最后一次了，所以当他唱到"从此以后／我在这里／日夜等待／你的消息"的时候，她还是止不住泪流满面。

他停止了歌唱。

他继续看着街面，两家院墙上挂起了灯笼。风从那儿吹过，摇晃着灯影。她重又看着窗外，她想也许她不会跟他分手。她曾经告诉他，她爱他，爱他的苦难和才华，爱他的一切。她的心突然软和了。她想她是无法离开他的。

她看着他。她第一次如此清晰地看清了他的眼睛。清澈的眼睛，隐含着一个近四十岁、刚刚成熟的男人，经历无数风霜和苦难之后，特有的韵味和气息。他的经历和他的才华，让他如此迷人。

他又开始唱起来。他告诉过她，他要用吉他弹奏名曲《大圣堂》和《阿尔罕布拉宫的回忆》给她听。这是两首高难度的世界吉他名曲。由于他的手指突然坏掉了。所以她一次也没有听到过他弹奏吉他。

那天晚上，他们在窗台上一直坐到深夜。他唱尽了所有她喜欢听的歌。上床后，他紧紧地将她抱在怀里。那一夜外面下雪了，是雨夹雪，轻轻地打在玻璃上。

第二天，他们很早就起来了，收拾好东西。他开车送她去机场。一路上他们什么话也没有说，他腾出一只手，紧紧握着她的手。他们所在的两个城市距离虽不算远，但毕竟是两个不同的城市，相见是需要时间的。所以每一次的分离，都有可能不再相见，每一次的分离，他们都紧握对方的手。

她想起之前的一次，他去看她，走的时候，她将他送到火车站。那是夏天，火车站正在改建，送人只能送到外围，一个用栏杆临时围出来的地方。他们站在杂乱的人堆里，天上有月亮，云层很厚。他说他想留下来，留在她的城市。她抬头看着天上的月亮，云随着风飘过来挡住了月亮。

火车很快就要进站了，她将他推进第一道安检门，然后他回转身来看着她，一直站在那里看着她。她怕他跑出来，转过身，眼泪就流了一脸。那个夜晚，她答应过他，等他处理好那边的事，就跟他结婚。她会一直等他。

阳光透过车窗照射在她的脸上，她用手挡住阳光。

中途她在加油站下过一次车。从洗手间出来，他远远地站在阳光下等她，她就忘记了分手的事。还有那个女人。那个女人竟然被她陡然间忘了，她觉得自己是多么地爱他。

到了机场，他说他要送她进大厅，她拒绝了，外面不能停车。她拖着行李箱，艰难地穿过马路，回过头来时，他的车早已无影无踪。

大厅里，她茫然不知所措地逡巡，随人流一起涌动，一切都如同梦幻一般。

好不容易办完手续，过完安检，她找了一家用餐的地方坐下来。她觉得她已经无法控制自己，眼泪不停地流着。她紧握手机，想给他打一个电话，告诉他此刻的感受。可是她又担心他在高速路上开着车不安全。

坐在她对面的两个年轻的女孩，一个在玩手机，一个在打电话。女孩对着电话，像是在跟电话里的人吵架，女孩的声音很大，说出的话不堪入耳。女孩一边骂着电话里的人，一边用眼睛扫视她。

她渐渐平静下来，她不想跟他分手了。她心里充满一种温情，她想告诉他，她其实一直都很爱他。她又一次拿起电话。她的手机上除了他的号码，几乎没有别人的，所以她很快就调出号码，只要她的食指一按下去，就会接通他的电话，她就可以如她想的那样，告诉他她很爱他。然而，她还是犹豫了。她想他在高速路上开着车。

开始登机了。她站起来。她的手机响了，是他的电话。广播的声音盖住了手机的声音，振动使她在看手机时，哆嗦了一下。她没有接电话，她不知道为什么，突然就什么也不想说了。

她抬起头，将流出来的眼泪咽了下去。

雪花飘下来

他看着她从那条闪着紫红灯光的巷子里穿过来。他站在叫"牛来香"的粉店石坎上抱着手，两只脚一上一下地踩在坎子上。她穿着一件黑色的羽绒服，牛仔裤很短使得脚上的运动鞋和裤子之间隔着一段距离，个子就显得更高了，头发依然剪到了耳朵后面。十年前她脸上的清纯和一股子小子气，变成了一种近于腐坏的坚韧。

他不知道她约见他是为了向他借钱。他这一辈子既不给别人借钱，也从不借钱给别人。如果他知道她要向他借钱，他就会推说有事不见她。尽管她叫他师傅，尽管他们十年未曾见过。他不喜欢在钱上跟别人有什么交集，不轻易去吃别人请客的饭，吃人三餐还人一筵，太麻烦了，世事艰难谁都不容易。

她埋着头，没有朝他站的地方看。飘下来的雪花零星地落在她的头上。这条街的每一个角落都是那么熟悉，人流、气味、灯红酒绿叫卖的声音，甚至天空飘落的每一片雪花，秋天的每一片落叶。虽然这条街上做买卖的人换了一拨又一拨，对于她来说却没有任何改变，只是时间变换了而已。

那时她在这条街上穿着制服（刚刚高中毕业就做了辅警），跟在他的身后走街串巷。身为女儿却有莫名的尚武之气，做不了英姿飒爽的军人，做一个警察也挺好的。心怀正义行端理直巾帼不让须眉，就是她的人生理想。那时不谙世事的她，把他当成了男神来仰视。他沉默寡言却善解人意，这是她想象中男人的样子。

出门前她在心里把他想过了一遍，脑子出现的不是那一次他们之间唯一的一次的情景。按常理十年没见过面，也没有任何联系，他依然保存在记忆里，她更应该记起将自己的初夜献给了他。一缕黯淡的灯光中，他沮丧的神情混着汗流湿了背，像刻在昏暗中的某种印迹蒙蔽了她。在无数艰难的岁月里，她也许特意不去回忆那一幕，她说就当什么也没有发生。她就是这么对他说的。而他的沉默里充满让人窒息的自责和悔恨，让她无所适从。

分别了十年，出现在脑子里的情景是那一次，他们接到有人吸毒贩卖毒品的报警，孤身入虎穴的他回头的那一瞥，在时间里形成静止的物象。那天他开着边三轮摩托正在街上巡逻，坐在摩托车上的还有另外两个警察。这个时候，他们接到指挥中心命令，叫他们迅速赶到一个叫"天上人间"的夜总会现场，那儿有个大行动，情况紧急，警力不够。他们立马就赶了过去，那是她第一次接受紧急任务，心里还有点小激动。

现场有三个警察控制了周边的局面。他们一共四个人从车上跳下来，朝着紧贴墙头朝上仰看的那个警察靠过去，那个警察用手朝三楼比画了一下。他们迅速朝着那个方向走去，并且拉开了距离保持警戒。街上行人来往不绝，他们之中的一个警察留下来负责疏散群众。

她记得他急匆匆地走到了最前面，她朝前跨了几步紧随其后，穿过闪着五彩灯光的走道，KTV唱歌的声音隔着一道道门飘出来。他走路的速度太快了，以至于她不得不小跑着，才能紧跟在他的后面。对讲机里要求目标锁定在305号包房。

走到305号包房门口时，她从昏暗闪烁的灯光里看见正面走廊有两个警察，身体紧贴在墙上。他们也朝着305号房移动，包房里偶尔涌出来的歌声跟狼嚎似的。她刚一回头，就看到他身体侧向右面，没有一点迟疑就推门而入了，她跨一步跟了进去。

门是突然间打开的，屋内的人正在腾云驾雾横七竖八，实际上他们并没有反应过来发生了什么。

"都不许动，原地蹲下，手放到头上去。"

他的声音像是从另一个世界传来的，突然得连他自己也被吓住了。那一刻，他回过头来，身后却只有她，再无别人，而她却在他回头的瞬间朝后面退了半步，身体正好挡在门中央。当他明白眼下只有自己孤身进入时，她在他的眼睛里看到了人逢绝境刹那间的无奈。他有点儿进退两难，面对眼前七八个醉生梦死的男女。他只能硬着头皮站在那儿，并且要继续着他的命令。他一边命令着他们，一边把手突然放到了腰上。斜挎在他身上那条宽松的皮带下的枪套里有一把手枪，她看到他的手在解开暗扣时迟疑了一下。接着他拔出了那把枪，另一只手迅速托住拿枪的那只手。他没有再说什么，移动身体使之离门更近一些，用枪对准了坐在中间的一个光头。

擒贼先擒王，他用枪对准了他认为的王，使他们在短短的几秒钟内没有做出任何举动。像一场演习，屋里的人反应迅速，他们没有像他命令的那样蹲下去双手抱头，而是操起了各自的家伙。她灵机一动突然大声喝道，你们已经被包围了，放下武器。她和他像两座不相干的孤岛，如果对方反抗他会应声倒地。而她会跑吗？事后她反复问过自己，在危难时刻为了保全自己丢下他？她真的不知道。

他一动不动地保持着那个实际上是自我保卫的动作，直到过道上传来了突踏突踏的声音。

他们真的被包围了，他们蹲下去双手抱头。而他依然一动不动地站在那里，保持了那个僵硬的不得已的姿态。

他没等她走到跟前，就踏上石坎先进屋找了临街的桌子坐下来。她走过来对他笑了下。两个人像是昨天才吃过饭那样，自然地坐了下来，没有过多的寒暄。他说她变化很大。她说十年了什么都变了。她还是叫他师傅。她说她这几年杳无音讯是因为自己混得太差了，没有脸联系他。

他低下头搓着手，很难为情地笑了一下。他还记得她走的那天，事前并无任何信号。她照样跟在他身后巡逻，照样遇事就抓抓秃桩桩的短头发。他还记得他们之间发生了那件事之后，她的头发剪得更短了，跟她站在一起完全是个小子模样。那之后有一个时期，他们之间的关系在平淡无奇里像是插入了一段播报，相互之间都在掩饰着尴尬。他对她偶尔也会充满了怜惜之情。

那天直到下班，她突然走到他的前面，然后倒退着面对着他说，我们找个地方吃饭吧。他不说话看了她一眼。她眼睛斜眯着看天，天上还有一丝云没有被来临的夜色卷走。她看到他迟疑了一下，她就笑起来说，玻璃伯伯我请你吃最简单的，这也许是最后的晚餐。她始终不明白他的笑是以为她在跟他开玩笑，还是为玻璃伯伯这个别人私下对他的评价的自我解嘲。笑过之后他的脸就沉了下来，她也立刻说不要介意跟你开个玩笑。

他问她什么是玻璃伯伯。她认真地想了一下，然后才若有所思地说，好像与铁公鸡、塑料公鸡等等一系列的公鸡齐名的叫玻璃公鸡，但是好像玻璃公鸡的档次要高一些。说完她笑着转过身与他并排走着。他沉着脸问她你也这样看我。她不笑了，快走几步进了小吃店的门。坐下后她又对他笑了笑说，我没有这样看你，各人有各人的难处和为人的习惯。他转过头叫服务员来两碗香菇面加蛋。她说师傅今天我请你，因为我明天就不来了，我已经辞职。他看着她，他感到有点儿懵地问她辞职还来上什么班。她说她想再陪他走过这些熟悉的街道，算是告别。他相信了她说的话后，就沉默不语。他没有问她走的原因，她也没有说。

他们吃了香菇面，一别就是十年。她没有找过他，而他也没有想过要找她。他们师徒二人就此别过，像吃一碗面那样平淡无奇。对于他内疚多于别的。他们之间的事情，多年后他偶尔想起来的时候，他告诉自己那是个偶然，虽然他在婚姻里过得并不如意，但他从没有想过要离婚，或者搞什么婚外恋，他有个女儿。他的性格就如同他的沉默那样简单，除了工作他没有时间去想别的事情，钱一分一厘存起来交给老婆。那时沿街铺面的消防问题，都是肥差，她问他为什么不为难那些店主，让他们纳贡，别人都这样做，肥得流油。他郁郁地笑了一下说，凡不属于你的，来了都会用十倍的代价偿还。

她扬扬头不是十分懂得他话中之意，不过她还是很欣赏他近乎木讷一样的坚持。那些跟他一起执勤的日子，她静静地走在他的身边。他不知道她那样爱他把他当男神，把自己的初夜给了他而只字不提。事后他小心地观察过她，从她脸上看不出丝毫的怨愤。他也不是没有动过爱她的念头，很快他就会将之扑灭在尚未萌芽状态。在他的心里，人是没有必要活得那么复杂折腾的。他甚至都懒得去想婚姻的事情，每天机械地上班下班，处理各种工作中发生的事情。他活着的全部意义就是工作，以及将女儿养大，真的是别无他求。

他总是寡言，而且在秋季的时候头上会出现斑秃。她由此断定他的家庭生活很不好，他没有任何绯闻也属情理之中的事，绯闻需要钱做基础或世俗资本，他什么也没有或许他也想过，但对他有点难，都要付出代价，还不如安分守己简简单单过一生。以退为守也许是对他整个最好的评价，因为无攻可攻坐守也是守。她喜欢他沉着冷静以守为守不攀附不屈膝的稳定。

隔着十年的时间，他们又坐在了一起，又是吃面。什么都

变了唯独吃面不会变吗。她问他十年来天天吃面吗？他笑着说
天天什么也不吃，你来了才吃面。两个人都笑起来。

她说："师傅你过得好吗？"

他不假思索地说："挺好的，女儿上大学了，我天天住在
所里有吃有喝的。"

他这样说着眼睛朝窗外看过去，外面的雪比先前大了一
些。他的话像是对她说的又像是对自己说的。服务员把面送了
过来，他从筷筒里拿了筷子递给她，他看到她用左手翻动着碗
里的面条。在他记忆中她并不是左撇子，不过他只是那么一
想，并没有打算说出来。

她说："那你为什么不离婚？"

他仍然朝窗外看了一眼，平平淡淡地说："她不离。"

她埋着头眼泪差一点就出来了。她一边吞咽着吃到嘴里的
面，一边让自己的情绪平静下来。

她说："师傅，你知道我辞职后的工资有多高吗？十
年前。"

他淡淡地摇头说不知道，然后给了她一张餐巾纸。

她说："两万。"

他似乎并不吃惊地说："这么高，过得还不好？"

她又埋下去吃面。她想说离开单位时，嗜赌如命的父亲
欠了一百多万的赌债，母亲长年生病，她只有去赚那两万元
钱，用命去赚。每天把自己喝得烂醉如泥，全是为了赚那两万
块钱。她还想说这世上的男人的心肠都是被炭熏过了，又黑又
硬。他们喜欢看她醉生梦死地陪酒，看她烂醉如泥地回家，只
有这样她才能拿到那两万元。这么多年这个世界对她的伤害，
足以让她放弃生命，唯有存在心里的对他的一丝幻想般的爱，
是世界留给她的美好记忆，温暖着她支撑着她。

他说："两万元，在房开公司一定不好挣。"

她说："是的，常言道你要他的钱，他就要你的命。"

她放下碗筷笑了一下。

他看着她说："你对生活是不是有很多想法？"

她又笑了起来，这一次眼泪在眼睛里打转，她耸耸鼻子，把眼泪往下咽了回去。他问她住在哪里。她笑了笑说她和母亲租住在三桥那边的农房里。他开始没有听明白她说了什么，待他喝完了面汤抬起头来的时候，他说，租在三桥？三桥这个地方在很多年以前有大片的菜地，以外就是郊区了。小时候他们家住在乡下，每次进贵阳都要经过三桥这个地方。他说这么多年，我以为每个人的生活都会改变。

她看着窗外，雪花落下来，玻璃上的雾气将街上行人的影子变得模糊。她低头沉默了一会儿，然后轻言细语地说，老天给每个人的命也不同。她把每一个字都嚼得冷生生的。他叫服务生给他们加了茶水。他抬起杯子无话找话说，苦荞茶的味道很香，但是喝起来不是很好。她抬起杯子让热气熏在她的脸上，他看见她的脸色比刚刚进来的时候好看了。他说你挣那么多钱，怎么连个自己的房子都没有。她轻轻地叹了口气说，我一直在替我爸爸还赌债。他说还赌债？哪有女儿替父亲还这种债的。她说伯伯，这个就是人的命。我在娘胎里，我的耳朵就灌满了麻将的声音。我爸爸把赌当成命，他付出自己，还搭上了我和我妈。

他不说话双手握着杯子，热气已渐散尽。他在想是继续加水还是付钱走人。他觉得都不妥。

他一直赌到死，被人逼债到死。她说这话的时候，又看着窗外。

街道那边是喷水池向外喷水时发出来的音乐声，这会儿车流少了，音乐的声音飘过来。这个声音是自己想出来的，他这样想。平时他即使是巡逻时走在喷水池边上，对这种声音也会充耳不闻。他想尽快地无话找话说，然后结束这样的相见。他对她说我们听得见远处喷水池的声音不？她看着他有些心不在

焉，同时也为这句莫名其妙的话有几分不适。他意识到自己的
失言，很快又把话题转到了他们刚才说的上面来。

他说你爸爸是不是没有工作？她突地苦笑了一下说，听上
去他像个无业游民哈。他也笑起来说，一般没有工作，才会想
着用这种方式生活。她说，你无法想象他当过兵，转业在街道
办事处。他说，多好的工作。

她看着窗外，他看到她的表情慢慢由软变硬，眼睛里泪水
在打转。

他不喜欢看见女人哭，也不喜欢刨根究底。她也不是喜
欢诉苦的女人。两个人坐在那就冷了场。穿着发黄的外褂的服
务员在他眼前穿来穿去，吃面的人来了又走了，换了一拨又一
拨。他就想这家面馆生意红火了十多年，不知道店主是不是换
过。人要发财真是做什么都挡不住啊。

她看着窗外一晃而过的车辆，想着当年与他一起巡逻的
时光，如风一般轻的日子多好。那时她还不知道她的父亲欠下
了那么多的赌债，她的母亲身体虽然不好，还没有诊断出肾衰
竭，生活还有很多她可以想象和向往的东西。而现在她依然还
在为偿还父亲欠下的债务东奔西逃，四处逃债。

这些年凡是可以开口借钱的人，她都借过了一次又一次。
她唯一没有开口对他借过钱，她知道他没有钱，即使有钱他也
不愿意借给别人。她怕破坏她在这个世界上唯一的念想，那就
是她对他的爱纯洁而美好。这么多年来，她一直把他放在心里
作为支撑温暖自己。可是今天她就是来向他借钱的，每次话到
嘴边，她都感觉难以启齿。她的母亲如果再不交钱进行肾透，
生命就会危在旦夕。她们早就没有钱了，能想的办法她都想过
了，她不想眼睁睁看着母亲一天一天走向死亡，而束手无策。
所以她想不管再难，她也要见他一面，向他开口。至于以后她
相信还会有办法的。

那一次追债的人从四面围住了她，在距她家不远的一个巷口。从小学跆拳道已经过了十级的她，半蹲着身体积蓄力量。这之前在半路上她就只身打翻过三个男人，别的夺路而逃。她对自己的武功是有把握的，她是一个有着硬汉脾性的人，宁可站着死不会跪着生的。

她迅速地扫了一眼从各处围过来的人，大概有八个黑衣黑裤西装革履的人缓缓而来，大冬天都戴着墨镜。跟电影里的镜头别无二致。她知道这一次即使边打边退，也无路可退了。他们把她围得水泄不通，定是要置她于死地。

她对他说，师傅，如果不是他们把我的父母揪过来，我不会输的。

她活动双腿弯腰弓步，就在她决定拼死一战之时，她看到了她的父母。他们被几个人推搡着一路小跑过来。他们喊叫她的声音随着风飘过来，她的名字在他们的嘴里冒出来是破碎的，像一些碎沙石从空中撒落下来。他们走了过来，她看见他们的嘴巴和鼻子都留着血迹，尤其是她的父亲衣服上留着大摊的血，她并不心疼他，她只心疼她的母亲头发蓬乱，双眼暴突。她大叫了一声跑了几步腾空跃起，几个人一起朝后退去，其中一个被她一脚踢出很远。她再次跃起的时候，她听到了父母的叫声，她猛然回头，看见了架在他们脖子上的刀。他们被按在地上，揪住头发仰面朝天。

有人喊叫着她的名字，让她看看刀已经划进他们脖子上的皮肤，血顺着流了出来。他们每说一句话，就将刀往里划一下。一个嘴上叼着烟的人说，你想让他们流血过多而死，你就继续打，你打啊。她稍作迟疑，就被一只脚猛地踢来，然后她倒地，双手护头一顿拳脚如雨点样落下来。跟电影里的镜头一样，雨突然从天而降，整个世界沉浸在瓢泼的雨水中，而留在她耳朵里久久挥之不去的是突沓的脚步声。

人孤身在这个世界上，有很多事比如耻辱和痛苦都要硬

好吧·再见 HAOBAZAIJIAN

扛着。离开房开公司后的她无处可去。她也加入过一些直销公司做产品推介,这样的工作不仅需要一定人脉,还要有一种无孔不入的能力。两者她都没有,她在这条路上走得磕磕绊绊入不敷出。

他叫服务员倒了两杯热茶,她用左手抬起茶杯喝了一口。他注意到了她一直在用左手,他笑笑说:"你改用左手了?这样是不是对大脑很好,两边脑都用。"

她下意识地抬了一下右手,她不会忘记就是那次,几个男人打断了她的手,他们恨她有一双能够还击他们的手。他们说两只手都给她废了。她就听到骨头断裂的声音,不是一处而是响彻大地。她听着那些声音散去,又聚拢,她被声音高高地抛起来,直到留在她眼睛里那一抹泛黄的白色被云团遮住。直到雨淹没了一切。紧接着是寂静里的雨,像一个个泡影,化开那些穿着黑衣黑裤人的脸,它们折叠起来,被云团雨雾遮住了。他们让她像狗一样爬着穿过街巷,奇形怪状的脚落在街面上,驱迫着她爬啊爬。

所幸她的左手当时伤得很重,几个月后却又好了。没有双手和没有双脚对她来说结果都是一样的,上天不想彻底灭掉她,给她留了一只手。她把右手轻轻抬了一下放到腿上说:"这只手现在只是装饰。"

他又看了她一眼,欲言又止。这次他的心里涌过一丝不易觉察的痛感。她偏着头看向门边站着的两个人,他们站在那里看手机排队等座。他也朝那个方向看去。他想说走吧,等座的人会越来越多。他终究没有那样说,反而说了句连他自己也不肯相信的话。他说,你结婚了吗?话一出口他就自责起来,这等于是问了一句废话,或者是哪壶不开提哪壶。

她转过脸来,他从她的脸上看到经历风霜之后的坚毅和一个女孩子不该有的果决,没有丝毫的阴郁。她说师傅我能抽支烟吗?他笑了笑,表示你随意。她点了烟抽起来,她的脸笼罩在烟雾里，没有回忆只有淡然和果决。她埋头把烟灰抖进碗里若有所思地说："你问我结婚的事？结倒是结了，不过又离了。"

他看着手中的杯子，服务员收走了桌上的碗，另一个服务员用抹布来回地擦桌子。店家希望他们快快离开，好把位子让出来给别的客人。他说："你还记得龙井街那次？"

他把话题很快引到别处。她沉默了一下，偏过头去看着窗外过往的人流说："怎么可能忘了，那次你受了伤。"

就是那次之后，她和他的关系除了师徒，又进了一层。虽然他还是寡言，但是对她却比从前亲近了。

两个人从面馆里走出来，她埋着头走到街口，停下来，她喊了一声师傅，她本来是要开口说借钱的，话到嘴边她搔搔头转过身说，那么再见了，你多保重。再见。他急急地转过身，走了，他还要回所里值班。她看着他穿过邮电储蓄所的那条巷子，她和他无数次走过的巷子，现在雪飞扬着盖住了她的视线。

再往前走就是他说的龙井巷了。

那也是惊心动魄的一幕留在她的心里。龙井巷很深，巷内有一口古井，几棵椿树已经老得到了春天只有树尖上偶尔发几棵芽。巷子尽头有一家老四合院，是这座城市一九四九年后最早的私家住房之一。那年他和她正好在附近巡逻，接到群众报警说有古惑仔在那儿聚集。他没有对此做充分的估计，在他心里古惑仔不过是游荡在城市里的一群不法青少年。城市的街道上随处可见染着彩色头发，骑着摩托抢包的从乡下进城来的青少年，他们大多分散住在城乡接合部，夜间在街上四处游荡。她跟在他的后面，匆匆地往巷子深处走。她记得那天云淡风轻，夕阳落在巷子里，墙上的花草都是红的。小院的半截木门歪斜在太阳最后的光亮里，显出一种荒无人烟的惨淡来。恰恰相反，院子里聚集了上百个古惑仔。

他就那样踩着夕阳的最后一抹亮光走了进去，她看到他突地停在了那儿，她跨前一米站到门口，被院里的情形惊呆了。近于赤手空拳的她和他迅速地看了对方一眼。院子里人头攒动应该是最准确无误的描述，各种各样的头发染得缤纷异彩。他们或蹲或站，密密麻麻到处是人，像是聚光灯下闪烁的影子游荡不定，让人眼花缭乱。院中有一棵高大的槐树，两个人蹲在树上，像野兽俯瞰地上那样令人不安，他们随时都会飞扑下来踩中你的头。他和她打开始一路走过来，就被树上的人看得一清二楚。他们在树上吹唿哨，尖厉的声音从巷子这头传到另一头。院子里的人知道只有两个人，所以他们按兵不动地待在院子里我行我素，他们坚信两个人奈何不了他们。

他们自顾自地抽着烟，烟雾笼罩了院子的上空，那些颜色各异的头在烟雾中移动漂浮，像死水塘里的浮萍那样斑斓刺眼。他站在离他们不远地方，那儿横着一根从屋梁上拆下来的柱子，身后的墙已经斑驳，他朝后退了半步，也许为的是防止有人从背后围住他。而他们就那样若无其事地抽着烟，慢条斯理地看着他。彩色的头发萦绕在烟雾里飘啊飘，像一股巨大的来自于地底下的奇妙物质那样，正缓缓地聚集起来。

那时她没有手机。走进巷子时他随手将警用内部短号机给了她。她紧紧地握着那个机子，她知道只要她动一动手里的机子，事情立马就会朝着另一个方向滑过去。她看着别在身上的对讲机，她同样知道如果此刻对讲机里发出任何声音，难以意料的事情就会提前发生。她一动不动地站在那里，用手指寻找着上面的数字键。她咬着嘴唇眼睛一眨不眨地盯着他们。他们也看着她然后把眼光落在她的手上。他们看到她的手动了一下，拨响了一个号。几个人就一起站起来，朝前挪动了半步。后面的人也都站起来，朝着一个方向聚拢，一股巨大的巫气弥漫着整个院子。他们密麻展缝地移动，几十上百双眼睛一起朝着一个目标，如同汹涌的浊流那样滚滚而出。她心里开始打颤。他们成群结队的五光十色一片，不动不觉得，一动如千军万马有奔腾而来之势。

她和他与他们对峙，像一块石头与群山对峙那样势单力薄。一向无所畏惧的她，心里打着鼓想着这回死定了。怎样才能让指挥中心发现目标，迅速赶来呢？她一边想着，一边铁定了拼死一战的决心。

她记不得他是怎样被一下子围住的，她乘势飞跳起来的一瞬间，发出了一声巨大的吼叫。她确信110指挥中心的人接到了她发出的声音。她重拳出击身手矫健。然而他们毕竟是一群人，团团将她和他围在中间，任她左突右冲，难以施展拳脚。她感觉到他受了伤，就用身体护在他左右。

十多年过去了，城市古惑仔成了一个过时的词语。今天的少年对这个词语的陌生度，不亚于她对这座城市的距离。龙井巷想必也不复存在了。她没想到这些回忆让心里暖暖的。回不去了，什么都像时间一样渺茫。

她为自己没有张开口找他借钱而沮丧。几次话到嘴边，她就是说不出口。天又开始下起雪来，独自走在雪地里，穿过大十字广场，她朝着南明河畔走去。灯光车影从远处倾泻在河面上，更多了一份清冷寂静。她买了一瓶二锅头，坐在落满了雪的长凳上，望着流光溢彩的河面，慢慢地喝着酒。

她想到了死。人生不过一死。龙井巷殊死之战她没有死，十年的血雨腥风亡命躲债，九死一生的围堵她仍然没有死。现在怎么想到了死？坐在那儿仰面朝天，雪花落在她的脸上，泪水和雪溶化在一起，淌下来变成一股她从未体会到的脆弱。她明白原来自己还是个女儿身，无论怎样拼怎样撑，命运的轨迹早就注定了，她无法更改。有些事情也并不是她无数次告诫自己的那样，咬咬牙甩甩头就过去了的，有些事情它就是无法过去。

她想起了她的父亲。她从来没有如此这般想起过他。他已经不在人世。可是父债子还。她没有问为什么，也没有伤感，她只是静静地想着。想着她和母亲一次又一次地搬家，为了躲债现在仍然居无定所，在这个城市租住最廉价的房子。想着她和母亲曾不止一次地偷偷搬走，试图摆脱父亲。

有些人有些事，像是与生俱来的千丝万缕的藤那样缠绕在一个人的生命里，是无法摆脱的，就像到死她们也没能摆脱父亲，父亲也没有摆脱赌一样。无论她们跑到哪里，他都能嗅着味道找到她们。偌大一个城市，在父亲和她们之间的版图上，也许就是咫尺。

她和母亲最后一次偷偷搬走，是在父亲几天几夜不回家的一个下午，她们像做贼一样，只拿走了必用的几样东西，目的是不想让邻居发现她们的行踪。可是她的父亲在半年后仍然鬼使神差地找到了她们。在一个寒冷的冬天，她以为这一次真的摆脱他之时，却在早上开门时发现了躺在地上不省人事的父亲。她是寒了心的，心如铁石要再次放弃父亲。那时她和母亲只消又一次逃离，就会让父亲命丧黄泉。

他一动不动地趴在那儿，她从他身上绕了过去。她的母亲喊了他两声，被她制止了。他病了，病得很严重，母亲蹲下身摸摸他冰凉的头，用一只手在他鼻尖下试了试，母亲看着她说还有气，没死。

她咬着牙看着那条破败的巷子，风从巷子那边吹过来。断墙上去年留下的瓜藤，增加了她内心的苍凉感。她想说如果他死了倒还好，可是他还活着。他活着就意味着她和她的母亲永无宁日。她站在那儿不动，通过那堵断墙可以看到城乡接合部，所有农房在积雪覆盖下的残破景象。

她看见母亲开始移动他的身体，他的身体有点僵硬，母亲怎么也拖不动。母亲抱着他的头嘤嘤地哭了起来。他们是夫妻啊，母亲说他是她的父亲啊，不能见死不救。她们又收留了他。他病了足足一个月，还没完全缓过气来，就又继续外出去找他的赌友。一百多万的债啊，从她生下来那天就开始一分一厘地滚。终于滚成了她与母亲命运的大巨石，让她们生不如死。

她无数次想象过父亲的死法。醉酒而亡，人为地制造车祸，碰瓷，追杀，凡是能想到的她都想过了，总之他定要死于非命。那一年父亲被人抛尸河中，有人在屋外叫她们说，河那边死了一个人，去看看是不是你们家的。派出所已经张贴告示。她和她的母亲沿着水岸一直走到下游的一座山脚下，她看见她的母亲头发根都竖起来了，她屏住呼吸尽量不去多想。看热闹的人站在警察拉出来的警戒线外面，几个维持秩序的警察在线内走来走去，一个警服外套了件白褂子的人正在从不同的角度拍照。

远远地她就看到了河滩上躺着的人，他的一只脚光着，被水泡胀之后现出微黄，而他的脸已面目全非。她停下来拉住她的母亲，不让她再往前走。她们是从死者穿的衣服确认是她父亲的，这似乎是他必然的死的方式，她并不是那么吃惊。

不堪回首的往事第一次涌进心里，在这个大雪纷飞的夜里，让她更加觉得走投无路。她想那也许不是她父亲，也许他还活着，活在这个世界的某个角落。生与死的界线到底在哪里呢。

雪越下越大，她猛喝了几口酒，借着酒劲她给他发了短信，希望他能借六千块钱给她救急。她说不是万不得已，她不会对他开口。发完信息她全身发抖，她对他其实是没有抱希望的，她只是给自己一点希望。她了解他。玻璃伯伯，对不起了。她说。

天越来越冷，雪中夹着冻雨。她感到自己无处可去，这个夜晚空空荡荡，往来的车辆增加了夜来的寒凉。回家吗？这个时候公交车已经没有了，她现在城市的南面，而租住的房屋在城乡交汇的北面，一南一北的距离在她心里变得遥不可及。

她把剩下的酒仰面朝天地喝完了，雪下得越来越大。房屋和地面都被雪盖住了。她摊开一只手朝上扬了扬。她说这么美的雪，我怎么就没有发现过。她在积雪覆盖的长凳上躺下去，一丛修剪整齐的冬青树挡住了风，她竟然感到身体暖和起来。

雪飘啊飘，她眯着眼睛数着一朵两朵三朵……为什么活了那么多年，年年有雪花，唯独今晚才感到它的美啊。那些年在房开公司夜夜宿醉，也有大雪封河的情景，却视而不见。而今夜，反倒觉出它的透明透亮的美来。

雪花落满了每一个角落，房屋、街道、树木、河流，落在荒山野地的乱石冈上，那儿埋葬着没有棺木只有一堆白骨的父亲。雪花落进草地里那些前几日还开着花的各种植物上，让这个世界跟她一样变得扑朔迷离，在一片灰白的世界里她也时隐时现。

河对岸那些彩色的灯光在水面上漾动，同时也落在雪地上，耀得她睁不开眼睛，即使她闭上眼睛，那些五光十色的颜色一样在她的脑子里闪着。一道一道的光影晃来晃去。她知道自己不能在雪地上睡去，可她就是睁不开眼睛。

昏昏糊糊中，她隐隐约约看到簌簌飘落的雪落满头顶上那棵树，那是一棵松树，厚厚地压弯了枝儿。她似乎还听到了枝丫断裂的脆响，雪粒掉落进她的脖子里。她想如果树枝断了自己就会被雪埋掉，那么喝多了的自己一定会死掉。她使劲动了动身体，仍然能感到身体的重量。

蜿蜒的南明河水缓缓地移动，带着那些色彩缤纷的颜色。她感到身体在变轻在游荡。她想自己很快就会变成雪花，在天空中飘落。

南明桥下有一堆火燃得很旺，几个烧火人说话的声音从河面传过来。夜深了，他们踩着积雪沿着河岸上走来。她想站起来，整个身体像是陷在了雪里面。她想有人来了，她一定要把手高高地举起来，让他们看见自己。

　　他收到她的微信并没有即时回复。平生他没有向人借过钱，也没有借过钱给任何人。他的生活像转动的齿轮那样，呆板机械一环扣着一环，环环密不透风。

　　那一夜，他辗转难眠。六千元是他一年的生活开支，他与老婆长期分居，工资卡在老婆手里，女儿在外上学的费用要从卡里走。每年年终发奖金，他留下六千块钱吃饭，然后全部如数交回家中。吃住在单位，一年下来六千元对他来说已经够了，他不抽烟不喝酒不嫖也不赌，几乎没有人来客往。与老婆分居近十年，单位就是他的家。

　　如果他把钱借给了她，那么就意味着从下个月起，他没有了用来吃饭的钱。现在是一月，年终奖才发过，离明年发奖金还隔着整整一年的时间。这一年他要去向谁借钱呢？他又怎么开得了口？真是左也难右也难啊。

　　他在黑暗里看着窗外的雪花，心绪纷乱又伤感。他知道整个城市都被大雪盖住了。他不知道此时的她已经烂醉如泥。

　　雪停了，天光微启。玻璃被雪罩住了，无法看清是不是天亮了。他打开手机，时间是凌晨四点。离天亮还有几个小时，他听了一会儿，窗外偶尔经过的车声，犹豫再三，眯斜着眼睛还是通过微信转了六千块钱给她。

　　这是他卡里面仅有的六千块钱。接着他留言给她说钱不用还了。如果她愿意，他就去给她申请回来继续当辅警的工作。

　　南明河两岸白茫茫一片。她睡在南明桥下，她的身边还睡着三个拾荒的。她们挤在一起睡得正熟。她们身边燃着的一堆火，只剩下火苗子了。

　　南明河水悠悠地流淌。

月光下的口子

一

　　麦粒的目光是通过我的肩膀望向窗外的。

　　窗外有一棵开得很艳的梨花，掩蔽了整个落地玻璃，再往后就更是一片灿烂。她的目光如一汪水那样，从我粗糙的肩上流淌过去，迂回到我的心里然后又重淌到那只粗糙的肩上。让我心有不安，于是那只肩就又沉重起来，重得以至于有了痉挛的感觉。

　　这种感觉来自于那个叫心脏的物体，它们像一丛影子那样摇曳，在我的身体里，使我的心情忽明忽暗。

　　麦粒是我一生中见过的最好的女人。我确信爱情就是为这样的女人设置的。

　　那是春天。

　　我惴惴不安地坐在风景秀丽的一个山庄参加省作协举办的创作会。我是第一次从边远的县城转了几次火车来到省城，开这样对我来说无异于光宗耀祖的会。我的祖上哪里有福气知道，这个世界上有作家这样的称谓。

　　会议厅里高朋满座。我说高朋满座并不是说他们都是我的朋友，我只是想套用这个词，套用了这个词我似乎就融进了会场的人群。这种类似于攀附的心理写小说前我就一直有，那时这样的攀附简直就等同于奢望。这种奢望源于文学的神秘性和那种高不可攀的神圣感，我常常在睡梦里被这种感觉惊醒。那时候只有旷野的风，摇着近旁的树枝为我做伴，让我明白我身在野地，四周除了植物就是我。当然还有我看不见的那些飘浮不定的幽灵。

我是个地道的中国老少边穷地区的农民，这样命运还嫌我赚了。硬要我在少年时期就做了孤儿。这样我在生活中自然就比别人多了许多不是奢望的奢望。比如我在田埂上歇息的时候，看着天空我会想，幸福生活就是有爹有娘有衣穿有饭吃，不说一日三餐起码有个固定吃饭的地方，哪怕不是家也行。有爹有娘有饭吃便成了我一生中生命不息渴求不止的奢望。

我在这样的奢望中长大，到了部队之后，我开始学政治学文化。人越是得不到什么就越想得到什么，就像我得不到读书一样，我就想读书，在部队拼了命地读报纸也算是一种读书吧。只要是文字我都会认真地读，有时候我看得痴迷竟然不知看了半天的报纸拿反了，就算拿反了别人指正后我依然要反着看。在别人面前我倔强地认为（甚至于是在别人嘲笑我根本认不得字时我依然不屑一顾地反着看），不过是认字，不过是找到一种交流的方式，正反都一样。有时候反着看是另外一种思维。并且我有个坏毛病，一读就不会放手，再烂的文章我都会一边痛骂自己一边坚定地读完。在部队的时光因为读书而飞一般地过去了，退伍回到家后劳动之余，我唯一能做的事就是读书，读得更多的是《故事会》和被人当废品卖掉的旧书杂志。

实际上我根本没有家，原先用以栖身的破茅屋早在我退伍回乡之前就在风雨中垮掉了。我时常仰躺在那堵断墙根上望着天空。我随遇而安，我不想去将屋顶修整好。更多的时候我是坐在田埂上读书，除了《故事会》还有一些乱七八糟的书，缺胳膊少腿的有一页没一页的有前无后有后无前的我都读，只要是一本有字的书。不必在乎书里面的故事，没事的时候我都会在脑子里把那些故事补上，那些字里行间隐藏着无限的玄机——朝着我展开，像是大地对着我开了一条宽阔的通道。我坚信我与那些密密麻麻那些稀稀落落的文字一定有着某种联结，密不透风让我深陷其间难以自拔。

我每天只在不同的村子里寻到一点活干，只要吃饱一顿，我就什么也不再干坐在田埂上读书。那时的月亮格外明朗，我坐在那样明亮的月光下一边替村民守田水，一边手捧《红岩》借着明亮如洗的月光读着。这是我读过的书中最完整的一本，还是我从收破烂的人那里借来的。我第一次看到了书页上的插图，画面上的江姐头发被风吹起，所以画上的江姐比演员演的江姐要更坚定更坚毅，她围了一条围巾，也跟电影上看到的不太一样。不过那些插图远没有文字更让我着迷。

书上说江姐是被一个姓冉的叛徒出卖的，我的脸上就一阵发热，因为我姓冉，我为这个姓感到深深的羞愧。我感到羞愧的时候我的心脏扑腾腾地跳着，我埋头看见月光下自己那双肮脏的脚，又一次觉得叛徒就是自己了。我身上有一种与生俱来的叛徒的软弱和懒惰。凡是叛徒都好吃懒做贪生怕死，都懂得享受眼下的日子而不相信更远的理想。不过我发现我跟叛徒还是有一点区别，我喜欢文字而叛徒们没有一本书上说他们贪念文字的。这样我就释然了很多。

这个时候我看见移动在地上的阴影朝着我覆盖过来，接着我便听见了一阵呼哧呼哧的喘息声。我顺着地上的阴影往上看，我看见了月光下一个男人的脸，那脸阴沉着，我能清晰地看见那些肌肉愤怒时七歪八扭的形状。他是稻田的主人，雇用我来替他夜里把守稻田的水，因为总是有人在晚上把别人家稻田里的水放进自家田里。我懒得说他的名和他的姓，目的是觉得他不值一提跟我也没什么两样。他的嘴在月光下明亮地咧着，黯黄的门牙缝里夹着一块红亮亮的辣椒皮。他咿哩哇啦一阵狂暴地叫了一通，那情形像是肺都要奔出来一般。我担心他的肺会突然暴出来，喷洒在我的脸上，我躲避地歪了歪头，将脸藏进我的一只胳膊下。这样我便有了一点安全的感觉，然后我仰面望着他。我的脑子在月光下裂开了一道口子，田主的声音灌进去时里面就形成了无数潮湿得发绿发青的斑点。斑点散布开来，使我依然感到自己是个地道的叛徒。

田主的嘴巴张开了，我的脑子先是被一股浊气熏晕了，然后他的声音才冲出来："老子管你个狗日的吃饭，是让你闲在这里看书的？"

他的锄头从我的脚边绕到了水里，田里没有了水，我闻到了淤泥的味道，跟他嘴巴里的味道一样，熏得我头晕眼花。他用带泥的锄头杵在我的脚上说："田里的水被人偷放光了，你狗日的也不知道，你是个骗吃骗喝的杂种。"

骂人不过风吹过，随你骂。风一吹就吹散了，我倒是觉得头有点晕，一只脚没站稳踩进田里，倒了下去。他把锄头扛到肩上，我爬起来跟在他后面，确切地说我是跟在他肩上的那个弯锄下面，因为我个子小，我总想从锄头下穿过去抢先看看前面的动静。田主的身体摆动在月光下，他那么坚固地占着整个道路，使得我几次都差点被他挤到田里。

很快我就听见了哗啦啦的流水的声音，知道他没有说假话，的确有人在放水。我跟着田主往前走，我清楚地看见了月光下面那条大口子，正哗哗地往下面的稻田里淌水。

他放下锄头时，我已经钻到了他前面那个张着的缺口边上。我连忙蹲下去，伸出双手去堵那道口子时，我有生以来第一次感到了泥土温湿柔软圆润地滑进了我的心里。那一刻我的心脏就突突地跳动起来。

而现在我坐在这样的会场里，我的肩承担了那样温润的抚摸，与当年在月亮地里我的双手伸进泥土的感觉一模一样。当然那样的晚上，我跟着田主四处挖别人的水田放水，我们整整忙了一个晚上，造成家家水田的水都被盗的局面才作罢。之后我就再没有能够坐在月亮下面看书。我成为出了名的骗吃骗喝的懒汉。

二

那个时候作家离我太遥远，只是一个什么词汇甚至连概念都不是。而现在我就坐在他们中间，被人鱼目混杂地称之为作家。这样的称谓可以说是我祖上的荣耀。我忐忑地坐在会场里，麦粒的目光已经在那些激昂的发言里沉陷下去，落在自己的手指上。后来的时间里她都在反复地看自己的手指。而我的目光落在她的手指上，就像陷进了泥沼一般。在会议的最后时间里我的目光始终陷在她的手指上。那是一双纤细美好的手，我心里充满了丝织样的感觉。

吃饭的大厅在会议室的左面，穿过假山和一座花池，我走过大厅在靠门的一张饭桌前坐下来，坐下来后我才发现麦粒就坐在我的身边，对面坐着作协的秘书长。菜上完之后秘书长在举起酒杯的同时将我介绍给桌上的人，他说这是我们才发现的一个作家，从边黑地区来，之前他在《解放军文艺》上发过小说。他们站起来目光就一齐落在我的脸上，让我感觉到众志成城的燃烧感，眼冒金星看着他们一齐举起酒杯对准自己的嘴一饮而尽。他们纷纷落座，如同一群野鸭子飞过，一个晚上我的脑子里净是那种扑踏扑踏的翅膀扇动的声音。

我依然处在月光下的稻田里，浑浊的水声充斥在我的耳朵里，说话的声音飞进着，如同一只又一只的鸭子飞来飞去地叫着，让我觉得自己与这个世界的距离无法拉近。我永远只能是躺在残垣断壁上的一条虫子，阴湿地蠕动，不见阳光只见风。那才是我真正的生活。

秘书长站了起来，他站起来别的几个人也跟着站了起来，我慢慢挪动身体，弯曲着腿站起来，他朝着我又把脸转向麦粒说："给你们介绍一下，这是我省著名女诗人麦粒。"

于是大家都只对麦粒笑了笑，又接着喝起酒来。我知道这次秘书长是专门把麦粒介绍给我的，别的人也都认识麦粒。麦粒把脸转向我，她没有笑，她只是做了个表示笑的样子，她的眼睛里涌现的冷漠使我无所适从地哆嗦起来。

我竟然没有敢再抬起头来，一个人闷闷地喝着酒。我说不清那是什么样的一种感觉，也不知道自己怎么会有那样无知无耻的反应。麦粒的目光和目光中的冷漠像一潭深不见底的水那样流淌在我的心里，使我感到一些郁闷一些有别于童年记忆中的忧伤。

老毛站起来高举杯子，它的高度超过了我的视线，我只好抬着头把目光落在老毛的杯子上，我看谁心里都是胆怯的，所以我几乎不敢与人四目相对。

老毛说："兄弟，欢迎你加盟我们的队伍，我敬你一杯。"

老毛是近年突然冒出来的一个多少有点来路不明的作家，这在开会前报到时就有人给我做了介绍。说他突然冒出来是他从来都不被认可，却连连在各大刊物上得手。他站在战略的高度对中国文学刊物发起总攻，噼里啪啦地轰炸，竟然在两年的时间里一举攻下数家大型刊物，成为我们这个边远省会文坛的一个奇迹，同时也是众矢之的。据说他毫不客气地走进这个城市的中心自然地做起了领袖。那么老毛狂不是他才气逼人而是他占领的刊物逼人。我想多半是这样。所以我忙不迭地站起来说："我敬你我敬你。"

两个人将酒一饮而尽然后翻过来以示滴酒不漏之真诚。老毛喝完酒还没坐下，旁边就有人站起来给他敬酒。老毛说我喝多了。敬酒的人便笑了起来说，你能不能喝都要喝，这是我代表我们省的全体作家敬你的，我们省的文坛能不能振兴全仰靠你了。

敬酒的人竟有些悲壮地将酒一饮而尽，然后坐下若无其事地吃菜。我心里也被那人说得热热的，觉得老毛确实可敬。老毛也的确有领导风度，他笑笑就将酒一口喝尽了，于是他又赢得了无数的赞扬。大家又开始说话喝酒。

麦粒转过头来问了我一句什么话我没能听清楚。我又开始紧张起来，我只好根据她的口形猜测她问了我什么。她也许在问我从哪里来的。于是我说出了那个不仅偏远而且听上去略显黑暗的地名——威宁。威—纳—赫在版图上，如同它的发音一样带着边远的颜色，晦暗无际地遥远得让人窒息。

我的声音格外地小，那个地名只在我的唇齿间含糊地滚了一圈并没有通过嘴唇冲出去，而成为一个黑漆漆的词汇进入麦粒的耳朵。我想是这样的，我的回答黑乎乎地进入了她的耳朵，我的心又跳起来，就像石头落在水里。我知道我为什么会有如此反应，因为我看得见我的内心深处正张开一个黑洞，快要把眼前这个我认为漂亮无比的女人吸进去了。

麦粒的眼睛只是闪动了一下，她似乎听明白了那个可怕的地名，她把目光移向饭桌，老毛便站起来说："麦粒我敬你，不管你喝不喝我都敬你。"

麦粒抬起杯子轻轻碰了下。

老毛坐下时狠毒地朝我看了一眼。他的眼光后面像藏了一把刀子样刮了我的脸皮，我的脸皮就生楚楚地一阵发热。老毛在一片奉承声中连连举杯。我没有再说话。

麦粒放下碗走了出去，她走过假山时我看见她朝那片竹林吐了口痰。我晃了一下头她就走到我看不见的地方去了。她没有吐。她吐了。我看花眼了。没看花眼她就是吐了。我恨我自己这样纠缠不休地反复申辩，头都被这些声音搅晕了。我把目光收回来，感到脸上又有了刀子样锋利的东西经过，这回不是刮了一下而是直接杵在上面。我没有迎着那刀子样的眼光，我低着头看着自己的脚，跟那个月明的夜晚我在田地里看着自己的感觉一样，我又感到了自己是个叛徒，也许不仅仅是个叛徒。

不用看老毛我就知道那眼光里除了刀子样雪光放亮的东西，还多了层轻蔑和讥诮。一只癞蛤蟆的自卑感笼罩了我和整个饭桌的气氛。

三

老毛似乎也不计前嫌，吃完饭大家又相邀一同去散步，老毛让我去叫已经回房间的麦粒。老毛走在人群中间双手背在腰上说："冉娃你去叫一声麦粒。"

我似乎得到了一个立功赎罪的指令和机会，屁滚尿流地跑到麦粒的房间门口，房门半关着，麦粒坐在那里全神贯注地看电视，我一头闯进去。我吞吞吐吐杂乱无章地说了一大堆话，麦粒看着我好不容易从那一堆杂乱无章的废话里找到了重点，她关掉电视前叫我到门口去等她，我走到门口以为她要换衣服，就顺手关上她的门。我在门口走来走去地等着她，我不知道酒店里有没有监控会不会看到我心怀鬼胎的样子。麦粒出来的时候我正在东张西望地查看有没有摄像头，她走过来，没有换衣服只是重新化了妆，她的身上香喷喷的让我有一点眩晕，香气散得到处都是。

我们顺着在春天里已经抽出新芽的柳树林往溪水边走。这时天突然就黑了下来，在那片突然的漆黑里我们走过一座小桥时，我的手碰到了麦粒的手。那双手像玉石样冰冷。她在碰着我的时候捏了我一下。她的确轻轻地捏了我一下，为此我将手向空中抬了抬，那冰冷的感觉就落在身体上，滑过心脏时那里就裂开了，风就是那个时候长驱直入穿过我和我的肉体，让我瑟瑟发抖。

我的身体就在老毛闹闹嚷嚷的声音和黑暗里不停地哆嗦。老毛在黑暗的溪水边悠扬地吹着笛子。老毛不仅小说写得好，笛子也吹得好。那一刻笛声幽婉地盘绕在我的心上，使我对老毛充满了敬佩之情。我想我要是老毛真好，才艺出众，就有资格经常跟麦粒这样的女人往来。

做老毛真好，不仅可以呼风唤雨，还可以把黑暗搅乱。

老毛似乎看穿了我心里那点鬼，散步回来后他又找了我并且又让我去找麦粒。对于老毛的指派我总是显得服服帖帖唯命是从。确切地说我并不是一个作家，所以我没有作家与生俱来的那种傲骨和机智。老毛大概早就看穿了这一点，所以他叫我就跟叫他手下什么鸟人样毫不犹豫。

我原来以为老毛跟麦粒早就认识，其实他们也是第一次见面。老毛居高临下款款地朝着自己的房间走去，我在过道的拐弯处斗胆回过头来看了老毛一眼，我想难道作家就都是这样的做派吗？这跟我在田埂上朝思暮想的作家根本就是两样。老毛更像是一个什么官员或者是黑帮里的一个什么人物，反正不是老大就是跟在老大身边发号施令的那号人。老毛也真是的，干啥不好，为什么偏偏要屈尊成一个作家呢？

我和麦粒来到老毛的房间，老毛正站在屋子中间，手里拿着遥控器翻看电视节目，见我们进来并不说话只是冷淡地看了我们一眼，那情形好像不是他叫我们来的而是我们慕名拜望他一般。他的冷淡里有了些名人拒人于千里之外的骄傲。

我在麦粒身边惴惴地坐下，我的屁股只轻轻地沾着凳子，两只脚重重地踩进地毯，随时准备迎着突如其来的一击。老毛也慢吞吞地坐了下来，说话时他用眼神斜挑我，更让我有如坐在针毡上一般。老毛对着麦粒大谈作为一个男人的宽容和品格。老毛说男人就是要承担女人的全部弱点并骄纵她，让她享受做女人的娇弱浪漫细致。

老毛的话似乎字字句句都是为了敲打我而说的，老毛似乎从一开始就看穿了我游手好闲，除看书之外什么也不想做的陋习，还看穿了我是一个让女人去挣钱，而不懂得骄纵自己女人的人。于是就有毛刺样的东西扎在我的背上，老毛说话时不停地用眼角斜我一下，那目光不仅让我感到自己的多余，而且简直是一个不懂事的下人站在高贵的主人面前偷听主人说话。而高贵的主人碍于面子不好直接说出来，只好给予一些一等人才能看得懂的脸色。我站起来看了一眼麦粒，麦粒对老毛的侃侃而谈好像很认真。这使我非常不舒服。

我在黑暗的过道上无望地转了一圈，再次返回老毛的房间时，老毛已经在抒情地朗诵自己的小说。他全没在意我已经又坐在了他的身边，仿佛我他妈根本不是一个人。老毛为了表达尽他小说中的意图，他用了手势把一句话停在某个时间里，使之意味深长。他用了手势我就觉得跟小丑样可笑，如果在乡下我就可以把口水吐到他的脸上，在这里倘若我对文学还抱有幻想，我就得不动声色地忍着或者假装被他打动。而这时麦粒眼里的冷漠变得柔和起来，脸上那些由于长期不笑而僵持的肌肉也纷纷散开有了些粉色。于是我就对老毛的表演更加蔑视，我再次站起来，我想气急败坏地走出去，可是我不敢，我放轻了身体的动作，像一缕灰尘那样飘了出去。

穿过长长的走廊，我正感觉无所事事的时候，过道的另一边传来的声音使得我不由自主地走了过去。传出声音的屋子闹哄哄的，门是半开着的，所以一些声音被传出来，一些声音被压住，就有一种乌烟瘴气的感觉。我慢慢地走过去站在门口，屋子里挤满了人，来开会的作家们都聚在这里看那个八十年代就成名的作家布道。我知道这个靠写了武侠小说成名的作家，据说有点道行。不然秘书长怎么可能当众跪在他的面前任由他的手胡乱地在自己的头上翻来整去的。

我很羞耻。这句话冷不丁地就冒出来了，我也正感觉羞耻的时候，看见老毛郁闷地走了过来，我转过去时他的目光正好全部落在了我的脸上，这一次如飞刀飞来插入我的肉体。但是我却有一种胜利的快感，因为我知道麦粒已经回到了自己的房间，我想幸灾乐祸地迎着老毛的目光，刚一抬眼我就惧怕了。老毛旁若无人地从我身边走过去，老毛脸上的不屑一顾使我明白我癞蛤蟆想吃天鹅肉的可笑。

我灰溜溜地退到走廊上。在空空的过道里我的直觉感到老毛也跟了出来，我突然就又有了胜利者的亢奋和从容，我缓缓地朝自己的房间走去，进门时我回过头去看老毛，老毛无趣地在过道里转了一圈，那模样跟我灰溜溜地出来时一样。

四

可是就在这个近似于胜利的夜晚我失眠了，我的脑子里通夜是麦粒的影子。麦粒的冷漠和漂亮就像乡村的月亮落在清水里那样令我不安。

整个夜晚纷至沓来的全是那冷漠里的冰凉，渗进我的骨骼里，使我想起那些停放在雹冰上的尸体。尽管这样我是还管不住我的身体，它像一条抽离水面的鱼那样勃然而起。

麦粒在我心里就是一块冰，冰冷刺痛让我跃跃欲试。

有一个时间我睡着了，我梦见自己深陷在冰冻的水里，我奋力地朝前迈动双脚，淤泥扎破了我的皮肤那种疼痛像是从外入内的，水里的鱼涌到我的伤口上，一次又一次撞上来，它们勇猛地撞击着，像凤凰涅槃冲进火焰，我是鱼的火焰，是洞开的冰冷的黑洞。我听到我的身体和着冰块一起碎裂的声音。吱吱嘎嘎的声音，分解了我的身体，使我身首异处，我看到我的手抓住了漂在冰面上的器官，它已经碎了。使号啕起来的我的哭声变成了梨花纷纷扬扬地飘下来盖住了整个水面，盖住了我碎裂了的身体器官。

一个丧失了器官的男人，如何还有颜面活下去？于是我将头扎进冰冷刺骨的水里。我的器官变成缤纷的玻璃，反扎在我的身体上，让我通体透明地流着血。我为我以往做过的一切罪恶之事，尤其是男女之事深深地感到忧惧，我知道它们一一地回来了，以不可挡之势回来了，变成了玻璃扎进我的肉体，让我在有生之年承受着这些罪业——丧失作为一个男人的全部能力。我没能控制住内心的悲哀，哭了起来，由小声的啜泣变成号啕大哭，从我眼睛里流出来的，不是进出来的，竟然也都是玻璃。

冰河变成了碎裂的玻璃的固体，我在其中奋力游动，身体在一截一截地缩短碎裂……

醒来，我竟然还在哭，我抬起手首先摸向的是我的器官，唔！它还在。我开始挪动身体，它完好无损，可是我的哭却停不下来。漆黑的夜里我的声音顺着风飘出去。我立即止住了哭，把头埋进被子。我怎么会哭？真是太荒唐了。

天亮时窗外下起了雨，被雨淋湿的那株梨花就飘摇在窗前。我的脑子里就有了片白花花的破碎感，于是我便在那片破碎中又睡着了。因为我睡着了，所以我开会时就迟到了。一进门我就迎着了老毛刀子样的目光，他下意识地朝麦粒坐的地方看了一眼，我也朝那地方看了一眼，然后我在会场里搜索空位。会场里除了麦粒那有个像是专门为我留出的空位，已经座无虚席。我只好颤抖着双腿勇敢地走向那个空位坐下了。老毛的目光一直跟随着我并且尖刀样扎在我的身体和脸上，令我手足无措的同时，心里刚刚经历失眠而消失的战斗感什么的又重新冒了出来。

老毛为了让我明白他对我的不屑，整个上午他都扭转着身体坐在椅子上，像一只蜷曲的田螺被弃于沙地孤绝地等待某个时间的到来。这使我非常不愉快，我就递过一篇小说给麦粒。那小说不是我写的而是老毛的，是老毛新近写好尚未寄出的一篇描写下层女性命运的小说。我认为那是篇趣味低下毫无意义的小说，我想把麦粒昨晚留在脸上对老毛的认可通过这篇糟污的小说从麦粒心里抹去。麦粒接过稿子很认真地看时，我心里就充满了一种恶劣而卑劣的快感。

老毛你也欺人太甚，不要以为你的小说写得那么好那么高于一切人，我手里有证据，明眼人一眼就能看破你写小说跟菜贩子没什么不同，或者与迎春院的那些"妈妈"同出一辙。一个把小说写得跟烂白菜萝卜或迎春院式的人，在生活中会是什么层次？当然我的层次并不高，但我仰视文学，愤恨那些把文学当工具当手段在文坛上闹哄哄的，却毫无一点文学素养的人。我当然不敢将此想法直指老毛，如果有一天我胆敢说出这句话，我也会在话音落下时补上一句共勉。

我不看老毛我只看着落地窗外那株梨树，树上的花经历风雨之后凋敝的情形，证实了昨夜我梦里的那种破碎的感觉。此时我依然就怀了一个幸灾乐祸无所事事的农民心情等待着，等待着老天下雨，等待下大雪封山，等待着涨水淹没大地，等待烈日炎炎，等待无事可做。

麦粒终于抬起头来，她将稿子还给我时，她又重看了一眼作者的名字，然后她在一张纸上写下了"难以置信"几个字。我心满意足地抬起头却故意不去看老毛，我抬起头只是想用余光证实一下老毛是否也在看我，尽管我知道他一直都在看着我。我的脸顿时被老毛烈焰样的目光灼痛了。虽然我的阴谋得逞了，但是面对老毛我仍然心虚气短。我从心里无法与老毛这样热闹着高亢着的作家对抗，哪怕只是看一眼的对抗。

接下来也就是老毛看见麦粒给我写了那几个字以后，（老毛当然不会知道麦粒写了什么），整个下午老毛就轻蔑地给了我们一个屁股。他不屑于再面对我们，因此他将身子歪曲在椅背上，不用后背而主要用屁股对准我们的目光和脸。

五

幸好会议在第二天就散了。那是中午，我跟着大家一同返回城里，我无法在当天就赶回那个县城然后又连夜赶回我住的乡村，没有直接可以通往县城的火车，班车即使赶上了，到达县城也是晚上了。我老婆在县城里做生意而我依旧住在乡村，我跟老婆已经很多年都只是在过年的时候才见面。我跟她无话可说，我惹不起她躲得起。我们想要的东西在不同的方向，一个朝东一个朝西，只是我太需要结婚。也许我根本就是一个不配结婚毫无责任感的男人。身处泥淖却志存高远，我知道我不配，但我还是要我行我素地那样做，我的老婆不同意，我的所有认识我的人都不同意，我在他们眼里是一只枯死在井底的癞蛤蟆。

我在一家旅店住下后接到了老毛打来的电话，老毛说秘书长叫我下午一同吃饭，老毛在挂电话时说没想到秘书长如此看重我，并嘱咐我一定不要有负厚望。挂了电话我惴惴地坐在旅店的沙发上愣了很长时间，我发愣的时候心里就粘附着麦粒的影子，不知道是因为受到宠幸还是因为离别或者思念，我是那样坐立不安。

终于到了吃饭的时候，老毛他们已经在一家星级饭店等候我了。我进去时老毛还有几个我不认识的人坐在那里正嗑着瓜子，老毛视而不见地说着话，直到我走过去坐在他们身边，老毛才说秘书长要晚一些时间来。那几个人都看我时，他说这是威宁县的冉娃，写小说的。我记得当时我没有笑，我不知道自己为什么没有笑，我感到那几个人的目光落在我脸上时多了些霜打落叶样的冰凉。而他们也并没有想对我笑，就又都边嗑瓜子边说话。

秘书长走来时他们都站了起来，秘书长坐下后把在座的人又都一一做了介绍，听上去跟开会时一样，在座的都是些省里的名流，于是我又局促不安起来。举杯时他们都说着感激秘书长的话。秘书长说咋要感谢我呢？又不是我请你们吃饭。

众人说我们不都沾你的光吗，要不人家名声在外的冉娃怎么会请我们吃呢？

秘书长说你们几个任何时候都有话说。于是众人笑，我也笑了。

大家又海阔天空地说话，老毛说我叫麦粒出来。众人都说好。于是老毛就拨打了麦粒的电话。我看着一缕阴影慢慢从老毛的额头上滑下来然后覆盖了他的整个面颊。我便知道麦粒不会出来了。老毛挂了电话就有些气急败坏起来，他把电话递给我说："你请麦粒出来，她不给我面子，也该给你面子吧。"

我迟疑了片刻惴惴地打了电话。麦粒说有事无法出来，我便把手机还给了老毛。老毛似乎便不再生气。老毛不停地要我喝酒，老毛喝得一会儿高兴一会儿气恼，老毛借着酒兴对他的一生进行了总结性回顾。老毛写作近二十年，却一直只在系统里很有名气，老毛突然冒出来也就是一两年的时间。这让我十分敬佩。于是我决心不再跟老毛作对，其实我也不能够跟老毛作对。春风得意的老毛说了，谁敢不遵循游戏规则就叫谁"哑雀"，意思是让谁永世不得在本土文坛有任何露面的机会。这叫灭掉。老毛这话是跟那几个我不熟的人说的，但我知道他是说给我听的。这使我想起武侠小说里那些武林高手们在决战前后穿心透骨冷静异常的对话，剑未出鞘却已经刀光剑影。

在众人行云流水般的对话里，他们突然说起了生长在我们那里的一种珍稀鸟类动物，在未被列为国家级保护动物之前，这种鸟到了春天就四处逃窜，它们的命运还不如一只鸭子那么珍贵。那时它们四处遭到捕杀，吃它们的肉并不犯法。

老毛说："那么你也吃过？"

我说："对，我吃过。"

老毛说："你怎么那么野蛮，竟然吃它的肉？"

众人一起说："是啊，你怎么那么野蛮？"

我说："那时我们谁也不知道它是珍稀动物。"

众人说："不知道也不能吃。"

我说："怎么不能吃，这跟你们吃鸭子不都一样吗？有一天国家说鸭子是一级保护动物你们还不是一样吃过吗？"

他们把话题转向了别处，似乎他们的天性里与文明有着本质的联结，他们天生就知那国家级保护动物的价值，哪怕国家还没有下文以前。他们不屑再与我这样野蛮甚至低级趣味的人有共同语言。他们不停地要酒上菜，后来还叫了几个像从脏水坑里刚刚爬出来的女人作陪，唱歌助兴。那几个女人个个海量，不停地要酒，整个饭桌杯盘狼藉。我就静静地想，这伙人也真能花钱。

他们跟几个女人闹得正热时，秘书长站起来说，我还有事，对不起各位。

众人就昏乎乎地打着哇啦。秘书长最后把目光落在我的脸上说，今天谢谢你的热情款待。

我的脑子就嗡地一声。

老毛抢过话说："都是自己人就不要那么客气了。下次你请不就得了吗？"

秘书长说，好，下次我请，告辞。

我望着老毛，老毛的脸由于酒精的原因已经油光闪亮。我张着嘴，我想说话就是说不出来。老毛就非常亲切地拍着我的肩膀安慰似的说，本来是秘书长请客的，我是为你着想，第一次嘛还是你请他为好。我想以后的时间还长着呢。

我没有再说话，我躲藏在老毛热烈的话语中闷闷地喝酒。我的血液与酒精交融后不是热烈起来，而是渐渐冷却下来，像冰块结在我的血管里，扎着我的心脏，我有点想哭。乡村的月亮和稻田的那道淌水的口子占满了我的脑子。我的脑子里也哗啦哗啦淌满了水。

梦境，我又被那个奇怪的梦境刺了一下。我下意识地触碰了一下梦中被粉碎的器官，我还是完好无损，这让我稍稍安了心。

六

水声漫溢出来，我好像被什么淹没了，走在黑暗而陌生的大街上，我失去了方向。我知道已经走到了城的尽头。我拨响了麦粒的电话，那边传来了一个颤巍巍的老男人的声音，我想也许是麦粒的爷爷或者父亲，我迟疑了片刻说，我找麦粒。

电话那边出现了空档，还有电话被搁下的刺耳的声音，接着就没有声音没有动静。我把电话杆在眼前看了一下，电话没有被挂断，我以为麦粒会来接电话。我就一直拿着手机，电话传来咔咔的电流声，我慢慢地走着，静静地等待着。整个身子借着酒兴在春天的夜晚不停地抖动，我有多么脆弱春天就有多么灿烂。我第一次发现原来在我内心深处，我是多么向往美好的事物和爱情，原来我也并不像自己的经历那么复杂。曾经坑蒙拐骗嫖其实也许本质上还是想成为天使的，只是土壤和时机让一个人朝着魔鬼的边界滑过去，越滑越远就难辨丑俊善恶。

电话那边传来金属着地的声音，屋子在碎裂声里安静下来。这声音跟昨晚的梦境一样，我挂断了电话，心怦怦地跳着，感觉身体又开始经历着断裂和粉碎。

夜晚的城市看不见完整的天空，我还是努力看着天空与车水马龙的声音交错而过。我又拨打了麦粒的电话，电流声通过我的身体时我觉得自己很可耻。

电话通了，麦粒喂了一声。

她的声音像一块冰在夜晚裂开了，划破我的肌肤，我的血液就汩汩地流淌出来。我想我的感受就是爱情，这爱情就是专门用以形容一种防不胜防的伤痛感的。在这样一个时代或者夜晚说爱情这个词同样也是显得可耻的。

我说："我是冉娃，我明天要走了，我想见你一面。"

电话那边安静了一会儿，然后我听到麦粒说："我知道。"

我身上流淌的血慢慢聚拢成一种光，闪耀在我的脑子里，我的脑子就轰的一声，所有的颜色都混杂在一起，成为一种浓重的漆黑。我记得自己几乎是喘息了一声说出了一家咖啡店的名字，这家咖啡店当然是这座城市的名店，我是在老毛那里听到的。

麦粒说："好，待会见。"

七

我打了辆出租车直奔那家咖啡店。

我在柔媚的灯光下胆怯地避开了那些迎着我而来然后弓身向下的服务小姐，找到了一个角落坐了下来。我的两只眼睛直直地盯着来回被掀开的木门，门每被掀开一次，我的身体就会随着心脏弹跳到离喉管最近的地方，然后我只有紧闭着嘴才不至于让它突地冲出来，只要它不冲出来我还能保持着身体的样子。我就这样随着我的心脏忽上忽下地等待了一个小时，这一个小时我的屁股最后只挂在了凳子的边上，我感觉无法再坚持了就又打了麦粒的电话。

我说："喂，我是冉娃，我已经等了你很久了。"

我感觉回荡在耳朵里的声音已经变了调，软软的怯怯的倒像个女人的声音。

麦粒说："我知道。"

我说："你不是说好了就出来吗？"

麦粒说："是吗？"

我说："我会一直等……"

其实我也不知道，怎么就说出了这样一句话，仿佛麦粒与我之间有过什么承诺。电话断了我反而变得平静起来。也许接下来的时间不需要再等待只有消磨。让这个黑夜快快结束。

咖啡店里的人几乎是有出无进的时候，麦粒走了进来，我站起来。一个老年男人跟在她的身后，我完全没有在意他与麦粒是否有关系虽然他从一进门就跟得很紧的样子，让人一眼就能看出两个人是一起的。我怎么可能在乎另外一个人跟她还有关系。麦粒走到我的对面坐下，那老头也跟着坐下了。他像一张在太阳底下晒干了水的树叶，耷拉在凳子上。

　　我看着麦粒，我用我农民朴实的眼光看着麦粒。麦粒面无表情地坐下了，她的目光仍然如一汪水样通过我的肩膀，她看着不远处的一只灯。

　　我说："对不起，我不知道你爷爷没人照顾。"

　　麦粒的目光落在我的脸上时，像是冷冰冰地落在一个器械上，然后轻轻地移动一下，那冰冷就哗啦一声碰在了我的心脏上。

　　她说："我丈夫晚上不愿一个人待在家里。"

　　我像是自己撞到了墙上，嘴一张开就被堵住了。我的气管突然被什么东西卡住了，慌乱中我只看见自己的手在颤抖。我感到脑子有点乱，同时却有了另外一种把握和自信。我知道我不能够也不该追问什么，她已经说得很清楚了，她说丈夫的时候说得很平淡自如，看来她与老头之间的生活不是一朝一夕的时间，我再次抬起头来，老头子似乎已经睡着了，一缕口水从他的嘴角淌了出来。

　　我没有敢再看麦粒。我们在昏暗的乐曲中喝着啤酒。

　　我说："对不起，我不该强迫你出来。"

　　麦粒说："不要说对不起，这是句没用的话，是我自己要出来的，是我有事要求你。"

　　她点了一支烟抽了起来，我感觉我的手比开始抖得更厉害，心中的欲念由隐秘变得暴露变成越来越不能阻止的火焰。

　　我说："你说吧，只要我能做的。"

　　我感觉浑身都是力量，尽管我从来没有如此地胆大妄为过。尽管在我的名存实亡的婚姻生活中，钱全是我的老婆开着茶馆挣的，我还是真真正正地扬眉吐气地说了一句硬当当的男子汉的话。

麦粒看了一眼身边的丈夫，毫无表情地喝了口啤酒说："我要把他送回台湾去，他老得走不动了，他在台湾的工资必须他亲自回去才能领。这些年来除了写诗我没有在外工作。总觉得他的钱够我们花了。可是这两年他不停地住院，花掉了所有的积蓄。我现在才真正知道寸步难行是什么意思。"

她的脸被烟雾遮住了，我感到悲喜交集，我恨自己居然有如此卑鄙的感受，但是我无法控制涌进心里的那股邪恶的感受。她把烟灰抖进缸里时我第一次看清了她的手，纤细的手指已经被熏黄了。然后她把没有抽完的烟摁进烟灰缸里，喝了一口咖啡迅速地看了我一眼说："你知道我没有朋友，也不想向张牙舞爪的人开口借钱。"

我说："哦，我知道了。"

麦粒说："我真的不知人生会如此不堪。我必须把他送回去。"

我说："然后呢？"

"他不能死在这边，我没钱给他买墓地。这个你不用多问，你不会明白我当初嫁给他时的处境。没有人会明白，他目前的状况已经好几年了，我对得起他了。我不能这样消耗下去。"

我不敢看麦粒，只能仰着头一口一口地喝酒。好像有一个时期，大陆女人都喜欢嫁到台湾去，嫁给那些退役的台湾老兵，他们有一笔为数不菲的养老金。

麦粒的声音像些生锈的物件脱落下来，纷纷落在我的心上。我还是说不出话来，我仍然哦哦地说着。

麦粒说："如果你把钱借给我，我也许根本就不能够还给你。"

我不加任何思考地说："你要借多少？"

"就一万吧。"

我说："没问题，我身上只有五千，我们出门找个银行的机子再取点。"

麦粒仰着头喝完了杯子里的酒说："我们另外找个地方吧。"

麦粒站起来，她用手拉扯老头，老头猛然睁开眼睛懵懂地站起来，麦粒拉起他就往外走，像扯着一张耷拉的破麻布。我惴惴地跟在后面，我其实明白麦粒说我们找个地方的真正含义，我只是装着不完全明白的样子跟在她和她丈夫的后面钻进了出租车。

事情是在一家普通的酒店进行的。我们下了出租车，麦粒告诉司机到酒店门口等着，他们讨价还价之后麦粒给了出租车司机一百元钱。我们往酒店走时，我回过头去看，车里的老头子歪眉斜眼睡得很好。

老毛说过麦粒轻贱得很，但她再轻贱也不会跟我这个土不拉叽的农民睡觉。我说不出我是怀了怎样的心情走进那个陌生的房间的。关上门之后我就愣愣地靠在门上，我对将要发生的一切产生了不可预测的畏惧感，能够跟麦粒睡觉当然是我一生的幸运，然而我真的不想就这么跟她睡觉，因为我们之间存在着一种纸币的关系，这使我对麦粒产生了一种怜爱之情和憎恨之情。

她完全可以不用这样的方式，我也可以把钱给她，也许正像老毛说的，她轻贱吧。这个罪恶的词汇在我心里激荡开来，形成一汪污浊的水，我很快被这污浊的水淹没了。我感到心口有些疼痛，男人的一切阴暗的罪恶的念头却从这污浊的水里浮现出来。雄性的占有和快感很快掩盖了夜晚。

麦粒已经脱掉外面的衣服。

我说："你完全可以不这样，我会尽力帮你。"

说着这样的话我依然觉出了自己的卑鄙。麦粒轻蔑地看了我一眼说："无论怎样我会还你的，但我从来不欠别人的情。"

面对麦粒雪样白净的肌肤，我喘息着蹲到了地上，我喊叫着从贴身的兜里掏出了五千元钱。

我认为自己哭喊了一夜，咒骂了一夜。

八

麦粒离开时我什么也没有听见，只听见她从地上拾起了钱，然后抽出一张一百的扔到了地上。

我心里明白那是她留给我回家的路费。

半夜里我醒来，我从窗口看出去，陌生的夜空里月亮隐约地挂在天上。

我知道这样的月亮同时也照耀在乡村的田埂上，于是那缕清辉倾泻下来，洒在我的胸口上，我感到了那个血球样的心脏裂开了一道口子，有种像脏水样的血随着月光在汩汩流淌。那些水在冰冷的月光下正慢慢变成玻璃，一寸一寸地断裂。

风和破碎的阳光

那是一套期房。

　　冬天的阳光照射在被开掘得七零八乱的冻土上，她站在那里，仰起脸眯缝着眼，心里陡地生出悲凉，未来的生活是个什么样子，她并没有把握。

　　河的对岸，陈皮在有阳光的树影下看着她郁郁地朝自己走来。她无法想象身后那片荒芜的工地，将成为一种宿命式的终结，在她与陈皮之间画上一个让自己感到可耻的句号。一场被她自己想象出来的爱情，在物质面前像一个泡影，顷刻之间灰飞烟灭了。虽然她还深陷其中，却也无丝毫的回天之力，这一点在事态还没有完全露出端倪时，她就感觉到了。虽然在她的内心深处隐藏着一种类似于幻灭一样的虚空感，她还是在脑子里想象着不久的将来，这片河岸水景小区建成的样子。她并没有沿着小区规划的效果图去做想象，而是幻想出一片空阔的花园草地，响亮的流水声还有飞鸟，越是美丽就越是悲凉和脆弱，这个念头在她心里掠过一丝阴影。

　　看到陈皮时，她为自己有那样的想象而感到羞耻。为什么会有那样的空想，那无异于想象一幢别墅。陈皮连售房中心都不敢靠近，还能指望他与自己住在那样的世外桃源休戚与共？她甚至觉得连陈皮的存在都是自己虚幻出来的，他是泡影里的泡影。

　　她的心绪暗沉下去。河的下游，两只破旧的小船漂荡在她的眼里，水面上浮着寒风中凋零的枯黄树叶。它们像某种苔类植物沉积在心上，造成死水样没有任何流动令人窒息的记忆。她讨厌这样的感觉更讨厌天色给她带来的凝重和郁闷。她顺着河岸踏上石桥走向陈皮，然后跟在陈皮后面上了陈皮的轿车。

　　一路上陈皮紧绷着脸，她偷偷看了他几次，他暗淡的目光停在车窗的玻璃上，一闪而过的房屋和树木加深了他眼底颜色暗淡的程度，形成一道深深的黑影。她把手轻轻地放在他的腿上，他没有做出任何反应。她想起第一次与他幽会的那个雨天，他们从朋友出差而空出来的房子里出来，天一直下着小雨。那是秋天，空气中散布着萧瑟的枝叶腐败的气味。这种气味很长一段时间里一直缭绕在她的身体里，让她对时间和一切事物感到无望。

　　那天陈皮没有使用自己的车，他们打了一辆出租车，也是像现在这般坐着。她把手轻放在他的腿上，他紧紧地握着她的手，眼里是天空样昏暗的颜色，她能感到那是一种两个人在热情中即将面对分离，没有把握带来的覆盖彼此的暗淡。那一次她还没有想清楚，之后会不会再跟他往来，而他是明白这一点的。

　　现在，她明显地感到了自己与陈皮之间隐藏着的那道幽暗的陌生距离，或者叫做隔膜越来越厚，像尘土封闭了某道门，让人感觉绝望和窒息。她想陈皮不高兴，也许自从她有了买房的打算就开始了，陈皮没有想到她会提出这样的要求，依陈皮对她的了解，她怎么也不会提出物质上的要求。阅人无数的陈皮认为自己对她的了解只是一知半解，他似乎有点失望，感觉她跟别的女人之间区别的距离拉近了。他一直以为她不是一般的女人，他这样告诉过她让她心醉沉迷，不敢对陈皮有任何奢望地度过了好几年。陈皮不是没有钱，而是没有花钱的习惯。

　　买下这套刚刚设计好的公寓住房，完全是她突然想出来的。他们之所以在一次又一次的幽会中那么沉重和刺痛，她认为完全是因为他们幽会的地点不确定，游击式的方式所造成的。有那么几次，他们约好了见面，而地州煤矿透水了，他接到这样的紧急任务要赶赴现场。出发前的空隙里，他跑到她母亲住的地方去找她，站在那栋破陋的红砖墙隔出来的大门前往她妈妈家里打电话。放下电话她觉得他又笨又蠢，根本没有必要跑到楼下来丢人现眼地站着。她责备他说你站在这里不觉丢人，我倒是觉得丢人，电话里说清楚不就行了吗？他站在那里，半个身体挡在已经歪斜的铁门柱子后面，郁郁地看着她。她母亲住在城乡交界的居民区，出了铁门爬一个很大的坡，沿街住满了外来做生意的小商贩，路口就是一家废品回收站。他拥着她走过废品站时停了下来，他告诉她别的人都往火车站赶，离上火车还有两个小时，他必须要见她一面，这一走不知多久，因为紧接着他又要赶到北京开会。

他在火车上让她听哐啷哐啷的声音，告诉她就要到了。他在电话里告诉她死了很多人，停水停电连喝的水都难以保证，他有很多天没有洗脸了。她握着电话一句话也不说，他说那些工人们漆黑着脸咬一口馒头，馒头都是黑的，她的眼泪就掉下来了。或许这样的情景是因为从他的口里描述出来，才让她感觉到那么浓重的生命感。她为他对生命有这样的关注而感动，并更加深信不疑地爱他，相信他跟别的人有本质上的差别，哪怕他并没有给她丝毫的安全感，哪怕他终将离她而去。

于是她突发奇想地以为买套房子固定下来一切就都会好起来，况且他们有固定下来的理由和能力。或许就是因为她想固定下来，给陈皮造成了一种无形的威胁，或者叫做厌恶。之前，她疯狂地离了婚，搬到父母家去住着。陈皮并不想将事情做到这个份上，他毕竟是个有头有脸的人，岂能背上个破坏别人家庭的名声。而她却不能够完全明白这一点，一意孤行把自己碾碎压扁。事情到了如此地步，她认为一无所有的她买下这套房并不过分。

后来，她单独来过工地几次，在房屋的修建过程中，她长时间地坐在河对岸，看那片荒地和渐渐远离的爱情。她不知道，自己到底做错了什么，难道仅仅因为要求买一套房子？如果这个简单的要求，是造成她与陈皮之间的距离的原因，那么爱情这东西真的是不堪一击到了极点。她这样一想不免就有了一些悲伤的情绪，眼泪就淌了出来。她是那样地爱陈皮，她一直天真地认为陈皮跟她的爱是一样的，也可以无怨无悔。

现在陈皮仿佛从她生命的某个角落脱离而出，弄得她破碎不堪。当然，对于陈皮，事情也许并不是这样，她不过是众多肉体中令他有所心动的一个。这个时候的陈皮是不是已将她同更多的肉体置于同一案板，她不得而知。

第二年的夏天，她经历了装修房子的复杂过程之后，住进了她认为属于她和陈皮的房子。她打开所有门窗，让阳光和空气穿过宽大的房间。于是她坐下来疯狂地打电话。陈皮一直不接电话，很久以来他就这样。那时来电显示还没有普及到平民百姓的生活中，她的直觉感到以他的身份，不可能没有来电显示。为此她问过他，他却说没有。但是她相信是有的，所以有时候，她为了打一个陌生的电话让他防不胜防地接电话，她会跑很远的路到公用电话亭。她对他突然的冷漠感到愤怒，她不停地打电话，她幼稚到只想让他亲口对她说了结，而不是这样不明不白地躲闪，这有多么卑鄙。她曾经冲着他在电话里冷静地说，你的人格与你的地位、个头，正好成反比。他沉默不语，粗壮的气息起起伏伏地在她耳朵里萦绕。她又有点后悔了，觉得话说得太狠了。

她盘腿坐在地板上，宽大的落地窗外是一片空阔的工地。她拿着听话筒，听着电流声一次又一次地击响陈皮的电话铃。她的目光掠过那片空阔的空地，游离在河对岸的一片小树林子里。实际上她的耳朵里什么声音也没有，眼前的漆黑使她感到存在的虚无以及她无能为力的滞重。她把头埋下去，额头几乎贴到了地板上，很久以来她经常用这个姿势来减轻心里的疼痛重压。

当她抬起头来，并将整个身体匍匐在地板上的时候，工地上已经亮起了灯，几个工人在那里拉线打桩，他们说话的声音断断续续地飞扑在玻璃上，让她笼罩在一种久远的空洞感里难以自拔，如同浑身裹挟着湿泥奔走在一个又一个陷坑里，她对着手机中映出的自己冷冷地笑了一下。

她重新拨打电话。电话响了两声，陈皮就接了。

他说："喂，你好！我在开会。"

她对陈皮这样厚颜无耻的装腔作势的表演感到十分厌恶。她咬着牙冷冷地说："我在我们的房子里等你。"

陈皮毫不思量地说："好，我尽量吧。"

这话听上去像是一个讨价还价的无可奈何的勉强交易。电话挂断之后，她觉察出了他话里的冷淡和居高临下的无耻。

她面对着那片工地坐着，她始终没有拉亮室内的电灯。她知道他不会来，她却会一直等待着。

黑夜里郊外的风格外空旷，一路从河面吹过来，空气中充满了水藻的味道。这味道湿湿的，扑朔迷离般散布在她的身体上。她就想这会儿，陈皮在干什么。也许他正坐在柔软的沙发里，与另一个女人传递着身体的快感和疲惫。她似乎听见了陈皮的身体游荡到某个顶端时，在另一个女人耳边发出的咆哮般的声音。

于是她有了五脏俱碎的感觉。

黑暗的天空好像出现了几颗星星。她重新伏在地板上，远处的稻田里传来一些蛙鸣，忽明忽暗地掠过她的耳畔，穿过屋子时已变得破碎，如一些黑暗的颜色样弥漫在屋子里，往事也就像这些颜色样飞扑下来，她说不清楚那是什么滋味，伤痛怨愤抑或是黑暗之黑暗。

陈皮第一次朝她走来的时候，像沙漠里的一头大骆驼扑踏扑踏地掩蔽了她。在那样一个夜晚，她没有做任何思考，两个人便上了床。她想起始乱终弃这个词，真是万古不变的真理。她举起手张开五指在黑暗里，希望时间湮灭自己所犯下的过错。她从来没有想过要背叛自己的家庭和丈夫，她是一个唯爱情论的虚无主义者，她一厢情愿地坚信世间最高贵的情感就是爱情。那个秋天，街道上到处弥漫着炒板栗的味道，她感觉自己的身体像是破了几个洞那样四面透着风，她无法面对自己的丈夫，她感觉整个房间都拥堵得让她窒息慌乱。她从家里跑出来，走到大街上给陈皮打电话说她的身体四面透风。陈皮听到她这样说，在电话里笑了起来。也许陈皮从来没有听哪个女人这样表达过，也许跟他上床的女人一个个都目标明确，所以她们不会有破碎感或失落感。

你毁灭了我。她感觉自己坠落深渊，一切的挣扎都是徒劳的。陈皮让她领略了经久不退的疲惫和惶恐，陈皮在奔向顶点时像一头驴那样，使她经历了从未有过的土崩瓦解似的震荡。她从来没有听见过男人那样的声音，她想起河东狮子吼这句话，心里激荡出来的温情像是被声音推出来的，她喜欢这样的感觉，并很快从先前的状态中脱离出来，消解和沉浸在那样的声音和悸动里。她甚至觉得那个声音似乎是生命中一种永久的期待，现在在她毫无防备的时候突然从天而降，让她坠落万劫不复。

在一些阳光灿烂的日子里，她经常坐在树荫下想起那声音，那声音就如潮水把她彻底地掩盖和消解了。伴随那声音接踵而来的便是那些组成电话号码的数字，密密麻麻地覆盖下来，如水那样漫卷了她的空间和时间。他们隔三岔五地打电话，一打就是几个小时，他在电话里唱歌，唱《恋曲1990》，他的声音浑厚宽大，同样可以让一个人或一个事物陷进去而不能自拔。她就是那样感觉他的存在以及他给她带来的虚无中的甜蜜感。他让她读书给他听，她就一字一句地读给他听，间隙时她听到他的呼吸从电话里传来，她就有意停下来静静地感受着，那种匀速进入体内的温度让她觉得天宽地阔。爱是如此美妙地张开翅翼遮挡天地，而自己身处其中，被裹挟被覆盖最终被抛弃。他说她读得真好，在这个世界上他没有跟任何人如此相处过，甚至连他的母亲都没有读书给他听过。

那时她的生活完全由电话组成，丈夫在家的时候，她就跑到街上的公用电话亭去打。有时候她还会跑到很远的人民广场去打电话，那里的电话亭立在黑暗里，远离大街，她站靠在那里仰着头可以看到月光从树影间漏下来，天空暗蓝，被分割成细碎的斑块，随着云层浮动。手拿电话，她的心里充满一种渺茫的幸福感，如同风划破的一道痕迹。

下雨天，她喜欢坐着公交车去广场的感觉，街面上霓虹灯闪烁，而她的心沉在那些忽明忽暗的闪耀里，将自己变成一个虚幻出来的影子。这一切都是她虚幻出来的吗？陈皮早晚都要离开这座对他来说偏远的城市，回到北京去继续他的事业，而自己只会如同秋天的一棵植物那样在灰暗中凋敝。想到这些她不免感到凄惶和悲凉，生命是如此的渺茫如此的不堪。

她想不起是谁说的一句简单又明朗的话，意思是当爱已成往事，要学会放弃。

于是她很快便在地板上睡着了。

天快亮的时候她突然惊醒了。她在黑暗中思索了一阵，然后她翻身去看窗外，工地的灯仍亮着，那片光亮在一团雾气中显出摇摇欲坠的样子。

她拿过电话机拨打了陈皮的电话。她平静地听着电话接通之后的声音，这个时候的他正睡得昏昏糊糊，不可能去看来电

好吧，再见 HAOBAZAIJIAN

214

显示屏。她坚持着听他睡意未消地拿起话筒说："喂，你好。"

她说："喂。"

她完全能感觉到对方在明白了打电话的人之后，那种短暂停顿中所包藏的厌烦和防不胜防的狼狈。

他说："我昨晚四点才睡，你再让我睡一会儿。"

她说："跟女人睡觉是不是跟进茅房一样简单。"

电话断了。

她看着窗外，雾气越来越浓，天就快要亮了。她仍拿着话筒。她的心脏被忙音刺得有些麻木之后，她放下电话。后来的无数个清晨，她拿着电话，双目注视着窗外渐渐散去的雾气，陈皮总是在电话那边支支吾吾说晚上加班睡得晚。

她就想，陈皮你果真这么忙，这么敬业，我们这个城市还会这么落后这么贫穷吗？这样她便觉得陈皮的话不堪一击。先前的伤痛一下子烟消云散了。她对陈皮以及陈皮所从事的高不可攀的事业充满了轻蔑。她想那些谎言如狗屎样难以让人置信。

那是二〇〇一年，恐怖分子劫机撞毁了美国的五角大楼，全世界的人都在谈论拉登。之前他们在电话里也谈过，她说这同样是战争。他说你说得真好。记得那天他们还说到了"政客"这个词。这个词是从他嘴里先说出来的。她喜欢他极力想靠近她的思维那样的感觉，她甚至认为慢慢地他就会远离那些人身上的习气，而变得真正与众不同。

她站在河岸上，仰头望着山间那些曲曲弯弯的小道 。土路延伸到杂草深处，那是一条看不到尽头也无法想象尽头的道路，它隐约让人对命运产生神秘感和不可预测的对恐惧的真实联想。那时她和陈皮坐在一户农家的门槛上，木门前面是一块空阔的菜地，再远一点就是一条弯弯的土路。她把那种讳莫如深的绝望告诉了陈皮，而陈皮只是平静地看着她，他的眼光遥远而沉迷，像那条延伸的道路一样遥不可及，她无法看清所有关于命运关于未来的真实结果。那个时候她泪如泉涌，陈皮将她抱起来走向农家的一张破败的小木床。那是春天，一缕灿烂的阳光照耀在他的身体上，他的身体散发出一种晦暗的光，让她感到迷离不能自拔。她仰躺在陈皮的一只胳膊上，那一刻她觉得自己不再需要什么。

她在河边坐下来，寒风吹拂着田野和山冈，一群山羊在远处的稻田里吃草，一个农夫划着一条窄小的船，用一个网子将河面上的落叶和污物捞出来，沿岸都是那种气味。她靠近农夫，风中有一股烧烟草的气味，似乎隔离了她与这个世界的关系。她想自己把自己逼到生活的绝路上，这是何苦呢？想到自己抛夫弃子追求的爱情，竟然以这样无耻的方式结束了。这是一场始料不及的笑话。

五十万。不过用五十万来伤害和弥补痛苦，也算不得失去了什么。

这样她便渐渐平静下来，开始思考今后的生活。

不久窗外那片工地很快形成了大片公寓楼房。这些房屋好似突然之间在她还没有来得及反应的时候遍布四周。林林总总一大片都齐着河岸。她站在窗前，已无法看到河对面山脚下的那些道路，这样她的心里便有了一种阻隔般的绝望感。

她坐到地板上重新想起与陈皮的那段感情。她想起了一条从庙里为陈皮求来的红布带子。想起这条带子，她似乎被那场突如其来的火焰重新照耀着，内心一片明亮。她就突发奇想，要回那条红布带子，自己就会重新生活在一片光亮之中。

于是她又开始给陈皮打电话。

她把电话打到陈皮的办公室去。

陈皮说："喂，你好。"

她说："你好。"

陈皮听出了她的声音，便沉默下来。

她说："虽然我不知道一切为什么就结束了，但我知道的确结束了。"

她的声音有了细雨样的潮湿。陈皮仍一言不发。他粗重的气息随着电流再次扑入她的身体，她便有些犹豫不决起来，仿佛要了那根带子就从此果真断了一切。

她第一次发现电话里的声音对她如此重要。

陈皮说："如果你没有别的事，我先挂了，我这边在开会。"

她知道，他又在撒谎，他撒谎像撒盐一样正常自然，她却再一次默认了他的谎言。她想她其实是不了解男人的，他给予了她一个世界，又毁灭了一个世界。走投无路的她放下电话，她看着窗外，陈皮曾经强硬地说没有人会走投无路，他不会懂得人的处境，所以他这样说很符合他的身份。而她不同，她处在生活的最底层，思想和目睹的都是现实生活中的艰难。陈皮的话让她失望过，这不仅仅是对陈皮的失望。她想到了佛经里面讲到的恶道，人从哪里来就带着哪里的特征和烙印，这也许是无法掩盖的。

后来的日子她除了四处游荡，就是趁陈皮不在的时候拨打他的电话。她尽情地拨打那个变得黑沉沉的号码直到筋疲力尽。她躺在地板上想象着电话哗啦啦的铃声响彻陈皮整个屋子的情形，心里又涌起先前那种柔软如水的感觉。那是一间戒备森严的屋子，她去过三次。屋子里除了一张洁白的床之外，最扎眼的就是几架不同颜色的电话机，它们分别响起来的时候，屋子里会有一种震荡的感觉。特别是那架红机子，它一响就跟战斗机的效果一样令她十分害怕，仿佛那机子里发出的声音要除掉一个人的性命，比除掉一根草还容易。陈皮总是拉着她的一只手把她引向另一个房间，那里只有一张办公桌和一面镜子。陈皮很快脱下裤子，他走向一张椅子时，她从镜子里看到了留存在他屁股上大片的阴影，她想那一定是胎记，整个覆盖了他的后腿。陈皮仰躺在椅子上等待了片刻。

陈皮说:"宝贝坐到我的身上来。"

这样经历了两次,她却没有感到过快意。

她说:"以后咱别在这好吗?"

陈皮说好,就什么也不说了。

那天她离开时好像还下了一场雨,她在雨中走了很长一段路,那种心情是陈皮无法想象的,因此她第一次感到了他们之间的距离。

耀眼的阳光通过玻璃破碎地照射在她的脸上,她就想欲哭无泪所包藏的意思,是不是阳光照耀在玻璃上的样子。当她确信了那样的感觉后,她的手在地板上摸索了一阵。这种黑暗中无望而又毫无结果的摸索,使她感到自己已经变成了一个空洞的茧。她透过玻璃去看外面的天空,天空是灰蓝的,她并没有从那样灰暗的颜色里,感受到以往伤痛的任何痕迹,她只觉得一切都跟自己一样空洞而不真实。

这样到了秋天,她并没有放弃打电话的方式。早上九点,她面对着玻璃,郑重地按拨那个不需要记忆的电话号码。窗外的天空和城市在她眼里永远都是灰暗的。打完电话,她筋疲力尽地走到浴室的窗子前,对面的男人站在窗户的玻璃后面,他正看着她舞动双臂脱掉上衣。她一件一件从容不迫地脱着,他一动不动地站着。阳光明亮地照射在她的肌肤上,她看到玻璃上反射出她身体雪亮的光芒。

她知道那个男人会怎样清晰地看到她的身体,以及每一个部位散发出的气息。

他从昨天就一直站在那里。昨天早上她从浴室里出来穿衣服时,她看见他阴沉沉地站在那里。她穿衣服的手抖动了一下,她看清他的模样后,身体突然间有了鼓胀之感。那感觉膨胀起来,使得她穿衣服的速度逐渐迟缓下来。那个男人的眼光里包藏了陈皮样令人醉生梦死的迷乱感,于是她对男人的出现没有丝毫的不快和反感，相反她认为男人的出现是她对陈皮情感的延伸和另一种永久性的抵达。或许那个男人的目光根本没有闪动过，那只是阳光流动时的光芒，但她确信那是陈皮的眼光。

她依然按时拨响陈皮的电话，她听着电流击响的声音时心里有了别样的感觉，抑或是一种酸涩或者是一种麻木和疼痛，总之是先前没有经历过让她无所适从的一种感觉。她走进浴室，沐浴在温热的水中，对面的男人仍然能透过浴室的玻璃看见她。他的眼光缭绕在一团雾气之中，模糊了他们之间的距离。她用手轻摸着脖子，她的手在通过小腹时，她感到一阵疼痛。她抬起头去看他，他仍然无动于衷地看着她。

一连几天他都这样站在那里。这使得她的生活发生了根本性的变化，就像陈皮突然间来到她的生活里那样，她又一次有了惊慌不安的迷乱感，不过这次却清晰明了，她知道生活的变化源于什么，她明白她内心的全部想法，至少她知道该怎样处理现在的情况。她认为那是她和陈皮之间的一种间隙，一种非情感的间隙，这种间隙像一道裂缝那样断开了她心中对爱情的想象和期待。

她茫然无措地在两幢楼之间仅有三米之隔的距离里沉浮，对面的男人站在那里时，他们甚至能看见对方起伏的胸和眨动眼睛时的节奏。她需要这种与人如此接近而又遥遥相隔的距离感和安全感。她想就这样谁也不会伤害谁，就这样彼此对应没有离去和离去时的痛苦，就这样两两相望，她感到生命中又生出了一种莫名的希望，哪怕就像看到了一棵稻草那样渺茫，那也是有生趣的。

男人的脸上布满霜冻样的冰凉，以至于他在观看她时，她没有觉察到他丝毫的变化。

男人仍然迷雾样地站在那里。每天清晨十点过后，阳光照射过来，他就阴影样移动在窗前。有几次她没能按时出现在他的视线里，她看见他的脸上浮过几丝淡淡的焦虑，她喜欢这样的感觉。她故意延缓出现在窗前的时间，她喜欢看他脸上类似于肌肉抽搐的样子，她确信那是因为焦虑，直到她重新出现，他仍旧如一团黑影样站在那里。在那团黑影里她感到内心的伤痛被笼罩得渐行渐远。她希望就这样永无结束之日。

　　冬天很快就来了，霜冻覆盖了田野，她沿着河岸踩踏着那些野草，她喜欢听脚下发出来的细碎之声，那是一种碎裂的声音。隔着河岸看过去，她住的那栋楼与男人住的楼之间的距离近如指掌，像是站在彼此的窗台上一抬脚就能过去。角度不同事物之间的距离就不同，人与人之间又何尝不是如此呢？想到这里她感觉自己释然了许多。对面男人的出现，改变了她的生活，她开始选择远离与陈皮的纠缠不清的痛苦纷扰，就像一个溺水者被波浪抛到了沙地上，需要自我拯救的时间。

　　清晨，当她面对那个男人时，她能看见远处田野里霜打落叶的荒凉景象。积雪覆盖着远山，风过时枯败的枝叶便发出瑟瑟抖动的声音，这声音她当然听不见。她完全能想象山头的凄凉。她一如往常那样站在窗前，很长一段时间她没有再打那个已经麻木而毫无意义的电话。

　　她用站在那里，重新填满自己的生活。

　　而就在昨天夜里，她和陈皮通了电话。电话是陈皮打过来的，他说你还好吧。她感觉到心脏一阵抽搐。陈皮的话像是一个毫不相干的熟人那样随意。她没有说话，对于这个突如其来的电话，她还不能够做出反应。她在一片黑暗中死死地握住电话，陈皮说了什么她似乎并不知道。放下电话后她用被子严实地捂住自己，直到她完全平静下来。她知道那种冰雪样寒冷的东西是从一种声音开始的，那声音让她有死而复生的碎裂感。

　　陈皮挂了电话后，她在黑暗中静静地等待和思索了很久，然后她颤抖着按拨了陈皮的电话。

她说："真不需要有个说法吗？"

陈皮在电话那头做出睡意蒙眬的样子咿呀着。

她说："我想最后见你一面。"

陈皮把电视的声音开大了。

他说："你说什么我听不见。"

她说："我要见你。"

他说："好，见就见吧。我明天过来。"

夜里风格外地大。

她一直等到深夜十二点半时，才拨响了陈皮的电话。电话响了很长时间陈皮接了，他的喉咙里全是梦呓般的声音。

陈皮说："怎么这么缺德不让人睡觉。"

她说："你无耻的方式是不是该结束了？"

陈皮说："什么呀，乱七八糟的，你能不能让我睡觉？"

她说："不是说好了要见面吗？"

陈皮说："好呀，我明天晚上来吧。"

电话里重新弥漫着让她绝望的忙音。那些声音飞溅着直到她昏昏地睡去。第二天她醒来时已经是中午，对面的男人已经消失。她有些懊恼，为了打发掉整个空洞的下午，她沿河堤走过一片菜地来到公交车站，去了一趟股市。她不炒股，只是一次偶然陪朋友去那拿过证券报纸，看到过那种狂热的场面。她觉得自己需要那种外部的狂热来平复内心的焦虑和不安。股市已经没有平时那么嘈乱，她走到角落的一张椅子上坐了下来，看着屏幕上流动的五花八门的数字，她一直聚精会神地看着，虽然什么也看不懂，但她能明白这些数字对大厅内闪动的眼光意味着什么。那样的期待和爱情一样荒唐漫长和毫无道理。于是她转过头去，她想看清那些跟自己一样茫然无措的表情，是不是也会显出人本质的愚蠢。

离开股市时她在街上转悠了一阵，路过单位时，她停了下来。站在街的对面，通过乌烟瘴气的炒菜的油烟，她能看到办公室那扇临街的窗子依然开着，吵吵嚷嚷的声音从窗子里零乱地飞出来。她甚至能分辨出是哪些人坐在办公室说话。很久没有去办公室上班了，单位很小，是个只有二三十个人的单位，房子七零八落的倒是有不少，都是破房子，能用的只有一间当街的大办公室。上班时很多人挤在里面闹腾得无法忍受，所以她几乎不去，也从来没有人过问过她，有事会打电话给她。她一年接不到两个单位的电话。

她不愿意踏上单位那个旋转的水泥搭出来的楼梯，不愿走进那个窄小的巷子，迎着隔壁公厕扑散过来的臭气。一切都让她感到绝望。群众艺术到底是与她没有关系的，她不会唱不会跳，她在这样的单位实在是个可有可无的人。最初她来到这个单位，她是想上班的，她所在的文学部在楼下一个阴湿的黑房间里，她在那里坐了两天，鼻子里全是臭水沟的气味，然后她跑到大办公室，然后她发现自己无所适从，完全是可以不存在的。她就自然而然地成为可以不上班的那一个了。后来省里成立五十年大庆办公室，要从市里调一个可以处理文字的人，她被抽派过去参加筹备工作，她跟陈皮两个八竿子打不着的人，就在那里相遇了。

回家时天已经黑了。开门时她听见了屋子里哗啦啦的电话铃声。她知道不会有人给她打电话，电话一定是陈皮打来的，她惊慌得竟然无法将锁打开。

她飞扑进屋时电话已经不再响了。她很快拨通了陈皮的手机。

陈皮说："喂，我在大门外，我怎么进去？"

她迅速跑到楼下奔向大门，她看见陈皮远远地踩踏着积雪走来。积雪发出的清脆声，像光扎在雪地上，让她感到如此刺痛。她的双目在寒风中变得酸涩，眼泪就湿了她的面颊。去年冬天也是这么寒冷，陈皮踩踏着积雪跑到她父母住的地方看她，陈皮只穿了条单裤，陈皮被冻坏了，这个记忆依然让她难过。那时至少他们是相爱的。

陈皮看见她时，显出了几分意外的表情，两个人一前一后地走进电梯间，四目相对竟然无语。陈皮在进门的木沙发上坐下来，她在他身边静静地坐着。他们的目光第二次相遇时，他们都意识到了那种久别后的生分和隔膜。他们谁也不说话，都不再看对方。这个时候，也许他们彼此明白，他们之间有过一段情真意切的爱。

她努力抑制着自己的不安，她给他倒了杯水，陈皮表示不喝，她就把杯子握在手里，为了掩饰不安，她不停地转动杯子。

陈皮说："你没事老摇晃杯子干吗？"

她慌乱地抬起头来，她的目光变得躲躲闪闪。他先是递给她一只口香糖，她接过来放在沙发上。他们在无边的寒夜里一直坐着，谁也不说话。后来他又递给她一支烟，他执意为她点上火，她颤抖着的手总是接不上火。她知道自己的慌乱无法掩盖，就更不想说话。

陈皮很快抽完了烟，他径直朝她的卧室走去，然后他说真累就脱衣上了床。她只是坐在床边的一条凳子上看着他。她心里知道她让陈皮来此并不是为了跟他重新上床，而是为了给那段曾经她认为是爱情的往事一个说法。所以她静静地坐在那里，她似乎比任何时候都显得平静。

陈皮说："你坐那干嘛，跟个木头似的。"

她说："我就坐这看你。"

陈皮说："快上来，我们近些好说话。"

陈皮掀开被子示意她赶快上去，她迟疑着。

陈皮说："你不愿意了吗？"

她说："你知道我无法抗拒。"

陈皮说："那还说什么废话，上来吧。"

她只是脱掉外衣进了陈皮掀开的被子。然而他们却一句话也没说，陈皮做出疲惫的样子佯装睡觉，她把一只手举在空中，静静地看着。远处的黑暗里传来夜鸟的叫声，风沿着河岸一路吹过来，呜呜的声音增加了夜晚的寒冷感和安静。后来陈皮把她抱到自己身上时，她竟然哭出了声。

　　当以往那个时刻到来的时候，陈皮在她耳边发出来的声音是那样的陌生和遥远，仿佛那只是一个梦境的突然显现，是一个远离生活将自己推向绝境的铁掌。先前那种从生命底部漫溢出来的震荡消失了。那一刻她感到了肉体的彻底绝望和由绝望带来的毁灭。她发出了一串令她自己也感到不安和可怕的哭声。陈皮被这突如其来的嚎哭震住了，他呆呆地看着她不知所措。

　　陈皮离开时已经是凌晨三点，她站在铁门内看着他远远地上了自己的车，车缓缓地启动离开了她的视线，而她却一直站在那里，那时她确信自己看见了死亡，那是一种如灰样的颜色，覆盖在往事的屏障上，使她再也无法看见所有的道路和去向。她裹挟在那样的颜色里已无生还的可能。而她一直在发抖。

　　她病了，病得很重，她记不得自己是怎么倒下去就垮掉了。

　　五天后，她想打一个电话告诉陈皮或者是别的什么人自己病了，起不了床了。当她拿起电话时，她发现一个可怕的事实，那就是所有的电话号码都在自己的脑子里消失了。那些数字变成了漆黑的窟窿布满了她的大脑，她的大脑黑乎乎的。

　　于是她想从床上起来，她发现身体上的筋骨已经失去了支撑能力。她平静地躺了一会儿，然后慢慢挪动身子，爬到了敞亮的落地窗前，她想让对面的男人看见自己，从而明白她病了，需要有人来救她。可是她忘了那是在下午，这个时候对面的男人从未出现过。

　　她等待了片刻，就只好从床上滚下来，然后毅然决然地朝着门外爬去。

在医院里住了几天后，她又回到了自己房子里。冬天依旧寒冷。她想自己已经彻底地与过去分离了，她要用新的方式开始生活。自从对面的男人出现那天开始，她就做了如此的打算。陈皮这个混蛋，他不该再来捣乱。

置之于死地而后生的生命是什么样子？

在浴室里洗澡的时候，她安静地在浴盆中睡着了。她走进对面那个男人陌生的房间，他将她高高举起，然后放进了一个巨大的浴盆。他的身体倾斜下来，压塌了她的身体和浴盆，水哗哗流淌了一地，奔腾如流。他们像停滞在岸滩的鱼那样拼命挣扎。她又嗷嗷地哭了起来，她的哭声惊天动地。

她醒来的时候，对面男人的窗口一片漆黑。他似乎从来就没有在夜里开过灯。这使她曾对他进行过更多的想象，他的职业、爱好以及娱乐的方式……

她这样想象的时候，就觉得他更像一团黑影。为什么他总是面无表情呢？为什么他不踏上她的这幢楼，按响她的门铃。

第二天，她在大病初愈的虚弱里来到窗前，她朝着那个很久没有看过的窗口看去。窗子被窗帘黑沉沉地遮住了，她看不见丝毫的关于那个男人的任何踪迹。她感到了几分失望。她没有想到失望就是从这里开始的，就像盘错在她脑中的那些号码一样黑沉沉的一片。

那扇窗子从此就对自己关闭了。起初她想他是生病了，或是别的什么事耽误了。可是一连几天，他都没有拉开窗帘。她就有些不安和烦躁起来。她觉得一切都太不正常，一个也许并不存在的物体消失了，为什么会让自己不安？难道自己真的就生活在虚幻里吗？世间一切都是在自我蔽障中完成的吗？

她打开门，物业管理的人在每户人家的邮件箱里都放了报纸。她把取回的报纸一张一张地铺开，漫不经心地看着。她并不喜欢看报纸，早年穷困的时候，她喜欢在报纸上找招聘广告，她想多找一份工作来补贴家里的生活。

她坐到地板上，在展开的报纸上浏览着，她从报纸的头版的一个角落上，看到了关于陈皮的消息，这条消息并不醒目，有点类似于讣告那样小而隐蔽，而她还是一眼就看到了：陈皮同志简历……

　　屋子里的光线黑下来的时候，她似乎突然明白了什么，她在微暗的光线里找出陈皮的电话号码拨响了他的手机。她等了很久才传出接线小姐的声音，接线小姐说对不起你打的电话已停机。接线小姐的声音尖厉刺耳，使她感到耳膜洞穿了一条口子，风从那条口子直穿而过。她又往陈皮的屋子里拨号，她的耳朵里充满了刺人的忙音。她放下电话，她想哭却怎么也哭不出来，她从玻璃的返照里看到自己的脸上居然挂着一丝跟冬天里的烂白菜样糟糕的笑容。

　　她觉得眼前的一切结果，似乎是一种天衣无缝的巧合。陈皮来了，然而她并没有得到她希望的结果。那个晚上他们什么话也没有说，陈皮最后甚至连简单的拥抱也省去了，他头也不回地上了自己的车。她大病了一场，对面的窗子就永远地关上了。现在陈皮彻底地消失了，陈皮做得干干净净没有任何痕迹，他在她的生活中似乎只是一道阴影或许根本就不曾存在过。

　　她在无法说清内心感受的时候，踏上了对面那个男人的楼道。她没问为什么，就在上午十点准时敲响了他的房门。

　　开门的是一个年轻妇女。

　　妇女温和地问："请问找谁？"

　　她说："我找房子的主人。"

　　妇女说："我就是。"

　　她迟疑了片刻说："我找男主人。"

　　妇女说："这里没有男主人。"

　　她说："有的，两周前他还在。"

　　妇女停了下来，妇女看了她好半天才说："我知道了，他已经把房子卖给我走掉了。"

她说:"走掉了?"

"是的。"

"你知道他去了哪里?"

"不知道。"

她狐疑地看着说话的女人,她的眼光里充满了黑沉沉的怨愤之情。

妇女平静地看着她,关门前真诚地摇摇头,表示她真的不知道后,刚刚将门闭上,就又把头重新探出门外说:"他是一个盲人。"

然后门就很响地关上了。

越走越远

一

　　刘艳和许向东在黑影里说好各自回去即谈离婚的事，两个人就分开了。他们朝着相反的方向往自己家里走。秋天的风穿过小镇的夜晚，那硝烟弥漫样的黑暗就在他们心里越陷越深。

　　刘艳走进自家的院子，她在石凳上坐了下来，她看见屋子的卫生间亮着灯，林明在洗澡，他的身体印在玻璃上形成一团雾气沉沉的阴影。刘艳想等他洗完澡再进门，然后再和他郑重其事地谈离婚。

　　刘艳在黑暗里坐了很久，她觉得自己已经心平气静，已经有足够的勇气去处理这件事。于是她走向自己的家，她在开门时心脏突突地狂跳起来，她不明白她的心脏为什么会如此不安地撞在自己的胸骨上，而且有点痛。

　　刚洗完澡的林明坐在沙发上看电视，他看了一眼刘艳，顺手点燃了一支烟。对于刘艳和许向东的传言，他早有耳闻，为此夫妻俩也没少吵过打过。打完了他也明白刘艳之所以投向他人怀抱，原因在于自己无暇顾及她的存在，外面那两个女人整天把他的身体都快缠垮了，回家只是为了休养生息。事情虽然如此，但他对刘艳之事仍然耿耿于怀。刘艳进门后径直走进女儿的房间，她的女儿已经睡了，她在女儿的房前站了几分钟，然后走到客厅关掉了电视。

林明说，你野够了。

刘艳说，你嘴巴干净点。

林明说，哦，是不是要我给你立个牌坊。

刘艳说，给你妈和姐立去。

刘艳的话音未落，林明的手已经很响地落在了她的脸上。刘艳的身体痉挛了一下，但她没有像往常那样挣扎着与林明撕打。她只是下意识地捂了一下被打的脸。然后她说，离吧。我们离吧。

林明说，你他妈想得简单。

刘艳说，除了女儿，我什么也不要。

林明说，你想清楚。

刘艳说，我早想清楚了。

刘艳也没有料到事情就这么简单地说清楚了，她和林明吵了大半夜便什么也不想再说了。她释然地躺在床上，心想许向东这个时候是不是也跟自己一样经过了激烈的战斗？那将是一个何等悲壮、惨死的景象？

后半夜起了风，许向东躺在老婆王萍的身边，他听着王萍均匀的鼻鼾无法入睡。许向东回到家并没有提出离婚，他本来是想说的，可是当他坐在儿子的身边，王萍递给他一杯热乎乎的牛奶时，他的心便软了，他觉得自己无法将"离婚"这件对王萍非常沉重的话题，重新拿出来再说。结婚这么多年了，王萍也没有什么不好，人长得健康漂亮，里里外外，为这个家呕心沥血，她做了一个女人应该做和不应该做的全部。王萍什么都好，就是一点不好，她把家里的男人都当成了自己的儿子，或者王萍更像一只刚刚开始下蛋的大母鸡面颊红润咯咯咯四处为儿子老公觅食。如果许向东甘为儿子，不想做个丈夫或男人，这个家就相安无事被人羡慕。许向东在遇到刘艳以前，他也没怎么觉得这样有什么不好。平平淡淡踏踏实实安安心心地躺在王萍营造的鸡窝里，没有一点激情，没有一点激情倒也挺好的。反正人不就这么活着，就这么平静无味地顺其自然地去接近人生的尽头吗？

可是后来许向东遇上了刘艳。刘艳从哪方面讲都不如王萍，可是许向东就是喜欢跟她在一起，许向东觉得自己是个实实在在的男人，宽容大方、怜香惜玉。许向东喜欢这种做男人的感觉。他发现自己这么多年来一直压抑着的不是性，而是性之外的更能体现男人能力的宽大，以及男人更需要的另一种存在方式，那就是表达。在王萍那里一切都被王萍安排好了，自己像个工具或别的什么，过着衣来伸手饭来张口寄生虫似的日子。而在刘艳面前却全然不同。他喜欢刘艳事事对他的依赖。天快亮时王萍醒了。她将手搭在许向东的身体上，许向东没有动，王萍的手慢慢地在许向东身上滑动，最后落在了他的身体底部，她的手温湿轻柔，许向东仍一动不动地躺着，但他的身体却渐渐地膨胀起来了。

王萍说，你还想装睡，可自己又不争气。

她将许向东翻了过来，许向东僵硬地面对着王萍，他的手迟疑一下搭在了王萍的身体上。王萍将许向东抱住并示意他压到自己的身体上来。许向东便匍匐上去，他沉入王萍的身体之后，便不合时宜地偃旗息鼓了。

王萍说，你怎么了，没开始就耷拉了。

许向东有点狼狈地从王萍的身体上滑下来。王萍猛地一翻身将被子踢到了床下。许向东没有动，他知道王萍又要发作了，于是他的后背又起了一层芒刺样的汗珠。王萍歇了一会儿，便从床上跳了起来，她在卫生间里用水洗身体，哗啦哗啦的水声里掺和着王萍的叨念。洗完之后王萍很响地倒掉水，再很响地走回卧室，气呼呼地从许向东身上爬到自己睡的地方，她用被子蒙住头时又将那句恶毒的"性无能"丢到了许向东的耳朵里。为这话许向东从前羞愧过，以至于到了不敢碰王萍的地步。

二

许向东第一个走进医院的办公室签到，他想没有人会比自己去得更早，医院上班一向丁是丁卯是卯，大家都很准时，而自己却提前了一个小时，这样他就可以躲过许许多多的目光。至于他为什么有躲避的心理，他实在无法说明白。许向东往签到本上写名字的时候，他看见了刘艳的名字，他的心就咯噔咯噔地跳起来。他走出来，他得经过刘艳的挂号室才能进入自己的中药房，他硬着头皮走过去，刘艳坐在里面，正在整理什么东西，而许向东经过她的窗口时，正好看见林明留在刘艳脸上的淤青。许向东没像往常那样走进刘艳的挂号室，而是做贼样地闪了过去。

接近下班的时间，许向东透过玻璃看见了刘艳，看见刘艳他竟然产生了躲进什么地方的念头，他看看满屋子的药柜，那些小得只够盛药的抽屉，哪能容得下自己。他再次将目光移到窗外时，他看见了站在刘艳身边的办公室主任，他们一前一后地往另一幢楼走去，留在刘艳脸上的那块青斑在太阳光下格外明晰。刘艳看见许向东时她用一只手捂住那块青斑。她的整个身子一直保持了十分矜持的姿势。许向东把身子探出去，他看见他们上了那栋旧楼，办公室主任打开二楼最边上的一间空着的屋子，两个人站在门口说了一阵话，许向东明白了刘艳是要搬进那间空着的房子，许向东的心又突突地跳起来。

刘艳回到家里开始收拾东西，她把被子和衣服捆在一起后，便感觉自己进了一间黑暗的小屋。她明白虽然自己与许向东一起憧憬过未来的生活，但未来的生活遥远而模糊，她深知许向东的优柔寡断和王萍的厉害。其实刘艳知道也许所有的过程或者结果都只是自己和自己进行的一场殊死的战斗，在这场肉搏中她的女儿无辜受牵连使她心痛不已。

刘艳在黑暗来临之前写好了离婚协议。她泪如泉涌。离婚是她提出来的，离了之后是为了有一个新的或者好的生活开端，为什么要哭呢？如果林明对自己说些不离婚的好话，说些夫妻重归于好重新开始生活，自己就不会如此坚决了吗？刘艳不明白自己为什么对林明仍存一线期待。或许林明在处理财物分割时别那么狠，这个婚就会离得艰难些。有那么一瞬刘艳甚至希望林明提出来不离。但这仅仅只是一瞬，这一瞬间的念头是刘艳永远也无法明白的。她的女儿在房间里做作业，她跟刘艳一起等待林明回来，然后一起离开这个她无法明白为什么要离开的家。

林明打开门就有一股熏人的酒气扑进门来，刘艳在黑暗中挣扎了一下，她擦了眼泪便一动不动地坐在那里。林明拉了灯，他在一阵亮光的眩晕中镇静下来，然后他走向刘艳，并在她的身边坐了下来。

刘艳说，协议我写好了。

林明拿起协议书草率地看了一遍，当然只是除了家中财物的分割外，别的他却只是草率地看了一眼。比如房子归林明所有，家中存款一万元夫妻各一半，这一点很明确就行了。林明拿过笔来没有加以任何思索地签上了名字，然后他说，行了，我成全你们。

刘艳说，是我在成全你。

林明说，反正都一样，各得其所。

刘艳说，我们这就走，别忘了明早我等你一起去大楼办理正式手续。

林明什么也没说倒在沙发上很快就睡着了。

第二天刘艳夫妻在约定地点和时间里正式办理了离婚手续。他们从那座阴暗的老式的木制办公楼里走出来时，明亮

好吧，再见 HAOBAZAIJIAN

234

的阳光毫无遮拦地落在了他们的脸上。这时他们第一次感到他们已经是两个彼此毫无相干的陌生人，从那个阴暗的洞穴样的地方走出来，暴露在阳光之下后，一切都不再有意义。过去或者将来。有时一个结束也并不意味着新的开始，就像他们双双走在阳光下，过去已经结束，而新的开始到底是什么？过去的日子里双方都手拿武器拼死战斗。而现在，就在这样的阳光下，刘艳依然感到了皮肉分离的痛以及痛以后的空洞。对于刘艳，虽然也许会与心爱的人走在一起共同生活，然而那痛之后的空洞更加深了她对今后生活的无望。分手时他们竟没有相互看一眼。

刘艳来到自己的办公室，早有几个女人等在门口，她们见刘艳回来便都热情地迎上去问，办了？

刘艳点点头，下意识地朝许向东的中药房看了一眼，许向东坐在屋子里也正面朝着刘艳。几个女人进了刘艳的办公室，说不清她们对刘艳的离婚到底是表示祝贺还是哀叹。她们告诉刘艳，许向东那边一点动静都没有，而且昨晚许向东值班王萍也跟来陪他。刘艳心里本来就已经很空，一听这话，便有如乱箭穿心样地痛起来，但她并没有表现出来，刘艳冷冷地说，他离不离婚与我无关。

几个女人看出了刘艳的心思，就说许向东他妈不地道，是个流氓骗子，自己不离婚，害得刘艳家庭破裂，还无动于衷。

三

刘艳变得沉默了，她从不去许向东的中药房，有时朝那里望，两个人的目光对在了一起，刘艳便很快把目光移开。刘艳的目光冷漠僵硬，许向东从中看不到任何柔情或者哀怨的痕迹。这使得许向东变得很不安，他开始躲避刘艳，更多的是躲避那个陌生的令自己感到不安、惶惑的目光。其实许向东也可将两个人那个晚上说的话推翻，无耻地将之解释为一种玩笑，即使解释成一种扯淡也不是不可以，在生活中他与别的女人也开过类似的玩笑。但许向东却不敢哪怕是对自己说，那只是一句玩笑。他知道他和刘艳都是认真的，现在刘艳离婚了，自己并不是要背叛诺言，而是，真的很难。他需要一些时间。

许向东走进刘艳的挂号室，两个人的目光便对在了一起，刘艳的身子颤抖着往桌面上倾了倾，眼泪就落在玻璃上。

许向东说，我需要时间。

刘艳的双肩抖动起来。她说，请你离开这里，不要破坏我的名声。

许向东悻悻地走了出来，迎面碰上了刘艳的女儿小菡，小菡对着许向东似笑非笑地打了个招呼就进了刘艳的挂号室。许向东走进自己的药房时，他听见了小菡的哭声，他知道刘艳打了小菡，是打给他听的。他还听见砰的一声巨响，这巨响引出了别的工作人员，他们挤在门外指手划脚，所有的目光如浑浊的河水那样一齐朝自己汹涌过来。许向东只得想时间会证明一切，证明我不是个骗子。

夜里许向东值班，他本想到刘艳那里去。他要心平气静地告诉刘艳，自己真的不是不离婚，而是的确需要时间，最重要也最充分的一个理由是儿子就要高考了。许向东走出值班室，他听见刘艳从楼上扔下的东西在夜晚发出惊天动地的响声，那是一只破瓷盆訇然坠地的声音。他知道这声音同样是弄给他听的。于是他的心似乎在那种巨大的响动里平静下来，那些缠绕在心里的不安、惶惑或者内疚什么的，渐渐远离了自己的躯体。他的身体在无风的夜晚打了个寒颤，他想，就这德性将来怎么生活？他甚至不知道自己为什么这样想。回到值班室，这一夜他睡得很沉。

天刚亮时许向东醒了，他平静地躺在那里，清晨的安静使他变得比任何时候都无望。这时他听见了脚步声，他猜谁会起得这么早，真是精力旺盛。脚步声停在门口，他看见王萍的脸贴在玻璃上，轻轻地叫了他的名字。他闭上眼佯装睡着了。王萍喊了几声之后，便用手轻轻地叩着门。他打开门，王萍抬着鸡蛋牛奶进了屋，她一屁股坐到床上说，快吃了，我今早要赶班车到区里开会。

许向东说，这么早谁吃得下东西？

王萍说，你必须吃，天不亮我就做好了，要不你就得空肚子了。

王萍把碗抬到许向东面前，夹起一个鸡蛋就往许向东嘴里塞。许向东厌恶地转开了脸说，我有话对你说。

王萍说，不用说了，所有的硝烟弥漫我都清楚。我们这个家好端端的，儿子要高考，我们这辈子是没指望了，但儿子的人生还没有开始。

王萍语气平淡毫无色彩，听上去不像在说与自己有关的事，倒像是在说一个简单的生活或人生哲理，而且道理简单真理在握容不得许向东有丝毫反对。

许向东说，早餐放这里，我休息一会吃，你收拾收拾开会去。

王萍站起来走到门边，她平静地转过来看着显得十分沮丧的许向东。许向东知道王萍在看自己，也不抬头，简直一副低头认罪的倒霉样子。王萍有了种胜利者的居高临下，她的脸上浮现出几分笑容，笑容里更多的成分是轻蔑。

王萍说，我们之间谁需要谁都不再重要，重要的是责任。你们又不是一朝半日了，等儿子高考完了，不过分吧？

王萍走了，王萍的脚步声把早晨踏得很响。许向东觉得王萍说的话的确有道理，那天晚上怎么就没想到儿子明年就高考呢？许向东十分懊恼。

王萍开会回来后没有回家，她直接去了刘艳的住处。刘艳正跟女儿坐在外屋吃饭，见王萍进来虽有些尴尬，但当着女儿小菡还得做出若无其事的样子。刘艳将王萍让进屋子坐下，她知道来者不善善者不来，她就说小菡快吃，吃了上你爸爸那里做作业，王阿姨在这里玩。

小菡吃完饭就背着书包走了。屋子里剩下两个女人，两个女人都不说话，直到屋子被黑暗渐渐覆盖。刘艳站起来拉亮电灯。这时王萍才彻底看清了灯光下刘艳的住房。王萍坐在一张旧式的木沙发上，她看着里间刘艳的床，她为这个女人感到了几分悲哀，这又是何苦呢？好端端一个家，偏要把自己逼到这等地步。况且就算许向东与自己离了婚，生活未必就像她想象的那样好。这把年龄了该享受生活的时候，却又要为买房之类的事再次操劳，刘艳你他妈的累不累呀？还拖着个孩子，孩子那么小，一切费用尚未开始呢。王萍居然就长长地吸了口气，这口气吸得很重，以至于她也弄不明白这口气是为谁而吸了。好端端一个家一个男人眼睁睁要被这个女人抢过去，而这个女人除了比自己年轻几岁，跟自己简直没有可比的，这话是别人说的，却是句真话。

看够了，刘艳也收拾完了。王萍就说，刘艳咱们从前跟姐妹似的。你家有什么事我们都最先站出来，什么事我都护着你，可是没想到你会是这样，突然成为可耻的第三者插足我的家庭。常言道兔子不吃窝边草，难道你连兔子都不如吗？

刘艳像没有听见王萍在说什么，只坐在那里眼睛看着窗外。

王萍说，我和我们许向东恩爱了十多年，许向东说了他不能没有我和我们幸福美满的家庭，但是优柔寡断的他不忍面对你，他让我来告诉你，他离不了婚。他只能说对不起了。

刘艳转过头来，两个女人的目光便对在了一起。它们像黑暗中由远而近突然相遇的灯盏，在空旷的黑暗里匆忙寻找着对方的命脉，毫不含糊决不退却。

刘艳说，我不是兔子，你也不是兔子，我们是人，有本事就把自己的老公看好。

王萍说，送到嘴边的腥都不知道吃的猫肯定是一只二百五。不吃白不吃，吃了你活该。

刘艳说，难怪你老公要背叛你，你贱。

王萍说，你白白送人捣弄，你才贱。

王萍站起来时她苹果样透红的脸上露出了笑容，这笑容亲切遥远陌生冰凉，亮晃晃地罩住了刘艳。刘艳走到门边打开了门。王萍走出去后，回过头又笑了一下，她的脚步声很响亮地回荡在黑暗之中，如万马奔腾那样绽放出胜利者的果断和激越。

那一夜这样的声音伴随着刘艳哭了整整一个晚上。在这些声音里与许向东相爱厮守的情景一幕幕涌上心来。刘艳边哭边骂：许向东你这个狗日的呀，原来你从头到尾都在骗我。你这个千刀万剐的骗子，你怎么就下得了这个狠心骗我呢？你知道我爱你，你知道了为什么还要骗我呢？

到了后半夜刘艳哭晕了，她从枕头底下摸索出一条红布带子举在手里，她并没有能在黑暗里看清带子的颜色，她的心却突然平静下来。这条红布带子是许向东到庙里为她求来的，求来后他为她系在手上说，我没有这样爱过牵挂过一个女人，你一定要好好的。

那种甜蜜那种被人爱护的酸涩幸福一下子重新涌进刘艳的心里。刘艳的心亮开一道口子，她想许向东不是骗子，许向东是真爱自己的。想到这里刘艳便不再哭了，她想自己怎么这样傻乎乎地上了王萍的当了？

四

第二天刘艳见许向东站在屋檐下看着自己，但许向东迟迟不离婚实在令刘艳生气，刘艳把头一转进了挂号室，许向东来到挂号室，他说我有话要说。

刘艳把脸一沉咬着牙冷淡地说，没什么好说的，该说的都说了，我们之间不再有任何理由可以谅解。

许向东说，你能不能听我把话说了。

刘艳说，不能。该说的你老婆已经替你说了。

许向东并不明白刘艳说的话，他站在那里阴沉沉地埋着头。

刘艳站起身来说，你能不能做事干脆点，你不出去我出去。

许向东快快地回到自己的药房，又把给刘艳配制的调解内分泌失调的药重新配置了一遍，用纸一包一包地包好送到刘艳的挂号室。刘艳看了他一眼，嘴一抿眼泪掉了下来。

许向东说，你不要伤心，你再等我一些日子。

刘艳哇地哭了起来说，你出去，把你这些骗人的东西都拿出去，我一天也不能等。

刘艳连人带药地把许向东推出了挂号室。然后她关上门趴在桌子上嘤嘤地哭个不停。有人来挂号站在玻璃对面，轻轻敲了敲玻璃，没有叫她，挂号的人站在那里等着，什么话也不说。刘艳哭够了一抬头看见玻璃外站满了人，都惶惶地看着自己，便觉得很丢脸，擦干了眼泪开始工作。

五

刘艳把年迈的父母从乡下接了过来，刘艳接父母过来是她在几日内决定开一家麻辣烫店，让父母看着门面。就这样刘艳的麻辣店开张了，生意也不错，刘艳每天下班后都要忙到深夜才睡觉，睡觉前总要清数一下当天的收入。每天赚的钱虽然不多且都是些块票，但数的时候心里却很踏实，有一份无止境的期待，那似乎是一种对美好生活的期待。在这样的期待里许向东对自己的伤害渐渐地淡了，一切都变得久远了，虽然事隔几个月的时间，却让刘艳时常觉得已经长久了，那些缠绕在心头的伤痛被劳累和日有所得掩盖了。刘艳就想，我得好好活着，这样下去就是不靠任何男人，女儿读书的费用也不再是问题。

刘艳的小店生意好，不仅是小镇上夜晚吃食的好地方，更多的是聚集了众多的打麻将、扑金花的人，大家都是熟人，吃完了东西就打牌，饿了让刘艳又弄吃的。

许向东是从一个同事那儿得知刘艳开店的事，他悄悄地来过几次，走到店前都没好意思进去，里面不仅人多还有些熟人，刘艳拿脸色耍脾气都可能使自己难堪，何况在刘艳离婚这件事上，自己已经背上了一口骗别人离婚的大黑锅。大多数人是站在刘艳这边的，同情弱者受害者是人善良的天性里的一部分，那么刘艳是弱者，是受害者无疑。离婚时被男人盘剥一空，两手空空地离开家，而等待她的却是欺骗。刘艳又不给许向东任何解释的机会，这使许向东非常被动。但他相信时间会证明一切，刘艳拒绝解释，就让时间来证明自己的真情，只要儿子高考完，他就会一分钟也不耽误地与王萍办理离婚手续。王萍说得对，儿子的一生尚未开始呢。为此许向东对刘艳的不善解人意也产生了几分怨愤。

怨愤归怨愤，许向东心里仍然对刘艳牵肠挂肚。许向东打开电视，儿子在屋里学习，王萍坐在一旁削水果，许向东心不在焉地翻动着电视频道。王萍把削好的苹果划成几瓣放进两个小碟子，一个送进了儿子的房间，一个放在许向东的身边。许向东心想这个老母鸡样的女人又开始咯哆咯哆觅食了，她什么时候才能放弃这个讨厌的角色，做一个不那么讨厌的母鸡而去做一个女人呢？这样想着许向东就走下楼去，王萍在身后喊叫时身子在黑夜里跟跄了几下。许向东停住了脚步说，你跟着我干什么？

王萍说，你去哪里？

许向东说，我们之间已经没有关系，我们不过是在等时间，你也很清楚。

　　王萍说，我们的婚姻受法律保护，婚姻没有解除你就是我的老公，你就得尊重我。

　　许向东在黑暗里轻蔑地笑了一下，这笑划破黑暗如一枚针那样直直地扎进王萍的心窝子里，她明白那笑里的所有含义。眼泪在眼窝子里转了一圈，她哽咽着说，许向东，你不要太过分了。

　　许向东没有理睬便朝着刘艳的小店走去，他知道王萍紧跟在身后。店里的人正执著地进行着不是技艺而是运气上的角逐。许向东迟疑了片刻掀开拦门帘子时，王萍挽住了他的胳膊并大声地喊着屋里的人。正干劲冲天的人们抬起头来看见了他们夫妻双双神采飞扬（当然只是王萍）的样子，都不说什么只是转过去吆喝对方押钱。刘艳从厨房里走出来，看见许向东夫妻站在屋子里，而且王萍正挽着许向东的胳膊，她手里的盆哐啷掉到了地上。

六

　　日子如水那样平淡地流淌着，刘艳心里虽然仍很痛苦，但没有人会去感受她的痛苦，她依然要早起晚睡在杂乱中忙乎着。渐渐地她想许向东的时间便少了。许向东既然不肯离婚，既然欺骗了自己，那么就忘掉他吧。

　　有人出来给刘艳相对象了，刘艳如约而去，对方条件很好，离婚后儿子由前妻带着，靠近市区的地方有一室一厅住房，工资收入稳定，人看上去也实在。刘艳在见面时没有对男方表示任何态度，同意或不同意，她只沉默着。返回的路上，刘艳坐在开往小镇的车上，她开始思考这桩可能成为婚姻的大事，别的不说，以后女儿大了上中学可以住在离城市近一点的地方，冲这条件也该同意这件事，何况对方人也不差，鼻是鼻眼是眼的，比前夫强了十倍，比许向东也不差。

回来后刘艳除了忙生意，就是等电话。她记得留了电话给中间人的，中间人会把号码给对方的。

眼见得快过年了，天黑得特别早，黑夜下过雨之后湿乎乎的，小镇的街面上变得十分清冷，来店里吃东西的人比从前少了，刘艳的心情就跟天气一样凋敝。这几日许向东已经回老婆的娘家去准备过年了，就在这样一个阴湿的夜晚，刘艳终于等到了她等待已久的电话，但电话不是对方直接打来的，而是通过中间人打来的，对方说要刘艳大年初三到他家去玩。刘艳知道这事基本成了，起码对方对自己没有太大的意见。

刘艳说，好我记住了。

刘艳放了电话，她在黑暗的屋子里坐了很久，发现自己对事情的反应竟然很麻木。这时一辆摩托车突突地停在了小店门口，门吱嘎地开了，屋外的光亮照进屋来，林明站在那束光亮里，他的影子投射到了墙上。刘艳看着满身泥污的林明，昏暗的灯光里他的头发蓬乱不堪。林明的手在靠门的墙上摸索了一阵，屋里的电灯就亮了。两个人突然显现在灯光下，十分不自在。林明踢踏踢踏地走了进来，他在火边坐了下来说，小菡呢？

刘艳说，睡了，你来干什么？

林明说，我来看小菡。

刘艳说，你把这几个月小菡的生活费付了，看不看也没有什么。

林明说，你就缺那几个钱？

刘艳说，缺不缺那是你该付的。

林明说，我早说过，这世上的男人都是骗子，这回你信了吧。

刘艳说，这是我的事。

林明说，你不觉得这个下场可怜吗？

刘艳说，我愿意。

林明说，我记得你没有这么坚强。

刘艳说，我在你眼里从来就一无是处。

林明说，所以一个许向东就轻易把你糟蹋了。你这是何苦呢？

刘艳说，你给我滚出去。

林明站起来，他没有走向门而是站在了刘艳的面前，刘艳不看他把头扭向窗外。外面好像又下起了雨，噼噼啪啪地打在玻璃上，林明嘴里熏人的酒气使她想起了过去的生活。过去的生活里只要林明回到家，屋子里就弥漫着这样的气味，这气味使得一切腐烂不堪。刘艳曾在这样腐烂窒息的气味里拼命挣扎。那时离婚对刘艳来说就像一颗随时都会爆炸的地雷，将自己连同她曾经珍爱过的家炸得血肉横飞。后来她遇到了许向东，遇到许向东后情况就发生了根本性的转变，也就是她从战略防备阶段转移到战略进攻上来了。

林明说，你还是回去吧，你这样过着怪可怜的。

刘艳说，把你那些女人带回去行了，不用看我的笑话。

林明走后，刘艳怎么也无法入睡，往事一幕幕在脑子里翻腾，从跟林明谈恋爱到结婚，再到她第一次知道林明在外面有女人，那滋味跟千刀万剐似的，心脏就突突地流淌着血。那时自己很幼稚，嫁给林明，就把一生全部寄托在他的身上。至于许向东从来就是同事，为什么那么长时间里彼此都没有发现对方的存在呢。许向东来到刘艳的生活里，是林明不停地闹出各种绯闻之后的一个夜晚，刘艳加班，许向东值班，两个人便坐到了一个屋子里，两个人竟然说了一个晚上的话。刘艳和许向东都属于话不多的那种人，可那个晚上他们几乎说尽了一生的话，他们第一次感到彼此的心灵是那样接近，那样需要交流。刘艳想到最后出现的这个同样相中自己的男人时，天已经亮了。

七

　　大年三十刘艳没有做生意，一家人坐在店里吃了年饭，屋外就开始下起了大雪，风从四面八方吹动着远处的树枝，呜呜地像是一个人在远处幽幽地哭着。

　　刘艳坐在炉火旁，家里人都睡了，她坐在炉火旁什么也没有想，她心里有事。炉火已经封满了煤，屋子里的温度在慢慢地下降，一只猫在雪地里嗷嗷地嚎叫，和着寒风吹动树枝的声音。一种深不可测的恐惧笼罩着小镇过年的夜晚。这一夜她回到屋里整夜辗转无眠。天刚亮她就在远处的爆竹声里起来了，起来了又不知干啥，收拾了一阵屋子，刘艳便走出屋子来到许向东的药房外，她趴在玻璃上往屋里瞧，这时她才明白心里的不安似乎是对许向东的思念引起的。屋内被窗外的雪光反衬得昏暗不堪，刘艳就趴在那里，像是告别又像是等待，等待一个刘艳难以预料，其实已经发生了的，关于许向东的灾难。

　　刘艳打开小店的门时，父母还在睡觉，她清扫着屋里的垃圾，就听见了电话铃声。电话铃响起时刘艳手脚哆嗦了一下，也许这声音来得太突然，或许就在刘艳的预感里蛰伏着，像蚕丝似的一直缠绕着刘艳的等待。刘艳拿起电话嗯了一声，就听见了王萍的声音。刘艳沉默着，直到最后王萍用哀求的声音说，刘艳，我给你打电话也是不得已，许向东胃动脉出血已经昏迷几天了，医院下了三次病危，昨天他睁开眼说要见你，就又昏迷不醒，直到现在。我看他怕是不行了。

　　王萍的哭声从电话里传进刘艳的耳朵，刘艳的眼泪已经湿了话筒。放下电话，刘艳的身体在屋子里晃了几下，就软绵绵地坐到了地上。

　　冰天雪地没有班车开进镇子里来，刘艳便搭了一辆摩托车一起到很远的一个大厂，然后再从大厂乘班车到了许向东住的区医院。刘艳推开病房的门，王萍坐在病床边，两个女人的目光就又遇在了一起，那眼光由坚硬变得冰凉再慢慢消融，在她们共同都爱着的男人所面临的死亡面前变得柔软。那一刻她们却希望从对方的眼里看到关于奄奄一息的男人生还的光芒。她们的失望接近于绝望。两个女人守在许向东的床边，除了医生进出时弄出的响声，两个女人之间没有任何声音。坐在那里她们都不看对方一眼，她们抬起头时只看氧气瓶盐水瓶血浆之类的插入许向东身体的器物。这些器物藤蔓样带着刺爬满两个女人的心脏。

刘艳在医院里守了许向东四天四夜，自然就忘掉了大年初三与另一个男人的约会。第四天许向东醒来，他于冥冥之中看清了刘艳的脸，他伸出手来试图去握住刘艳的手，他动了动却无力抬起手来，而是发出一声沉重的呻吟。两个女人的脸同时俯向了他。许向东的眼光落在刘艳的脸上，刘艳的眼泪就淌了下来，她明白许向东眼光中的所有含义。

她说，我守着你，我不走。

许向东闭上了眼睛。

刘艳落泪的时候，王萍也在落泪，两个女人的眼泪有着根本不同的含义。女人之间的战争也许在没有明确对方是敌人时就已经开始了。

许向东的手术是在他极虚弱的情况下进行的，手术还算顺利，余下来就是治疗。刘艳坐在王萍虎视眈眈的眼光里守着许向东，心里很不是滋味，但是当她想告诉许向东自己该走了的时候，她从许向东哀怜微弱期待的眼里看到了绝望，那是一种生离死别般的绝望。

不知为什么刘艳越来越惧怕王萍的眼光，她觉得那眼光如滔天洪水，在她不经意的任何一个时刻里滚滚而来，再将她作为女人的自尊和权利吞噬掉。刘艳就想，看来法定的那一纸空文同样有着法律样威严的震慑力，要不自己怎么就变得虚弱无力呢？

刘艳为许向东洗脸擦身体时，王萍就像一个苛刻的主妇样抱着手，双目炯炯地看着眼前的两个人。她会冷不防地说抬起头来擦擦脖子后面的汗，许向东你闭上眼睛抬起头来。刘艳和许向东谁也不说话。刘艳出门去倒水时，每次走过长长的走廊，总会在走道的尽头遇见王萍。王萍依然如一个苛刻主妇那样袖着手看着她。有时她同样会冷不丁地说，你这样是不是很好受，你是个什么角色？

刘艳也不理她，绕开道走进病房，趴在许向东的床边休息。王萍深知刘艳这时候是趴在那里哭。但她仍然要在许向东需要帮助时大声地指使刘艳。此时的王萍很有身份感，她的声调里毫无感情色彩，她说，血浆完了，快去叫护士。她说，把许向东往上挪一挪。

刘艳自然也进入了王萍指使的角色，二话不说站起身来就照办了王萍的指示。有时两个女人在洗手间里遇见了，王萍总要隔着隔板说，刘艳，你很克夫。男人沾了你就倒霉。

刘艳说，王萍你不要欺人太甚，不是你打电话求我来的吗？

王萍说，是呀，因为你贱呀。

刘艳说，你这个狠毒的恶妇，许向东都快死了，你还这样。

王萍说，你不是想嫁给他吗？受点委屈算什么？

刘艳说，是的，死我也要嫁给他。

王萍说，我告诉你，死你也嫁不成。

王萍就把厕所里的水冲得哗哗响。

八

　　刘艳回到镇子里，她再无心思做生意，店门便关掉了，刘艳比先前变得更加沉默了。两个月后许向东回来，许向东依然是上气难接下气的样子。刘艳也不再因为他不离婚而生气，许向东没事时就又如先前那样到刘艳的挂号室去坐坐，两个人依然含情脉脉地对视，只是没有了更多的话，都是些相互叮嘱身体保重的套话。

　　许向东在家里没有再提离婚，但王萍却提出来了，许向东说，婚肯定是要离的，我答应过等儿子高考完之后。

　　王萍说，你健康时在外拈花惹草，半条命时就赖着我，你认为这样公平吗？

　　王萍哭，许向东就到刘艳住的地方去坐着，看刘艳陪女儿做作业。许向东虚弱不堪地坐在那里，刘艳给他盛了一碗热汤，许向东刚接到手上，林明就敲门进来了。他看见许向东轻蔑地笑了一下说，你也在这里。然后他就酒气熏天地坐在了另一只沙发上。三个人就那样沉默地坐了一会儿，林明坐不住了说，刘艳你出来我有话对你说。

　　刘艳说，有什么话你说就是了。

　　林明说，当着外人的面不好说。

　　许向东就难堪地动了动身子意欲站起来。

　　刘艳说，许向东你坐着，我送林明出去就回来。

　　许向东便重新坐了回去。林明走到楼梯的拐角处便站了下来，他看着黑暗中的刘艳说，我们能不能复婚？

　　刘艳说，我又没有神经病。

　　林明说，还是原来的一家人好。

　　刘艳说，再见。

　　林明就一把抓住了刘艳，他说，不管我们过去有没有感情，可我们是一家人，我不能眼睁睁看着你往墓穴里跳，瞧他那半死不活的样子，别吓坏了我的女儿。

刘艳挣脱着说，我的事你管不了。

刘艳返回屋子，女儿已经洗完脸上床了。许向东什么也没有问，刘艳也不说刚才发生的事，两个人默默地坐了很久。离开时他抱着刘艳的头说，你等着我，等我儿子高考完了，我们就结婚。

刘艳就把头深深地埋进许向东的怀里，两个人紧紧地拥抱一阵之后，许向东拖着虚弱不堪的身体走过长长的过道，刘艳站在门口，她望着遁入黑暗中的许向东，心里一片漆黑，黑得没有一丝光亮，即使灯光下她也感觉不到一线敞亮。她心里有一个很大的窟窿，一个足以将刘艳的世界完全淹没的窟窿。

王萍几乎每天都在逼许向东离婚。女人疯狂起来时也无法明白自己。她明知许向东现在不会离婚，却偏偏就要逼着许向东办手续。她知道即使是现在离了婚，许向东这身体也不会马上和刘艳结婚，况且许向东的身体什么时候才能恢复尚且不知。万一他就这么不死不活的，不就害苦了自己一辈子吗？何况许向东已经不再属于自己。

九

许向东的身体的确无恢复的可能，几个月后许向东发现肝区开始疼痛，他去做了检查，检查结果在一周之后出来了。许向东拿着那判定他死刑的单子坐在门诊部外面的椅子上久久不愿动弹。许向东不知自己在那张椅子上坐了一天还是一个下午，他把所有的事都从头到尾地想了一遍，他毕竟已经历过一次死亡了，死亡对他来说近在咫尺，昨天才与他擦肩而过，今天又迎面而来了，见过死亡的人就不再会惧怕死亡了，当他从椅子上站起来的时候，他没有想到自己就这样永远地失去了控制自己的能力。

许向东再次住院他没有要求见刘艳，但王萍打电话通知刘艳到医院后，自己却离开了医院，如果刘艳对许向东的康复还抱有一线希望的话，那便是她希望那渺茫不可信的奇迹出现。她认为至少病人是不可以知道自己的病情的。刘艳每天哭完之后，总是装出若无其事的样子，把食物一口口喂进许向东的嘴里，许向东心里明白刘艳的苦心，也不挑明今后将由刘艳独自面对的结果。刘艳每天夜里趴在许向东的床边，他们手握着手的时候，许向东内心的绝望挣扎便会如同一条长长的河流那样在无风的夜晚显现它特有的悠长和平静。他想只要握着刘艳的手去死，也没有什么好遗憾的了。

　　既然是不治之症，又是晚期，院方也提出没有治疗的必要，许向东的病情稳定之后，就坚决要求出院。许向东的家人以为许向东不知自己的病情，也就没有强求他继续住院。既然不久后他就要远远地离开人世，万事就遂他心愿吧。

　　许向东出院后住到自己父母家里，由妹妹负责照顾饮食。刘艳每天都要过去给许向东煎药。王萍即使去看许向东，似乎也只是为了看他还能坚持多久，看刘艳苦不堪言地挣扎。奇怪的是许向东的病情越来越好，他居然又回医院上班了。王萍没有再提离婚的事，许向东也没有提。他在两个女人之间来来往往，生活显出了奇特的平静。

　　一天夜里许向东回家看望父母，吃完饭后许向东坐在后院里喝茶，他看着天上的月亮，他的妹妹走来坐在他的身边，她也看了一会儿月亮，眼泪就掉了下来。

　　她说，哥，干脆还是跟王萍离了算了，我看你的身体已经好转了。

　　许向东一直看着月亮，他的脸僵直地停在黑暗的一丛树影下，许久才说，我不能离婚了，我知道我活不了一年半载的，离了婚刘艳肯定会跟我生活在一起的，这对她太不公平。

　　妹妹的哭声漫过黑夜，在阴沉的树丛中穿越之后，像海浪那样翻卷而来，裹挟了许向东。那夜在月光下兄妹俩抱着头敞开胸怀哭了很久，直到月亮被厚厚的云层挡住，他们再看不清对方模糊的面容。妹妹抱来毯子让许向东躺在竹椅里，兄妹俩相依着哭空了心里所有的伤痛郁闷，他们平静地睡着了。

这个夜晚之后许向东又一次因为肝昏迷入院。他没有被送往区里的医院，而是就近住到了镇医院，谁都知道许向东这次是彻底等死了，所有的亲戚朋友同学纷纷远道而来看望人事不省的许向东。刘艳除了守候病床，就是在一盏灯下拼命地与女儿小菡叠千纸鹤。小菡告诉刘艳，千纸鹤是吉祥之物，叠上一千只之后深处病痛中的人就会转危为安。刘艳当然愿意相信女儿的话。于是娘俩在空隙时借着昏暗的灯光叠呀叠，她们坚信许向东一定会奇迹般地睁开眼，奇迹般地恢复健康的，那些被眼泪濡湿的彩色纸鹤一个个在母女俩的手上变得纤巧精致。小菡叠累的时候，刘艳就叫她数一数，翻来复去地细数，三百四百五百六百……数字的距离似乎比时间还要遥远而漫长。

许向东一直昏迷不醒，到了第五天夜里，许向东的妹妹到医院换刘艳回去休息。疲惫不堪的刘艳无法安睡，坐在灯下一边哭一边不停地叠千纸鹤。那夜窗外滴哒哒地下着雨，一只可恶的猫在不远处嗷嗷地嚎着，刘艳拿了伞打开门想到病房去，屋外黑得什么也看不见，夏天的风因为被雨打湿了阴森森地刮过来，刘艳从未感到这么害怕过。她胆颤心惊地闭上门，重新回到桌旁继续叠纸鹤，可是她就老觉得窗外有人，她壮着胆子问了几次也看过几次，除了黑暗什么也没有。于是她再次数了数，盒子里的千纸鹤已经有八百二十只，刘艳就想快了，快结束了。

这样刘艳倒下便睡着了，而且睡得很沉。好长一段时间以来刘艳都没有这样沉睡过，跟死了似的。睡梦里她听见沉重的脚步声纷至沓来，可怎么也醒不了，她还听见各种各样的声音聚集在窗外，掺和着那只猫的哀嚎，使她无法辨别真伪。有人在喊她，然而她太累了，无法应答。

醒来的时候已接近中午，她睁开眼女儿还没有放学，屋子里出奇的静，静得让她感到一种昏天黑地的绝望。刘艳惊慌地爬起来，她似乎感觉到了什么，她打开门，屋外同样很安静，她猛地跑下楼跑进病房，病房已经空空荡荡的没有一个人。许向东睡的病床被子已被揭走。刘艳长惊一声便一头栽到了地上……

许向东一直昏迷不醒，到了快咽气的时候他突然睁开眼睛，他的双目明亮有神，他明亮的眼光划过所有人的面孔之后，便暗淡下去，直到闭眼都那么浑浊不堪。他的妹妹握住他的手说，刘艳太累了，我叫她回去休息了。许向东就一直看着黑乎乎的窗外，他在等待天亮，等待刘艳天亮后出现在眼前。没有人知道他的心思，大家却为他醒来高兴，最后屋子里就只留下了他的妹妹。然而许向东他等不及了，每隔几分钟他就问一句几点了。当他的妹妹在最后一次说十二点了，他就安静地闭上了眼睛，撒手而去。

刘艳没有能够去火葬场送许向东，也没有到山上去参加他的葬礼。那天下午刘艳坐在昏暗的屋子里，她听见远处的爆竹一遍一遍地响着，在她的脑子里没有停过。慢慢地她靠在桌上睡着了。许向东走了进来，许向东站在她的身后轻轻地咳了一声，刘艳就醒了，她转过头去就看见了许向东。刘艳说，许向东你不是死了吗？你来干什么？

许向东僵冷的脸变得柔和起来，他看着刘艳然后羞愧地低着头说：我是死了，我只是想看看你。

刘艳就伸过手去拉住许向东声泪俱下地说，许向东，你知道我现在不能跟你走，小菡还不能独立生活，你如果能等得了我，等小菡长大成人之后，我就跟你走。

许向东点点头十分沉痛地说，好，我等你。

许向东转身走后，刘艳被自己的哭声惊醒了。

山头上的爆竹声又重新响彻在刘艳的耳朵里，她平静地拾起桌子上的彩纸，认真地叠了起来，她一个又一个地数着，八百八十一，八百八十二……她比以往任何时候都更加坚信，叠满了一千只千纸鹤，许向东就能转危为安，起死回生。

一九九九年的秋天和另一个冬天

这是一场突如其来的大雪。纷纷扬扬，一下就是几天。山城出现了令人振奋的奇异景致。记忆中这座城市，从来就没有出现过这么大而且持久的雪景。

　　大雪和凝冻把路全封了，交通一度中断，眼见就要过年了，人流一下子涌向了火车站，整个局面跟战乱似的，让人对兵荒马乱这个词产生实质性的恐惧。由于乘客滞留太多，就是短途也得买卧铺，才有立足的地方。丈夫和女儿坐在卧铺车厢窗口看着我（姑且让我继续使用丈夫这个词，尽管它已经不再属于我使用的范围）。丈夫和女儿要到达的地方不过几个小时，这会儿却跟坐长途似的。

　　我在站台上东张西望，一直不敢面对窗口那四只眼睛。这是我和丈夫结束长达十年婚姻的第一次送别。我知道丈夫对我们的婚姻仍抱着虚无的希望。我们不过几天前才办理完离婚手续。那些生硬的，对我们都还没有形成概念的法律用语，要突破十多年的生活，当然需要一些时间。在丈夫心里，一切也许不过跟以往一样，我们的关系只是处在某种僵持状态。之后我们仍然会继续那种固有的，似乎不需要任何防范突攻不破的生活。

　　我们的日子其实在秋天就出现了另一种局面。是我和丈夫都难以面对和把握的。那样的日子里，我几乎没法正常地生活。

阴雨连绵的夜晚，我和LT分手后，没有直接回家。我漫无目的地坐在中巴车上，直到深夜中巴车停止营运。我打开门时屋里一片漆黑，我刚把手放在墙上，就被丈夫突然发出来的声音吓了一跳。我哆嗦着打开了灯，我说我到火车站去了。我想显得理直气壮，却仍然怯弱。自从LT走进我的生活，我就一直这么怯弱，跟兔子似的惊慌失措躲躲闪闪。而且我是一个拙于说谎，一说谎就漏洞百出的女人。

丈夫一如往常那样轻蔑地说，你连个谎都编不圆。尽管我真的去了火车站，仍然掩饰不住说谎时的虚弱心情。我们好像吵了几句，事情便不了了之。我和丈夫都躺在床上之后，我一再示意丈夫我头痛。丈夫在听惯了这痛那痒的谎言中轻蔑地笑笑，那意思包藏了对我惯用的雕虫小技的极度轻视。在丈夫的呼噜声里，我听着雨水滴打着屋檐的声音，心里缭绕着一些伤痛。我知道有一种生活已经结束了。

我们的屋西面有个院子，到了黄昏，太阳就正好照射在那些草坪上。我常常坐在一张石凳上想一些关于乡村的往事。使我想起这些往事的是一张旧照片，这张照片夹在一本书里，我整理书时突然出现在我的眼前。这是一张我那段狱警生涯中绝无仅有的照片。照片是在监房里的一个篮球场上照的。我身着警服英姿飒爽，身边站着好几个年轻的女犯。我留着齐耳的短发，背着手，目光炯炯地看着远处。远处是高高的监墙和荒芜山峦。照片的背景是一排两层楼的监舍，过道上挤满了刚刚看完演出的犯人。照这张相时，我还没有生女儿，我与丈夫在那个荒僻的地方度过了生命中最美好的时光。

夜晚天又下起了雨。丈夫说你好像不愿意。他用了一种近乎逼视的眼光看我。我说没有不愿意，就伸手关了灯。丈夫忙了一阵说太热，我就把被子掀开，让丈夫的整个身体露在外面。后来丈夫抓住我的一只手说，你是不是把身体给了别人？

我挣脱丈夫的手，把脸转向了另一面。丈夫抓住我的肩膀，迫使我面朝他。我憋了半天的气说你存心把我闷死。丈夫松开我。电灯亮了，丈夫看着屋顶。我把头埋向被子时说，你何必非要弄个水落石出。

我的话音刚落，就被丈夫提了起来，接着我就听到扑哧扑哧的声音，如棒槌落在湿涔涔的衣物上。我的两个颧骨顿时热辣辣地疼。丈夫的手离开我的脸时，刮着了我的耳朵，我耳门嗡嗡地一阵乱响。我没有做出任何反应。我的脑子里有一个空空的黑洞。那个洞很大没有尽头。我在洞里摸索着，试图找到一个出口。我发现自己不但很平静，而且有一种泄愤之后的快感。

第二天我在镜子里看见了留在脸上的青块，颜色鲜艳得任何人都能一目了然。我在抽屉里找出几张创可贴，横一张竖一张地遮住了那些颜色。我提着几件衣服走向门的那一瞬，突然有了疼痛的感觉。我把身子俯在餐桌上，呜呜咽咽地哭起来，随着身子的抖动，我听见唏里哗啦一片碎响，那是一只花瓶摔碎的声音。我站起来没有去拾起地上的碎片。出门时我回过头看了看我和丈夫亲手创立的家。我想我的双眼一定像那些在雨天里积满水的泥坑一样浑浊不堪。

实际上我无处可去。我坐在叶子上班的一个大厅里等她。落地玻璃把大片的亮光反射进来，我知道我的脸一定是那种鼠灰色的。大厅里四处都是镜子，我一直埋着头，后来叶子来上班了，她从我身边走过去。我是听见她的脚步声才抬起头来的。叶子听见我的声音，掉过头来时，我看见她的脸在一瞬间变得昏暗不堪，就是人们经常形容的那种面如死灰。

叶子把我带到一间休息室里。叶子始终没有再看我一眼。我躺进一张沙发时，突然就有了想哭的感觉。我问叶子能不能哭。叶子给我倒了满满一杯开水说，反正我不会同情你。

我在叶子上班的那间休息室里住了一天一夜。我去上班时撕掉了脸上的创可贴。这样我的脸上出现了比先前更明丽的颜色，在青色和紫色中又多出了白色。我走进办公室，两个搞舞蹈的女人正在跳着与她们职业无关的减肥舞。她们看着我的脸，减缓了扭动身体的速度。她们说，喂，你的脸怎么了？我低下头就看见了她们毛衣下的赘肉，心里涌起一阵厌恶和悲哀。我把脸转向别处。两个女人并没有穷追不舍的意图。她们的眼睛里流露出一些与怜悯有关的无可名状的表情。我说我不小心撞到了门上。她们转过背去继续跳舞时，对我浅薄谎言的轻蔑不亚于我对她们日渐发胖的身体本身的轻蔑。

好在我的工作并不十分具体。很多时间是在外面游逛。我有充足的时间去寻找一间住房。天黑以前，我在城市的边沿租了一间农房。我没有再回家，直到与丈夫办理完离婚手续。

火车是朝着另一个方向滑出站台的。我与火车朝着相反的方向擦身而过。我的身后是女儿挥动的小手和被车轮碾碎的声音。我朝前走着，不敢把脸转过去。

我顺着铁道一直往前走。

我走在一条夹在丛林中已经废弃的铁道上。我的眼前出现了积雪覆盖下连绵的山峦和低矮的房屋。我不知该在什么地方停下来，我惧怕停下来的那种空洞。

回去的路已经被大雪掩盖了。雪地里没有脚印。雪越下越大，我用围巾裹住了头。我想再走上一程，就会出现开阔的茫茫雪野。我向北望去，那里是一片纷乱和迷蒙。这个时候北方的雪也一定很大，很密集。已经离去的LT会不会透过玻璃望向南方，他的眼睛里，会不会出现南方风雪弥漫的郊外，我站在那里，无处可去。

在那些尘土飞扬的日子里，什么都是模糊的，只有一种痛，从始至终贯穿了我们爱的全部过程。那就是离别，从一开始就注定的离别。

依然是雨夜，我穿过大街奔向一座暗蓝色的大楼。这样的大楼对我来说永远都是陌生的。尽管它就张扬地耸立在这个城市里，实际上它并不存在。我至今仍无法想清，那时整幢楼除了一扇窗，怎么会一片漆黑呢。我朝唯一亮着灯的那扇窗望去，LT站在那里，他身体遮住了半扇窗户。我知道我走进这样陌生的楼之后，我就跟从前有所不同。我迟疑地四处张望，大街上空无一人，只有偶尔飞奔而过的汽车，在雨夜里划出一道光亮。我踩踏着大片的落叶，在他的眼皮底下徘徊。

　　我走进电梯上了第11楼。我在蜿蜒的楼道里终于见着了那个标着116字样的房间。我感到心跳就要突破胸腔，我用一只手捂住胸口。我敲了两下门。门是虚掩着的，我走了进去。他缓缓地朝我走来。我们面对着面。他望着我。我低下头。我心慌意乱。他仍望着我。我仰起脸来时满面是泪。那一刻爱和离别交织在我的体内，形成一种痛，永恒地根植在我的生活里。就是那样的一刻，我从此被弄得支离破碎。

　　他的眼底被大片的阴影遮住了，我看不清那是一种什么样的眼神，让我体味到这次际遇的空洞、虚无和永远不能够到达的阻隔。

　　我把头埋在他的肩上（我的头刚好到达他的肩），他紧紧地抱住了我。我们心跳重合在一起，世界消失了，只有无边的黑夜。他俯向我的头，终于找到了通向心灵的那个出口。两个出口交织在一起合二为一。他将我抱起来，走向一张柔软洁白的床。当我的身体第一次暴露在这个男人面前时，我用手遮住了脸。

　　爱意缭绕在他的脸上。他轻唤着我。一切的一切都在瞬间漂浮而去，只剩下赤裸裸的燃烧。那是两只互为参照的火球，滚动在烟波浩淼的彼岸，为完成一种痛而滑向深渊。

　　他把声音弄得惊天动地。我说别这样别人会听见。他用唇压住了我。这时我听见了浑厚高亢的肉体到达巅峰之后发出来的声音。这声音让一个女人彻底地分崩离析和瓦解。

　　我没有再去过暗蓝色的楼房。但我记住了城市中有这样一幢房子，把我与往昔的生活隔开了。其实那幢房子离我的家相当近，我站在凉台上，就能清楚地看见那幢房子以及模糊不清的窗口。我经常站在凉台上装模作样的搓洗一件衣服，搓得泡沫四溅盆干水尽。城市中的喧闹被我一遍又一遍地搓洗殆尽，迷乱而茫然的生活也就停留在我的手里，被我搓来搓去，成为一种情绪弥漫在城市昏暗的天空。

　　事实上我知道虽然我和LT共同生活在这个城市，其实我们隔得很远。是一种真正意义上的十万八千里。我们就像黑暗中迎面驶来的两列火车，呼啸着在某个隧道接踵而过。这样的际遇是时间里万分之一中的那个"一"的另一部分的分割。它们终会朝着相反的方向驶出隧道，然后相去甚远，直到彼此消失。同样他也会在另一条越走越宽阔的道路上，彻底地忘掉我。

　　我坐在广场右边花园的人群里。深秋的阳光忽明忽暗地透过树枝照射在我以及别人的脸上。广场中央也就是毛主席雕像的巨手下面，正在进行群众性的演出。职能部门领导说要占领阵地，不能让邪门歪道在这个城市里生长，要以正压邪。所以我们最先占领了广场。也就长时间地占领了广场侧面的一个位子。我茫然地坐在那里，我看着远处道路上穿行的车辆。我还看见对面花钟下人头攒动，风筝遮住了那里的天空。

　　一阵稀稀落落的掌声响过来，传来了另外的声音。那是我们小时候天天都能听见的李奶奶向铁梅诉说家庭革命史的声音。花园里跳忠字舞的老年男女们依然在自得其乐。他们跳得很投入，我始终沉浸在自己的心情里，我无法把自己融进现世的热闹中。有时我也紧紧地握住自己的手。我也知道自己的肤浅和愚昧，竟然还敢在这个激荡的社会里期待一次彻底的爱情。实际上是我还过着虽然清贫，但却很悠闲的日子。这样的日子让我有足够的时间去奢望去自我缠绕，去抛夫弃女试图追逐虚无的幸福生活，去感受痛苦。这样的日子也绝不会长。

我穿过人群就看见了站在台下的同僚们。他们个个都筋疲力尽地等待演出结束。负责演出监督的人朝我走来。他说你上哪去了。我说我在。他说晚上的演出时间也许要超过原定的时间。省市领导要来看演出。我目不转睛地看着川流不息的车，我的思绪模糊不堪。我说那样我又可以在黑暗中等待。他说你说什么，就也去看车。我说没什么，我喜欢坐在不属于自己的地方等待。他掏出一支烟点燃之后说，你还得给E区搞个西部开发的小品。我说我不能。他说到处都面临减员和下岗，你当然可以自由选择。我仍看着马路那面。我知道我回去之后，就会立即挖空心思地编小品，除非我真想丢掉饭碗。

晚上演出是八点准时开始的。省市领导来以前，我和同事们全都站在人群外面。八点差十分时，领导来了。我知道LT也会来。我躲在一个不起眼的地方，我不希望他在这样的场合看见我。然而当他们依次走来的时候，他一眼就看见了我。他注视着我直到走过我的身边。

那晚我一直坐到广场的人全部散去。我走向花钟下的磁卡电话亭时，已经是深夜十二点半。我拨通了他的电话。我说喂。他说喂你在哪。我说我爱你。然后我挂了电话。走在无人的街道上，我发现自己满面泪水。

E区的演出照常进行，而我写的小品却糟糕得一塌糊涂。其实我也是尽了最大的努力了。按照一个规定的目的去宣传表现主题，的确是我的能力难以达到的。我的小品在讨论时就被轻易地淘汰了。由于这个小品是一定要上的，于是分管演出监督的领导又到别的单位另请高手。我基本上就失去了参与广场演出活动的资格。后来我就负责对各种简报进行校对。

那段时间整个城市的天空阴沉沉的。跟一个人的心情似的郁重而压抑。我走进办公室，我在门外就看见领导怒气冲冲的脸，他站在屋子中间，激愤地说着什么。我走进去，在场的人都看着我。我突然就意识到领导的激愤与我有关。我坐在自己的办公桌前，领导便拿了经过我校过的那些东西，在我的眼前晃了几下。他说请你再校一遍。我接过校样，上面满纸是领导用红笔圈出的错字、漏字、别字。我感到羞愧难当，表示今后一定认真。

可是后来类似的事情仍然不可避免地连连发生。尽管我也是非常认真的，仍然错漏百出。这样我便又失去了校样的资格，只好回家里每月领取一百八十元的基本生活费。我下岗了，这是公平合理的，有别于国企倒闭的被迫下岗。为此我毫无怨言。尽管谁都知道一百八十元的生活费，对于一个近于离家出走的女人来说是那样的少而又少。除了房租和我必须付给女儿的生活费，我只有去喝西北风了。

当家庭、婚姻还有单位的工资，这些在过去的日子里几乎是与生俱来的东西，都成为历史之后，我不得不选择新的方式继续生活下去。我在大街小巷到处看招聘广告。我看见到处贴满招聘营业员和酒店服务员的广告。我认为自己还不该堕落到那种份上，所以我远离了那样的招聘广告。在其他职业的应聘连连失败之后，经熟人介绍，我去了一个四川来此倒弄鞋而最早成为暴发户的鞋老板家做了家庭教师。每月工资三百元，低是低了点，但是比闲着没事干好，何况我也只负责辅导语文，一周去两个晚上。

鞋老板的女人又胖又高大，而鞋老板本身却长得贼眉鼠眼。我第一天去给他们的孩子上课的时候，他们夫妻俩特意在家里静候我。鞋老板的家住在这个城市最引人注目的豪华住宅区。我走进这样的住宅区，心里就有些莫名其妙地发虚。我照朋友提供的门牌号按响了他们家的门铃。保姆为我开了门，经过七拐八弯把我引到了客厅里。客厅相当大，垂吊下来的顶灯我数了一下，足足有九个阶层。我坐在鞋老板夫妇的对面，内心很虚弱，我一边掐手指辱骂自己奴颜媚骨，一边笑着应答鞋老板女人提出的各种有关对他们女儿教育必须达到什么程度的要求。她的要求听起来既离谱又荒唐，她的声音跟屋子里的颜色一样浓墨重彩，令我觉得头晕。我把目光落在鞋老板的手上。我想既是鞋老板，就该有一双做鞋的粗糙而肮脏的手。但眼前这双白皙细致的手与他创业本身毫无关系。的确他已经不再倒弄鞋了，他从事了服装、美容、酒吧等一系列比鞋好听的行业。

我在有钱人面前显得脆弱而苍白。尽管我明白了令自己心虚气短的根本原因，我还是坚持给他们的女儿补了两个月的课。而第二个月我领取了五百元钱的补课费后，就被鞋老板的女人辞掉了。我又继续着街头游走的生活。虽然我是那样的失意，但我的内心仍然充满着期待，我想LT会在车流中看见我，看见一个凄惶地爱着他的女人孤单地行走。我就是这样充满期待地走过了漫长的秋天和初冬。

除夕前夜，大街小巷挂满了红红的灯笼，这是过年的景象。我依然穿走在这座城市里。自从LT离开这座城市之后，我的内心便不再期待什么。大街小巷空空荡荡，什么声音都消失了。我行尸走肉样地游荡。我知道在时间不断的重复里，LT会离我的生活和记忆越来越远，最终成为一个模糊不清的事件。而我却更为这场未能彻底的爱不断地付出代价。

因为大街上再没有期待中的眼睛，其实大街上根本就不会有这么一双眼睛。我毫无目的地穿过一个又一个的十字天桥（这些年城市被各种各样的桥梁肢解），已经没有了先前通过暗道之后，突然的那种鲜亮感。那时候我觉得LT会在桥下面的汽车里看见我，看见一个被爱包裹着的女人，是怎样容光焕发光彩照人超群出众和凄惶不安。现在心里有的只是对这个城市的绝望。

广场比起平时清静多了。除了雪地里相互追打的几个孩子，几乎没有什么人。我照常走到花园的一条石凳边坐了下来。我看着马路上穿行的车辆，尽管我也知道即使看见他的车也没有什么意义。但我已经习惯了看车。我在这个城市中极力寻找和回避着所有与LT有关的物体和记忆。我的情感在时间里和绝望重合在一起，使我无法分清到底是时间耗蚀了我的情感，还是我的情感耗蚀着时间。这样的日子无望而漫长。有一个女人进入了我的视线，她呆呆地站在路边，她想穿过马路到对面去。然而她总是迟疑不决。我的目光就停留在她的背上，我的目光停留在她的背上的时候，我的内心仍然是一片茫然和纷乱。

终于她朝着马路中央跑过去，那一刻她似乎不假思索地，迎着一辆疾速的黑色轿车跑过去。我眼睁睁地看着她从车的前面升腾之后，迅速跌落下来。我的耳朵里全是嘎崩嘎崩的声音。那是汽车急刹时弄出来的声音。那个女人死了。尽管这个世界上有成千上万条继续让她苟活下去的理由，然而她还是义无反顾地选择了死。四面八方的人一下子聚拢来，把出事现场围得水泄不通。我完全可以想象她躺在雪地里的惨状。我坐在那里，大脑出现了一些类似于网点之类的东西，耳朵里依然响着嘎崩嘎崩的声音。

在时间的流动里，我被一种巨大的无法言说的东西包围着，坐立不安，手足无措。我知道这种东西的直接原因来自女人的死亡。她死了，她用这种暴力的方式表示了她对死亡的接受，对生的厌倦和鄙视，对这个城市和其他形态的反抗和对肉体的愤恨。她在接近死亡的瞬间，她的肉体惨烈地被抛向空中，然后完成了她的全部期待。

我把浸满汗水的手一遍又一遍地在裤腿上搓擦，我被死亡之感弄得浑身发抖，这种颤动通过我的每一根发梢传递出来，使我突然就有了想号啕大哭的冲动。我想我也有上千条去

死的理由，但我还必须得活着，我不能像这个女人一样简单地
死去。

广场上各种各样的灯都亮了，天空又开始下雪。我站起来
双腿哆哆嗦嗦。我想活下去便是胜利。我穿过女人遇难的地方
走向大街。

我要去的寺庙在一座山上，长年被树荫覆盖着。我和LT
在这样的地方有了初次的约见。那是中秋之后的第一个夜晚。
月亮圆了，清朗地挂在天上。空气比夏天柔软和潮湿，树叶铺
天盖地，落满了上山的路。我站在寺庙门口等他。他从斑驳的
树影里走出来。他边走边打电话。也许由于山上信号太弱，他
连续几次中断电话。他重新按拨手机的样子显得焦躁不安。

LT没有看见我。那时寺庙周围还有很多行走的人。灯光
底下还有一个清扫树叶的和尚。他绕过清扫树叶的和尚进了寺
庙。进去之后便四处张望。我在后面轻轻地叫了他一声。我仍
然使用的是公众对他的称呼。这种称呼使得我们彼此很隔膜，
有一道坚硬的墙。

我们并肩走上一道石坎，然后我们走向一块草坪，我们坐
了下来。他脱掉鞋把脚放在柔软的草上。我们隔着一条用来喝
茶的石桌。我背对着月亮，一抬眼看见的是不远处高悬在屋檐
下的红灯笼，而他正好面对着月亮。

月光下有枝蔓样的东西爬满了心壁。那时我还不知道，弥
漫在心中的如水样的充盈流淌的物质，就是对眼前这个较为陌
生高大男人的爱。他的躯体，对我有绝对的覆盖力和侵袭力。
我始终无法抵抗这种力量。很多年以来，我忘了自己是个女
人，内心如一块不生长东西的荒地。我不知道自己的情感，在
经历了长期奔命的磨损之后，还会如此柔软绵延，如丝如缕。

我们不说话时，他就看着天上的月亮。我也抬起头看月
亮。我知道他看月亮的时候心里在想什么。他在想美国的那片

天空（尽管存在着时间上的差异），已经离他而去的女人，会不会在同样的时刻里想起自己。因为他看着天空，喃喃地说，我那个爱人已经跟一个美籍华人结婚了。

我们不停地看月亮。我们被大片的空白包裹。我们不再说什么。我们都看着月亮。我们看着月亮，一直坐到深夜。我们听见夜鸟的叫声从林子里传出来。那是对幽静和空旷的一种重复，暗留在心里成为一块明晃晃的印渍，永远也不能够被清洗掉。

我就站在秋天站过的地方。大雪没有让往事在我的眼前留下任何痕迹。寺庙几乎是完全陌生的。除了灰色的天空和红色的墙体，到处是一片雪白。在如此深厚的覆盖下，记忆只能在心灵里延伸。天空又下起了雪。我听见了钟声。悠远辽阔的钟声缭绕在我的体内，生命中无限的期待碾压过来，使我一次又一次地虚空，一次又一次地满含热泪。

我走进寺庙。我径直走向挂着灯笼的茶楼。我把木楼梯踏得噔噔响。我还是禁不住回过头去看了一眼，我们在秋天里坐过的草坪。草坪被积雪覆盖着。

屋里既清静又暖和，有几个人坐在靠墙的一张桌上喝茶。叶子从另一张桌子迎过来说，你怎么现在才来？我惊异而迷惑地看着叶子。说实话我现在这个样子，什么人也不想见，尤其是叶子（我真是一无所有）。叶子从始至终都站在事件当中，看见她就好比看见事件本身。

我走向叶子坐的那张桌子，我说你知道我不愿见你。叶子看了我一眼说，天晓得这事，你没有必要把自己逼成这样。我软弱地靠在椅背上，感到有个血球正从我的肉体上脱离下来，发出来的声音与现实无关。叶子给我一支烟，我接过来之后放到了烟灰缸上。我厌倦自己长期以来对烟的那种完全依赖。

叶子抽烟的姿势很优雅。烟雾缭绕在我们中间，把我和叶子的距离越拉越远。我知道这种距离便是，从此叶子就要与自己深爱的男人一起生活，而我却要在不断的远离中消耗着生命。叶子烦躁地抽完几支烟后说，你怎么过年。我说无所谓反正都会过去。叶子说过完年我就结婚。我突然觉得叶子的脸既冷漠又陌生。你是要告诉我你很幸福。我把话说得很冷淡也很恶毒。

叶子沉默了。我们开始无趣地喝茶。这时屋子里又进来了几个人，三男两女，都穿厚厚的滑雪衫，一坐下脱了外衣就不停地说话，屋子里全是他们的声音。叶子连续喝了几口茶之后，突然冲着我说，他不会做丝毫的牺牲，你比谁都清楚。现在你把自己逼死也没用。

叶子的声音很高，压过了正在叽叽喳喳说话的那几个人。屋里的人都转过脸来看我们。我不想再多说一句话。

我想起叶子陪着我一趟又一趟地去机场的情形。叶子陪着我坐在大厅里。善良的叶子四处张望，尽管她也知道LT根本不可能被我们看见进入待机厅。每次听见广播里说某某飞机准点起飞坪的外围，目送着飞机离开地面，飞向高空。郊外的风很大，我和叶子在渐寒的风中瑟瑟发抖。叶子一直陪伴着我，直到我确信他已经离开。我感谢叶子对我这种自欺欺人行为的容忍。我们面对空了的起飞坪，叶子说他走了。我就点点头。然后我对自己说，他走的时候发着高烧。

离开寺庙回到住处已经很晚。我没有开灯，便躺到了床上。实际上的人走屋空，把用以栖身的屋子变成了黑暗的穴，幽深和寒冷都是我无法抵抗的。就像一个符号，你不知道它预示着什么，从什么地方开始到什么地方结束。而那个漫长又昏暗的冰冷看不到边际。屋子里没有任何可以取暖的东西。我只能蜷缩在被子里。城市以外的风格外地大，从积雪的表面一路过来，发出凄哀的呜咽声。这种声音把我和人群越推越远。

自从LT走后，我还没有哭过。我想我没有必要哭。我用行走也就是体力消耗取代了眼泪。而现在我的眼泪如注而流。像那个突然也是最后的夜晚的雨。

我离开家后，与他的每一次见面，都在我租住的房子里。我住的房子是一间长方形的房子，摆上一张床和桌子之后，还有一个较宽的地方用来做饭。由于我做的菜里掺进了辣椒，他吃饭的时候，头上就冒出大滴的汗来。我边吃饭边为他擦汗，与此同时还不停地往他碗里夹菜。他接了菜之后，总是又夹出一半放在我的碗里。这是贫贱夫妻相濡以沫恩爱有加的生活。可惜他不是贫贱之人，这样的生活可能虽然是人人向往的，但不是他所需要的真正生活。

他最后一次来的时候，天空没有丝毫下雨的迹象。（这样的夜晚他告诉我他要回北京了。我知道就是为了这个时刻他用尽了生命的全部期待）。他站在门口等我开门。他脸上密布着永远也散不开阴云样的慵倦，掩蔽着他内心隐藏的与性有关的痛和期待。这便使我想起站在公园门口的骆驼，不远万里来到不属于自己的地方，目的只是为了让人观赏和拍照。骆驼对重回沙漠，是否会有更高更美妙的期待呢。我对那只孤独的骆驼从此充满了敬佩和同情。

一如往常那样，他坐在我们的床沿上，孩子似的等待我给他洗脸。我给他洗脸的时候，他脸上的慵倦消失了，重新弥漫着的是千丝万缕的欲望。于是整个屋子里，就布满了他充满爱意的轻唤。

今天周末，我和我的女人在一块。

他的声音绵软如丝，如水如雾。而我感到的是更深的灼痛。我的泪漫出了眼眶，我转过脸去不愿让他看见。我不知道这个世界上还有哪个男人对家对女人，怀有如此深痛的期待和向往。然而一切就要这样结束了。从今往后不再会有他的任何消息，他会消失得无影无踪。

我们走到门边，我将头靠在他的肩上。当真正的离别到来的时候，我没有感到更深的那种痛。我只是抱着他，我知道这个并不真实的物体，从我虚幻的爱里滋生出来，现在就要泡沫样地在眼底消失。一切都是我无能为力的。我无话可说。我紧紧地抱着他。我知道即刻的松开，就是永久，不可能再次拥有的永久。

夜已经很深了，他必须离开。我的手终于伸向了门。他静静地看了我片刻。然后他说我会在心里记住你。我突然就很想哭。我知道这不是因为爱，而是一种怨愤。

就这样他走了。他没有像往常那样一步三回头。他留给我一个高大坚硬的背影，像一堵墙似的，从此遮挡了我的视线和生活。

他上了大路天就下起了雨。我知道那个时候已经没有了进城的车（他从不开自己的车到我住的地方）。我拿着伞跑进黑夜，什么也看不见。闪电把郊外荒芜的土地拉出一道又一道的弧线，我在雨中跑了一段路。我没能追上他。他就这样淋着雨离开了我。我不知道这场突然的雨预示着什么，在最后离别的时候，突然从天而降。但我知道从此除了痛，什么都结束了。

那夜的雨下了一个晚上。在我的翻滚中，彻夜是一只恶猫的嘶叫。这只猫爬到我的窗台上，几次都把玻璃撞得砰砰响。我不知道这只突然嚎叫不止的猫，到底要干什么。但我知道自从十八岁那年，我失手打死一只猫之后，猫便成为了我的敌人。它的嚎叫永远和我的厄运紧紧相连。在我面对劫难的时候，我没有一次逃脱过它的叫声。我仍然在哭。我又走进了黑夜，走上了通往寺庙的山路。大雪好像已经化了，有一只猫飞奔在树林里，吱吱哇哇地嚎叫。天太黑我无法看见它。它的叫声包裹了整条山路和树林。我被弄得焦头烂额。我感到了恐惧。在我的前面，有一个女人踽踽而行。我说叶子是你？女人转过脸来看我，她的眼光里散布出无限的凄惶和哀怨。

我紧走几步跟上了女人。我知道她不是叶子。我和她并肩走着。我几次都想抓住她的一只胳膊。她的冷漠是我无法接近的。我一直没有机会辨认她的模样。然而她的肤浅愚蠢和执着，都是我所熟悉的。为此我相信她肯定是个熟人。她把脸仰起来和夜空形成对照的时候，记忆被淹没了。

我说我们活着。她说对我们还将活着。我说那么爱和伤痛是什么。她说那是我们要忘记的。很快我们便走到了一个岔道口，显然她要朝着另一条道路走了。她似乎必须要这样走。她说上山的路太远，那是我力所不能及的。我终于拉住了她的一只手。她的手僵硬冰凉。我感到寒气不是从指间进入心灵的，而是从心灵里漫溢出来，最后才到达我的指尖。我十指哆嗦在暗夜里张扬着，再想去抓住她时，她已经变成了一个黑影。

一觉醒来已经是除夕夜。我是被一阵鞭炮声惊醒的。我睁开眼屋子里一片昏暗。一股股酒、菜的浓香味扑入我饥饿的躯体，还有一股夏天里烧烤青椒的煳味。这种煳味让人对生活有特别的亲近感。使我想起秋天以前的无数黄昏，下班之后我走进宿舍的大门，空气中就弥漫着这样的味道。这种味道让人在劳累之后感到真实和平静，有一种真正到达后的松弛。

我被一种空落落的绝望笼罩着。我以为LT会在除夕的钟声响过之后，给我打个电话。就像那个新千年开始的夜晚（那时房东来叫我接电话时，我已经睡了。我不知道举国上下一片欢腾。他给我打电话时还在工作，那晚他只吃了一包方便面）。我只要睁着眼竖着耳朵，就能听见房东家的电话铃。然而整个晚上我始终保持了这样的姿势，我的耳朵里全是春节联欢晚会的欢歌笑语。

没有人给我打电话，包括我的女儿。我在大年初一的清晨走过房东家窗子时，怨毒地看了一眼电话机。为此我决定搬离这个地方，过另一种我还未能思考好的生活。眼下我要做的事是，我不能活活被饿死。

这样我很快地走上了城市的街道。我想找到一处可以坐下来吃饭的地方，然而昔日布满大街小巷的摊贩一扫而空，所有的饭馆都关门闭户。我像一条丧家的狗那样，躲避着寒风一路嗅过去。我站在一家面包屋前，隔着玻璃看见了那些闪烁着各种颜色和油香的面包。我无法抓住奔突而出的饥饿，两腿发软。我知道我的样子非常狼狈。为了使自己尽可能像个人样，我想了一个笑话来激励自己。笑话说的是两个男人在车上起冲突之后，男甲说我看你像叛徒。男乙气势汹汹地回敬男甲说你才是叛徒。

　　于是我对着令我眼花缭乱的面包说：你才是面包。

　　我果真笑了起来。而且我有一笑就难止的毛病。我一路哧哧地笑着。我在一张招聘广告前停了下来，这是一张被雨雪侵蚀得模糊不堪没有了颜色的广告，但内容依稀可辨。这张广告是一家曾经在这个城市威耀一时，而今名埋深山溃不成兵的酒店张贴的。招聘对象大概是大堂经理、酒店服务员、领班之类的。我长久地注视着这张广告，饥饿渐渐被我淡忘了。我坚信这是春节之后，我第一个可以去的地方。我的心中升腾起来的希望更像是一种我从未经历过的绝望。我一咬牙撕下了那张广告。我把广告的碎片狠狠地向空中抛去。

没有声音的期待

如果一切
只是为了那个注定的离别
就把等待变成　成千上万只蝴蝶
飞扬在你的途中　而我
只在风声之外如丝如缕
不管你用怎样的方式揉碎
蝴蝶照样天天飞舞

　　实际上这个时候的我就像守坐在自己的墓穴旁，仰望天空，等待着巨大的翻天覆地的时间把自己掩盖。一切都无足轻重，生命把它铺天盖地的漫长光芒缩到了极限。我已经过了想什么或不想什么的年龄，而如今是只能是什么的理由，都变得虚弱不堪，令人难以置信。
　　回到出嫁前的家我已经是一无所有。在解除婚姻的整个过程中，我始终拒绝与丈夫对簿公堂。我惧怕那种洞穿心灵近乎赶尽杀绝继而引发同仇敌忾的撕剥。丈夫是看透了我对这一幕胆颤心惊的怯弱，把事情已经做到了寸土不让的地步。结果是我们的婚姻只能以我被迫放弃女儿和财产而告终。回到家后我就根本不想出门。其实余下来的残漏生活是需要我去干点别的事来维持的，而我是日渐畏缩不愿见人。

　　我躺在祖母曾经睡过的一张小木床上，在漫无边际的清冷中漫无目的地等待。屋里除了一只闹钟嘀嘀嗒嗒游走的声音，就是父亲偶尔发出的咳嗽声。月光把树影投射在墙上，像一些影影绰绰留在记忆上的事件一样光怪陆离。我是不是要靠回忆来度过残漏的光景呢？这样想的时候，我满耳是车轮滚动的声音。历史的车轮滚滚向前，谁想开历史的倒车就会被碾得粉身碎骨。这是小时候在课本里读过并永远地记了下来的真理。小时候的思想里常盘旋着这个巨大的车轮的模样，追想它到底要飞奔到哪里才是尽头。而实际上这个没有尽头的车轮，正在我的肉体上飞奔而过，成为一声呼啸的长鸣震荡在我的灵魂深处，使我变得无依无靠，无所适从。面对碎片样的往事我只能自轻自贱无地自容。

　　显然回忆是毫无意义的。一说十年前二十年前，就会令人想起尸身难寻的陈芝麻烂谷子。在这个飞速发展的社会里奢望爱情，就跟试图开历史的倒车一样会被碾得粉身碎骨。面对铁的事实我无言以对。每个白天和夜晚是那样空阔浩荡，我的心绪像漂荡在海面的一只破船，永远找不到靠岸的航标。

　　曾经有一个时期，也就是我刚回来不久的一些日子，这个家还很热闹。屋里到处是姊妹们送回来的猫和狗，蹿来蹿去摇头摆尾直弄得我心发虚。每到星期六或别的空闲日子，姊妹们便回到家里，到处是猫和狗欢天喜地的声音。我无端地恐慌和厌倦这样简单而又拐弯抹角的欢天喜地。于是在每一个下雨的早晨，我便抱着一只猫或一条狗，走过城市中无数幽长的巷道，把它们弄到城郊的一座山上放掉。在这样的天气里我从不撑伞，只是围着一块丝巾，我喜欢雨水从头上淌下来的滋味。猫或狗的叫声总是回荡在我下山时的那条泥湿弯曲的路上，声音在雨天格外凄绝绵长，整个山头就散布着一种永久的绝望和期待。其实这种声音在好长一段时间里根本没有消失过。使我觉得那只狗就是自己，被人弃之荒野无望地嘶叫。那声音发自我的肺腑在空山幽谷中迂回盘旋。我飞奔下山从来不敢回头去看它们，我完全知道它们的目光里包藏了怎样的幽怨之情，就像我从不敢轻易照镜子一样。我每次都跑得气喘吁吁满头是汗，仿佛在逃避着自己的追踪。

由于我的偏狭和恍惚，姊妹们不再回来。丢完了猫狗我便又无事可做，我和父亲的生活又回到先前固有的冷清之中。时间空洞地漫卷了我的躯体，像一只逐渐壮大的幼虫那样，啃噬着我的意志。心之帷幔在长时间的侵蚀中脱落失去光泽。父亲终于忍受不住这周而复始漫无边际的空洞，走到我的床边掀开与走廊隔开的花布帘子说："你把那些生命都糟蹋了？"

这几乎是他一生中对我说的最后一句话。他的目光轻飘飘地陷在眼里，盲点一样闪烁不定，佝偻的背由于愤懑和绝望朝前倾了几下，然后他冷漠地转过身走了。他不再发出任何声音，连行走都极为注意。

后来的日子我发现只要门外有声音，他便颤抖着身子微微倾斜着伏在门上的猫眼往外看。我想他一定看得很吃力，门外的声音早就无影无踪了，而他仍伏在上面。有时我也想父亲不是在看人，他是在看猫眼里那道奇妙的光亮，那道微弱的光亮也许照亮了他生命的某一个部位，使他显出了忘我的执着。他一天比一天看得投入，一天比一天更令人无法忍受。有时我分明看见他离开了猫眼，转过一圈后他又重新回到先前的姿势和状态中去了。

我干脆就把窗子打开，让阳光和空气进来。父亲总是在冲过来关掉窗子时，把玻璃弄得砰砰响，然后拖拖沓沓地从我面前走过。他的行为里包含了怎样的愤怒，我一直不愿去想。然而我也是莫名其妙地惧怕他回屋后就关上门。

屋子里只剩下闹钟清脆明朗的嘀嗒声。有时候我就故意地咳几声，在床上把一堆揉皱的稿子弄得哗哗地响。这种声音停了片刻之后，父亲就会起来吃东西。我和父亲的生活很不能融洽，他每天靠大量的甜食维持着生命，而我一看见甜食就发腻。所以他每天吃东西时我都尽量蒙着头睡觉，从不跟他坐在一块做出一家人吃饭的样子。有几次我也试图在这个屋里造出几分父女俩相依为伴过日子的样子，然而总是事与愿违。父亲几乎根本就不吃任何形式的饭菜，他的体内被大量的水果和奶类食品充斥着，因此他虽已八十却肌肤雪白，双唇樱红（当然是一种苍白的红）。后来我便放弃了对现有生活的任何努力。

我和父亲的关系僵持了一阵之后，我便主动地在屋里走动、咳嗽和把自来水开得哗啦哗啦响。不久父亲便又恢复了咳嗽，间或走到外屋的凳子上坐一会儿。我们父女俩这就算重归于好。屋子里又有了先前的声音。这是我们都惧怕失去的在这个世界上唯一的声音，对父亲来说也许是最后的声音。

我的无端的懊丧是根深蒂固与生俱来的。也许就因为我的性格中有了这样的弱点，才把自己弄得一塌糊涂。我这一生中最艰难也最有意义的日子是那段狱警生涯。我与成为自己丈夫的男人，在那个荒僻的地方度过了生命中最美好的时光。后来我们都背离了自己的初衷，朝着另外的方向越走越远。我反复审视过自己，我发现错误并不在错误本身，而在于它千丝万缕的曲折和复杂。在这个世界上有三个让我刻骨铭心的男人。我简短地回忆着对初恋这个词语的依恋，情窦初放明净如月。为什么婚姻中的两个人彼此无法了解？为什么身心俱焚的爱情，到头来是万劫不复？结论是没有的。就像我永远不会知道应该将生命的终止符号放在什么位置上一样。

在昏暗的日复一日的沉寂中，我和父亲的生活终于被一声突如其来的电话铃打乱。这声音来自另一个世界，穿过阴暗的尘封漾动在我的体内，使我再次回想起那些尘土飞扬的日子。我的每一根血管几乎都胀到了透明透亮的程度。电话铃响的时候，我正睁着眼躺在床上，我的脑子里是一片纷乱。听见电话铃声，我仓皇地趿着一只鞋跑出来，父亲已经站在电话机旁边，并拿起了听话筒。我看见他的嘴张了两下，什么声音也没有发出来就挂了电话。父亲放下电话时极冷淡地看了我一眼，他的眼底里闪烁着一些波纹样的光，接着他把那个佝偻的背长时间地留在我的视线里。我感到心脏的跳动还没有减下来，有一股类似于怒火的气焰从胸腔蹿到了喉咙里，我连续咽了几口唾沫用极平静的口气说，那是我的电话。

父亲并不理我只轻淡地看了我一眼，就回屋去了。我毫不让步甚至有些气急败坏地逼近他说：你以后不要乱接电话。

父亲倔强地看着墙，将整个头扭到了极限。我站了一会儿，便感到自己的失态是多么无耻，就又回到床上。我深伏在被子里，感到死灰般的心壁上滚动着一种痛。这种死灰复燃般的痛正盘根错节扑朔迷离地困扰着我三十五岁的肌体。实际上我也知道他根本不可能打电话。我禁不住这样想，便有了些虚无缥缈的信心。

我被一种声音驱动着走到电话机旁，慌乱地拿起话筒，一如他没有离开这座城市时那样拨通了他的号码。电话通了，当然不会有人接，这是个废弃的号码。我惊异于发自体内的怦然振动，沉浮在对某种声音的期待里。听话筒里的声音平静地响着，如同舒缓地漫过堤岸的潮水，拍击着往事的穴口。我屏住呼吸想象着他慵倦地翻动身子拿起话筒，期待着他发出一声喂。

我长久地听着电流把声音从我这头一次一次地传过去，紧握听话筒的手开始颤抖。我想他是上班去了，或是出远门了。他的屋子还跟从前一样没被动过，电话机旁的收录机上系着我从寺庙里为他求来的红布带子，写字桌上放着我初次去见他时送他的书《两种声音的回忆》。他的白床单上，满是我抽烟时不小心弄上去的经过我的手拂也拂不去的烟灰。我被这种辽远漫长的声音笼罩和覆盖。我沉迷在这种毫无意义的行为里，有一种痛感盘结在心底坚硬如石。耳朵里是他附在我身边说的一支歌谣：大公鸡，大母鸡，咱们俩做夫妻。那个时候，我的内心除了痛几乎什么也没有体味到。明知他从始至终就只能是个句号，却身不由己义无反顾。

电话铃自从响过一次之后，就再没有发出任何声音。我和父亲每天都会在电话机前来回地走。我们虽极力逃避正视电话机，心里都同时希望那个黑色的塑料机体，把声音从遥远的地方带进我们的生活。无论是父亲或我都需要这种我们以外的声音。

在我们真诚的期待里，终于有了一些令普通家庭反感和惧怕的敲门声。当我们听到这一声敲门声时，我和父亲几乎是同时走到门边，由于我们都怕对方看出内心的破绽，到了门边谁也不先伸手开门，而是静静地听着屋外的动静。当我们听到停留在门边的声音就要转向别处时，便并不在意对方的感受了，而是看谁先迎着门外的人。

父亲把门打开，隔着一道老式的铁条做的防盗铁门，站在面前的通常是一男一女，女的在前拿着一个本子，男的在后抱着一大堆准备推销的产品，都西装革履，说一口南北杂交的普通话。他们总是不厌其烦地介绍对于我们来说跟流水账样的产品说明。我和父亲都十分清楚，任凭他们把嘴皮吹破，我们根本是无动于衷。但我们总是涵养极好一动不动地听着，直把对方弄得筋疲力尽。起初推销员们一直坚信功夫不负有心人，只要功夫深铁棒也能磨成针。而后来的结果是我们把他们磨成了针。他们拒绝再敲响我们的门。我们也就没有理由再期待什么人或什么声音进入我们的生活。

我仰靠在床上看着从窗口滚过的云团，脑子里除了给他写过的一首诗，什么也没有。那是一首用流行歌曲的歌名写的

《在遥远的天空底下》。自从那个冬夜，写完了这首诗我就患上了失眠症。写完这首诗的当天夜里，我坐在一个陌生的大厅里，四面一片漆黑，风把乡村的夜晚渲染得格外寒冷。我在电话里读这首诗，当我读到"你的彼岸是我无法到达的终点，我的肉体因为爱你而神圣和辉煌"时，我的声音暗哑浑身哆嗦，他粗重的鼻息通过话筒缭绕在耳边，这是我一直无法抗拒的，令我的生命惴惴不安的一种气息。那个夜晚挂了电话，我就一直坐在黑暗里。风把狗的叫声从村中各个角落传进我的耳朵。

记忆中永远也抹不去的是，农历八月十六。那个夜晚月明星稀。我们第一次出去喝茶，喝完茶已经是深夜，我们同坐一辆车回家。下车时我不经意地把手伸给了他，他紧紧地抓住我的手，使得已经下车的我把半个身子伏在车门上，我们第一次如此接近却不能说一句话。瞬间的毫无遮拦的透视，掀开了缭绕在心灵里的那层伪装的薄雾，划亮了欲望的火把，就是那一刻我突然发现自己仍然是个女人，像落满尘埃的器具，一下子被擦得锃亮放光。这是物体最本质的颜色，这种颜色通体透亮，我比任何女人都更需要本质的表达。我站在透明透亮的大月亮下面，车子开出很远时，他伸出手轻轻地挥了几下。那一刻我的内心充满了忧伤，月亮把它的清辉倾泻在我的脸上，这种一览无余的照射，让我觉着一个已婚女人在突然明朗的爱欲面前是那样地无能为力。

最终的结果便是我对他的爱或是他对我的爱，都必须在他必然的离去里结束。在这场虚无缥缈的爱情事件里，是我自己没有能够控制住局面，才把自己弄到了支离破碎的地步。事情的本来是，他做他的人上人，我写我的字，根本就是八竿子打不着的两种物体。那个在幼小的记忆中被神化得五彩斑斓的城堡，对我来说是毫无实际意义的，我甚至可以一直将之作为永久的神话来忽视，然而城堡对他来说是与生俱来的，是命运必然的终点。

离别那天我已经记不住确切的时间，到底是一个清晨还是黄昏或者傍晚，我和他走出一家用美国城市命名的咖啡屋。天下着雨，是那种久下不止的淫雨。他为我撑着伞，我紧紧地拉住他的一只胳膊，依偎着他走了一段路。我记不清他是在之前或之后说了句身不由己的话。我极想平淡地对他说我知道，可是就怎么也说不出来。我怕自己一下子就哭起来。在最后离别的时刻，有一只鸟飞过灰蒙蒙的天空。我一直仰着头任雨水蒙蔽了我的视线。我想，鹏程万里这个词中，是否包含得有一只大鸟在阴雨绵绵的天空飞翔呢。于是我的泪水在他离去之后，哗啦哗啦地如注而流。

其实或许他走的时候，就根本没有告诉我，雨天的这一幕不过是我对离别长期的惧怕而主观臆造出来的。它或许就是一切想象中的情景，或许是一场梦别。所有的事件都像一道电光那样一闪即逝，之后再也无法让人回忆起那道光亮的本质。

夜里一直下着雨，天亮时我昏昏地睡了一会儿，睁开眼时感到的清静是经过一夜雨水涤荡过的，完全可以消解一个人的意志，那种恐怖的清静。以往这个时候定能听到父亲的咳嗽声，以及他走路时鞋子拖擦着地面的声音。我的内心笼罩着一团不祥的阴云，我极力控制着自己走到父亲屋门轻轻敲了两下门，便又回到床上坐了一会儿。父亲仍然没有动静，我想父亲这几日不仅贪吃，而且贪睡，昨天早上还把稀粥喝得稀里呼噜。我翻开一本书注意力却怎么也无法集中，头皮神经稀稀松松地收缩着，心脏的跳动不仅急速而且沉重。我再次下床走向父亲的屋子，双腿竟有些颤抖。父亲跟往常一样平和地躺着，半张着嘴。我叫唤了两声。那一刻我不知道是否有声音从我的喉部传出来，我扑倒在父亲的床前，我的指尖碰到了父亲冰冷的手，耳朵里是嗡嗡的鸣叫。

正如我在心底里一直惧怕的那样，终于这个昏暗的屋子里只剩下了我自己。我感到时间和期待是那样的有限，而苦难却是那样的无限。我整天坐在父亲坐惯的一只木制沙发上，心中盘旋着我初到阳关时，在村口听见的那些鸦鸣。我被那种凄绝得令人百思不得其解走投无路的声音，牵引着走向离自己越来越远的麻木和空洞之中。我再三告诫自己，必须走出这个屋子，跟从前一样哪怕是满街游走，也不能幽闭而死。于是我又重新行走在人群中，先前那种陌生感刺痛感已荡然无存，纷攘的人群给我带来的是对生的更加厌倦和绝望。我站在人行天桥上，几次都有一种跳下去让汽车碾碎的冲动。我只好又回到屋里，在漫无目的的等待中消耗着精力。

后来我便拿出纸和笔，伏在床上给他写信。在所有的无奈中写信是最好的方式。我想起十二岁的凡卡伏在油灯下，给他的爷爷写一封爷爷永远也不会收到的信。难道我竟不如一个十二岁的孩子？于是我在信的抬头写道：生命中的LT。之后便语穷词尽。翻滚在心中的全是些流行歌曲的歌词，我希望能从中找出准确表达内心的句子。我想起齐秦的《花祭》中有一句"太多太多的牵挂值得你留下"。但我马上又觉得这仅仅是一厢情愿的表述，我必须放弃。"只要我们曾经拥有过，对你我来讲已经足够"这句曾经被我认为十分高尚，并且由他反复唱过的歌词，突然使我浑身怵然。我认为把这句话写给他是一种近乎自娱式的表达，可怜又可悲。

屋子里的灯光忽明忽暗，忽远忽近。我的大脑晕乎乎的，竟然找不到一句能表情达意的歌词。我有些沮丧，沉迷在一种半明半暗的怀想当中。记忆的背后是大片的阴影，掩盖着眼前和以后的生活。往事的光屏上晃动着的永远是些模糊的被磨损得只剩下印迹的黑点。在回忆的过程中，有时候也出现过一些人和事件，但并不具体，却是些与己无关的事。老人、孩子和许多陌生的面孔，在特定的场合里挤来挤去，重叠得面目全非。我累了，我身心交瘁，我需要好好地休息。

屋子里有人在碎步走路，我起初以为是幻觉，便静静地听了一会儿，就在我的身后，隔着布帘子走路的人来回地移动脚步。我的呼吸受到了阻碍，我伸出一只手试图调换一下姿势，这时我的手碰到了一双冷硬的手。这双手从床沿上突然下滑，撞到了我的手心上。我想起了出殡时身上盖着白布单子的祖母，当四个人抬着她往外走时，我奔扑过去呼唤着她，就碰着了她从板沿滑下来的手。

我说奶奶，是您？

奶奶说孩子都走了，我回来看看你。

我就紧紧地握住那双僵硬的手。记得奶奶走时在火葬场，工作人员说家属看最后一眼吧。父亲就揭开盖在奶奶脸上的白布，我俯下身去时竟然看见奶奶安详的脸上有一滴眼泪，奶奶像是刚刚哭过，那滴泪就挂在她的左眼角下，这滴泪一直刺痛着我，使我感到万分不安。现在奶奶就站在我的身边，我是不是该问问她呢？可是话到嘴边我又咽了下去，我不能再让奶奶回到生时的痛里。我和奶奶都沉默着。我清楚地看见奶奶脸上仍挂着那滴眼泪。我想奶奶是一生从未安享过幸福，才永久地挂着一滴泪。我抬了抬手极想为奶奶抹去这滴不干的泪，却怎么也使不上劲。

我说奶奶，你什么都知道了。

奶奶静静地看了我片刻，脸上泛着青幽幽的蓝光。

孩子，女人还是该守妇道。

奶奶，这由不得我。

孩子，他骗了你。他们那号人全是穿衣服戴帽子的长毛的兽。

不，奶奶。他来自于"城堡"，最终还得回到"城堡"，这才是命运的真正轨迹，我不能够去阻止他。

我发现自己的喉部被什么东西堵住了，发出来的声音浑沌而暗哑。奶奶肯定没有听见我想说的话，她只是看着我，眼光离我越来越远，直到我无法看清从她那黯然失色的眸子流露出来的哀怨。我张着嘴双手在空中来回地挥动，我想极力抓住什么东西，从而使自己坐起来。

孩子你是对的，不要人为地去阻止或期待什么。

奶奶说这话时已经站了起来，她的声音平淡得像几缕游云。我用力把手伸向空中，试图抓住奶奶的黑衣服的一个角，我哀求地看着奶奶，喊着奶奶你千万不要走。我发出来的声音被重新挤压回腹部，挣扎着扑到了床下。

冬天就这样来到了我的窗前。我端坐在床上，终于在给他的信上写道：当心夜半北风寒，一路多保重。尽管我也知道他根本不会遭遇夜半的北风，但我觉得只有这种宽阔空旷情深意重欲语还休的表达，才是我真正的表达。在将这封言简意赅的信郑重地装进信封之前，我久久地凝视着它，想象着如果他真的收到这封信，他是否能够理解其间的真正含义呢？最后我在信封上写道：寄北京市LT收。

屋外大雪纷扬。我的双眼在雪光的反射下无法睁开。我的肌肤在这样白晃晃的照耀下，有如化冻的雪水。由于突然的大雪和凝冻，整个城市几乎看不见一辆汽车。行走在积雪深厚的道路上，我的脚下是一片清脆和嘹亮的声音，我被这种纯粹的声音打动着，我不知道这个世界上还有什么声音，更能让人对生抱着誓死不弃的幻想。

在暖烘烘的邮政所里，我感到自己是那样的疲惫和虚弱。我移动双腿走向那个张着口的绿色大邮箱。我走了很久，拿信的手有些颤抖。我将身子倾斜下去，脑子里回荡着那支歌谣。我打开信封在纸的空白处写道：大公鸡大母鸡，咱们俩做夫妻。

写完这几个字，我像是对着空谷歇斯底里地咆哮过一般，心灵和肉体一下子变得空空荡荡，这是一种无所归依的空荡。血肉之躯在刹那间被洗劫一空，剩下那个脆弱的骨架也一下子散了。我踉跄着走下邮政所的石梯。鹅毛般的大雪遮住了我的视线，很快就落满了我的头发。我站在风雪之中，感到一阵阵透骨的寒冷。我走向积雪覆盖下的公用磁卡电话亭，拨通了屋里的电话。我让这种声音足足响了十分钟之久。我想如果这时我和父亲都在屋里，我们会怎样地为这种惊天动地的持久和漫长的声音振奋呢。

《好吧，再见》创作谈

姜东霞

　　我的写作一如我的生活一样，慢慢悠悠，没有定法，曾被戏说如同一只蜗牛，沉重缓慢，每移动一步都拖着重重的壳。这个说法是贴切的，入木三分，既说出我的蠢拙，又说出我的某种状态。亦如我的每一次写作，都如同第一次，使用蛮劲写，写得跌跌撞撞。很多年来我零零碎碎地写，零零碎碎地发表，对一个写作者来说绝非一个好的状态。对于时间跨度之大的一本小说集，也不是一个好样子。那么参差着的时间和方式，或许是让人难以接受的。

　　《好吧，再见》在某种情境中说出再见，即成漫长的永别，生与死随着巨大的炸裂声响，成为划过天际的弧线，在无常的人世无疑成为永恒。故事中一群城市"泥瓦匠"，心怀音乐梦想，离开乡村到城市打拼，梦想着总有一天，天空飘过的云与自己有关，水中照见的事物与己相联。他们终日追寻游荡在城市边缘，然而，城市永远是别人的，音乐也永远是别人的，在没有任何生存技能的现实世界里，他们所剩无几，生存、挣扎、幻象、疾病、贫困与穷途末路，新的生活与旧的生活重叠交错，最终成为一声叹息。

　　《雪花飘下来》，想写好一个普通警察的艰辛与不易，小人物之下的小人物（大概称为底层人），不是一件容易之事。这个普通的故事和警察，或者根本无"故事"的故事，在心里依然萦绕多年，最终才完成。小说中人物形象，有素描色调的探寻，他们身上的隐忍与无奈，还有另一份坚韧的人性笃定，是小人物身上最亮的光束。就好比上帝说，要有光，于是世界便有了光。有了光，泥泞前行的人才有了希望。

写作《长草的街》以前，我认为自己不会写小说，后来写了《好吧，再见》，才渐渐找到小说的一些自认为根本的东西，于是渐渐明白小说为何。《好吧，再见》《女赌徒》《通缉》，自认为是有思考、有准备和有把握的小说，它们完成了我对文学的理解和追求。

《女赌徒》是一篇关于生死、关于救赎的小说。小说中她不知道自己死了，因为生前长期产生杀了"他"的念头，即便是在自己被他误杀身亡，留在潜意识里根深蒂固的那个念头，驱迫她自己在佛经里的"中阴身"里逃亡。直至最后灰飞烟灭的人生行程，源源不断丝丝缕缕的生死之债生死之搏，阴阳两界的博弈或救赎，到头来不过一缕青烟而已。

记得大概是二十年前，威宁有个熟人带着个村民进城来找我，说是村长炸掉了他们家的祖屋，村长还说他犯了法，已经被公安通缉。他们希望我找一下《贵州都市报》，通过媒体给乡里施加点舆论压力，管管那位无法无天的村长。记不得谁说过，现实远比小说荒诞，确乎如此。很多年这个故事一直在脑子里打转，不知如何下手才能作为小说成立。如果小说仅仅作为一个离奇的故事或者仅仅是个故事，我是拒绝的。我一直偏执地认为，故事之外被隐藏的那个部分，才是小说家真正要寻找的。

直到二〇一七年我才终于找到支撑《通缉》这个故事成立的东西。人类正在被外来的很多东西侵占，大面积的侵占使人性之生态、自然之生态，丧失了最初的根本，人类会不会成为无根之木无水之源？颠倒了是与非的生存表象，正在沿着一条看不见的轨迹，滑向无边的生存的相反方向。是的，我们是谁？我们来自哪里？又将去往哪里？在残酷的现实面前，已经不仅仅是个哲学命题。覆盖了我们的山川树木江河湖流日月星辰，天光昭然，将如何指引我们在广袤而狭小的大地上前行。小说中的"我"到底是活着？还是已经死去？在无边的时间里沉浮漂荡，一切皆是徒劳无功的挣扎，生生世世。

《四月花开》《风和破碎的阳光》《月光下的口子》《越走越远》，都完成于十多年前磨磨蹭蹭的写作里，除《越走越远》发在二〇〇八年的《山花》上，余下几篇都是近几年才投寄发表。写作大概是一个不断寻找与相遇的过程，《四月花开》最初并没有那么复杂，只是想写一对年轻夫妻离婚后，因为贫穷两个人都无处可去，只好同在屋檐下继续生活，过着相互视而不见听而不闻的非正常生活。故事中一个偶然的事件，让原本已离婚的两个人，以陌生人的方式通上了电话。他们每天晚上都会"同在屋檐下"相互倾诉，只是一开始前妻就知道，前夫却误以为她是新女友。而最初的恶作剧，直到最后她深陷其中，而他从不知道自己是一直在给前妻打电话，最后到似知非知，小说写到这里就搁置了。后来在漫长的时间里，很多东西才慢慢浮出来与小说相遇，成为忧伤温情的四月花开。

《一九九九年的秋天和另一个冬天》《没有声音的期待》，写在同一时期，大概是二〇〇〇年。在整理书稿时曾犹豫再三，最终还是收录进来。尤其是《没有声音的期待》，过于浓烈的情感和情绪表达，似乎破坏了小说本身的内在质感或疼痛感。然而，也许就是那样一种叙述的自我热情，自我罗织的密度，保持了女性写作者狭窄的个人化写作状态特质，更像是一个女作家的写作。从某个角度看，反倒认为小说的讲述，除了自我热情，更具有小说的热情和生命力，以及生长力，或者词语情绪堆积的缝隙，正好是另外一种蓬勃的样式。

好吧，再见。就这样在幽微的天光下。